GOLDMANN

Buch

Eine Gruppe junger Leute trifft sich in dem englischen Dorf Follymead, um ihrem gemeinsamen Hobby, der Folk Music, nachzugehen. Die Idylle währt allerdings nicht lange, denn einer der Freunde hat offensichtlich noch eine weit weniger harmlose Neigung: Mord. Durch eine merkwürdige Ballade kommt Inspektor George Felse dem Täter schließlich auf die Spur.

Autorin

Ellis Peters ist das Pseudonym der englischen Autorin Edith Pargeter. 1913 in Wales geboren, arbeitete sie nach ihrer Schulzeit als Apothekenhelferin, verlor aber ihr Ziel, Schriftstellerin zu werden, nie aus den Augen. Nach dem zweiten Weltkrieg begann sie Romane zu schreiben; außerdem übersetzte sie eine Reihe tschechischer Werke ins Englische. 1959 begann ihre Karriere als Krimiautorin, und bereits zwei Jahre später, 1961, wurde »Der Tod und die lachende Jungfrau« mit dem Edgar-Allan-Poe-Preis ausgezeichnet.

Außerdem als Goldmann Taschenbuch:
Der Tod und die lachende Jungfrau (04236)
Die Primadonna lachte (05912)

Ellis
Peters

Mord zur Gitarre

Kriminalroman

Aus dem Englischen
von Mechtild Sandberg-Ciletti

GOLDMANN VERLAG

Titel der Originalausgabe:
»Black is the Colour of my True-Love's Heart«

Umwelthinweis:
Alle bedruckten Materialien dieses Taschenbuches
sind chlorfrei und umweltschonend.
Das Papier enthält Recycling-Anteile.

Der Goldmann Verlag
ist ein Unternehmen der Verlagsgruppe Bertelsmann

Neuausgabe 10/95

Umschlaggestaltung: Design Team München
Foto: Loh Productions, Heidelberg
Druck: Elsnerdruck, Berlin
Krimi 3219
AB · Herstellung: sc
Made in Germany
ISBN 3-442-03219-9

3 5 7 9 10 8 6 4

1

Das Mädchen mit dem Gitarrenkasten stand allein an der Bushaltestelle, als Arundale seinen Wagen vor dem Bahnhof anhielt und hineinging, um die Schallplatten abzuholen, die Professor Penrose dort vergessen hatte. Sie stand noch immer da, als er zurückkehrte und den Karton unter der Haube seines grauen Volkswagens verstaute. Sie wußte nicht, daß sich die Omnibusse hier nicht nach den Zuganschlüssen richteten und daß der nächste Bus vor Ablauf einer halben Stunde nicht kommen würde.

Arundale war nicht der Mensch, der sich darum riß, Fremde im Auto mitzunehmen. Doch beim Anblick des Gitarrenkastens regte sich sein Gewissen. Sonst hätte er das Mädchen wahrscheinlich gar nicht bemerkt. In seinem Leben nämlich gab es nur eine Frau – Audrey.

Das Mädchen mußte etwa neunzehn oder zwanzig Jahre alt sein. Sie war groß und schlank, eine aparte und auffallende Erscheinung. Das Gesicht war schmal, mit feingezeichneten Zügen und großen, ruhigen, durchdringenden Augen von einem intensiven Blau. Das braune Haar, das ihr Gesicht umrahmte, war im Nacken zu einem dicken Zopf geflochten, der bis zur Taille reichte. Schmale rote Lederstreifen wanden sich durch die Haarsträhnen, als könnten diese nur so gebändigt werden. Über ihrer linken Schulter hing ein Matchsack. Unter dem losen Dufflecoat trug sie einen anthrazitgrauen Pullover und einen Rock aus täuschend schlichtem, aber sündteurem Jersey. Ganz unbefangen und leger stand sie da; doch ihr Gesicht war gespannt in einem Ausdruck entrückter Nachdenklichkeit.

Sie sah ihn an, als sie merkte, daß sein Blick auf sie gerichtet war. Ohne Zögern und ohne Erbarmen, wie das jungen Menschen eigen ist, nahm sie ihm die Entscheidung aus der Hand.

»Entschuldigen Sie«, sagte sie mit unerwartet kühler und klarer Stimme, der geschulten Stimme einer Sängerin, »können Sie mir sagen, wann der nächste Bus geht?«

Mühelos schwang der volle Klang der selbstsicheren Stimme über den Platz zu ihm. Er mußte ein Stück nähertreten, um mit der gleichen Mühelosigkeit antworten zu können.

»Leider fahren die Busse nicht sehr häufig. Abends verkehren sie nur alle fünfundvierzig Minuten. Vielleicht kann ich Ihnen behilflich sein. Wohin wollen Sie?«

»Ich muß nach Follymead«, erwiderte das Mädchen und musterte ihn unbefangen und ohne Eile. »Es ist eine Musikhochschule. Dort findet dieses Wochenende ein Lehrgang über Volksmusik statt. Vielleicht kennen Sie die Schule?«

»Ja, ich kenne sie«, antwortete er. Kaum jemand kannte die Schule besser. Doch aus irgendeinem Grund, oder vielleicht einfach, weil ihn das Mädchen nicht näher interessierte, erklärte er ihr nicht, wie eng seine Verbindung zu dieser Schule war. »Es wäre mir ein Vergnügen, Sie hinzubringen. Und Sie wären schneller dort, als wenn Sie hier erst auf den Bus warten.«

Sie warf ihm den flüchtig forschenden Blick eines Mädchens zu, das nicht ganz unerfahren ist und der Zuvorkommenheit älterer Herren nicht recht traut, doch es war nur eine Formalität. Sein ganzes Gehabe verriet unmißverständlich, welchen Wert er auf Achtbarkeit und Standesbewußtsein legte. Er war fünfundfünfzig Jahre alt und noch immer eine eindrucksvolle Erscheinung, wenn er auch trotz regelmäßigen Tennisspiels sein Gewicht nicht mehr ganz halten konnte. Sein Gesicht war glattrasiert, und er besaß das befehlsgewohnte Auftreten des erfolgreichen Geschäftsmannes. In seinen Augen jedoch spiegelte sich der unzugängliche, skeptische und leicht selbstgefällige Ausdruck des Universitätsprofessors. Er hielt viel von sich selbst und wußte, daß alle Welt viel von ihm hielt. Doch in ihren Augen war dieser Mann keine Gefahr.

»Wirklich? Aber Sie müssen doch hoffentlich meinetwegen keinen Umweg fahren?«

»Keineswegs.«

»Dann nehme ich Ihr Angebot gern an, vielen Dank.«

Sie ließ sich den Matchsack von ihm abnehmen. Doch den Gitarrenkasten legte sie selbst sorgsam auf den Rücksitz des Wagens, ehe sie einstieg.

»Mein Zug hatte Verspätung. Ich habe mich erst in letzter Minute entschlossen zu kommen.«

»Dann treten Sie also nicht auf?« fragte er mit einem Blick auf den Gitarrenkasten, als er den Motor anließ.

Das Mädchen folgte seinem Blick mit einem schwachen, trüben Lächeln.

»Ach, die Gitarre! Die hatte ich nur zufällig bei mir, als ich den Entschluß faßte herzukommen. Nein, mein Name steht nicht auf dem Programm. Ich gehöre zum Fußvolk.«

»Sie sind wohl hergekommen, um die Form zu studieren?« meinte er.

Er war überrascht, denn der Gitarrenkasten war alt und abgegriffen, und ihre Stimme ließ ahnen, daß sie eine gute Sängerin war.

Das schwache Lächeln vertiefte sich, flammte einen Moment wild auf und erlosch.

»Das könnte man sagen«, stimmte sie zu, den Blick auf die Straße gerichtet. »Ich bin hergekommen, um die Form zu studieren.«

»Aber Sie singen doch Volkslieder?«

»Ich singe Balladen«, versetzte sie in kühlem, leicht gereiztem Ton, als hätte sie es satt, ständig verbessern zu müssen.

Er hob die Brauen.

»Aha«, erwiderte er trocken.

»Tut mir leid«, sagte sie in versöhnlichem Ton. »Das sollte nicht ärgerlich klingen, aber Sie haben da einen wunden Punkt berührt. Ich habe nie behauptet, Folk-Singer zu sein. Ich bin mir nicht mal ganz sicher, ob ich überhaupt weiß, was man darunter versteht. Aber eines weiß ich – heutzutage schmücken sich Leute mit dieser Bezeichnung, die ganz und gar nicht in die Kategorie der Folk-Singers fallen. Bei der Bezeichnung Balladensänger können wenigstens keine Unklarheiten entstehen – das ist jemand, der Balladen singt. Und das tue ich, und so nenne ich mich. – Wie weit ist es eigentlich bis Follymead?«

»Fast acht Kilometer. In knapp einer Viertelstunde haben wir es geschafft.«

Feucht glänzend glitten die Straßen Comerbournes in der Abenddämmerung an ihnen vorüber. Grell erleuchtete Schaufenster, blitzend von Chrom und Glas, wurden von den langen, harmonischen Georgianischen Fassaden des Crane Place abgelöst. Dann waren sie auf der Landstraße zwischen endlos scheinenden Hecken, über denen wie ein Schleier das erste Grün des Frühlings lag. Kalt, grimmig und naß war der April eingezogen und hatte mit seinen Regenschauern den späten Schnee hinweggespült. Der vom Flutwasser der Berge angeschwollene Comer wälzte sich braun und behäbig durch die Landschaft. Dieser Abend jedoch hatte sich still und ruhig niedergesenkt, begleitet vom letzten, leicht grünlich schimmernden Schein des Tages am Himmel, in dem die Lichter der Straßenlaternen, die eben aufgeflammt waren, bleich und dunstig wirkten.

Das Mädchen hielt die Augen unverwandt auf die Straße gerichtet, die feinen Brauen zusammengezogen, die Züge starr und unbewegt. Sie ließ die Hecken und die zusammengedrängten Häuser der Dörfer an sich vorübergleiten und schwieg. Ihre Gedanken waren vorausgeeilt, beschäftigten sich bereits mit dem Unbekannten, das sie in Follymead erwartete. Dennoch war es, als sie es erreichten, nicht weniger überwältigend.

Die hohe, graue Steinmauer zur Linken wich in sanftem Halbrund zurück, und der Fahrweg schwang sich zum breiten, von zwei mächtigen Säulen begrenzten Tor. Die schmiedeeisernen Flügel des Tores standen weit offen, und auf den Säulen zu beiden Seiten thronten, ein Wappen haltend, zwei geflügelte Löwen. Jenseits dehnte sich in welligem Gleichmaß der weitläufige Park.

»Wir sind da?« fragte das Mädchen und starrte aus überraschten Augen hinauf zu den Fabeltieren, die in steinerner Starrheit auf den Säulen thronten.

»Ja, wir sind da.« Er hatte das Steuer bereits herumgezogen und lenkte den Wagen zum Tor.

»Ach, setzen Sie mich einfach hier an der Einfahrt ab. Das Stück bis zum Haus kann ich zu Fuß gehen.«

»Mit Ihrem Gepäck? Es ist ein guter Kilometer. Außerdem haben wir denselben Weg. Ich hätte es Ihnen gleich sagen sollen«, fügte er, sich zu einer Entschuldigung herablassend, hinzu. »Mein Name ist Edward Arundale. Ich bin der Leiter dieser Schule.«

»Oh?« Sie wandte den Kopf und warf ihm einen aufmerksamen und durchdringenden Blick zu, der offene Neugier und eine Spur Mißtrauen enthüllte. »Ach so. Dann haben Sie also den Lehrgang hier arrangiert?«

»Nein, eigentlich nicht. Dieser Wochenendkurs wird von meinem Assistenten geleitet. Ich habe verschiedene Verpflichtungen, die es mir nicht gestatten, das ganze Wochenende hier zu verbringen. Außerdem ist das im Grunde nicht mein Spezialgebiet. Aber meine Frau ist eine begeisterte Anhängerin des Volkslieds und der Ballade. Die Vorlesungen und Diskussionen hier werden von Professor Roderick Penrose geleitet. Nein, ich werde mich ganz im Hintergrund halten. Penrose vergaß die Schallplatten am Bahnhof, deshalb erbot ich mich, hinzufahren und sie abzuholen. Sonst hätte ich nicht das Vergnügen gehabt, Sie kennenzulernen. Die Gitarre, wissen Sie. Als ich den Kasten sah, dachte ich mir gleich, daß Sie auf dem Weg nach Follymead sein müßten.«

»Da habe ich aber Glück gehabt«, meinte das Mädchen. »Gut, daß Professoren hin und wieder dem Ruf der Zerstreutheit gerecht werden.«

Ungläubig starrte sie aus dem Wagenfenster auf die phantastische Welt von Follymead, die sich vor ihren Augen entfaltete. In der Abenddämmerung flossen Umrisse und Farben gleichsam ineinander, doch sie waren noch erkennbar. Auf dem Gipfel eines Hügels, dessen sanft abfallende Hänge zu ausgewogen waren, um von der Natur geschaffen worden zu sein, leuchteten bleich die Konturen eines griechischen Tempels, von dunklen Zypressen umschlossen. Auf der anderen Seite des Fahrwegs, in einiger Entfernung, gingen die gepflegten Anlagen des Parks in gezackt aufragende Felslandschaft über. Auf der Höhe gähnte die dunkle Öffnung einer Höhle. Das gewundene Band eines Flusses blitzte silbern im Grün, und dann tauchte der Bogen einer schmalen Brücke auf. Vor ihnen, auf einer Erhebung, hob sich die Ruine eines Turms gegen den Abendhimmel ab.

»Keine Pagode?« fragte das Mädchen enttäuscht.

Doch da tauchte sie schon auf, die Pagode, als hätte sie nur auf ihr Stichwort gewartet. Halb verborgen unter Bäumen stand sie an einem dunklen Weiher.

Das Mädchen lachte unvermittelt. Es klang unerwartet fröhlich.

»Wer, in aller Welt, hat denn das alles hier gebaut? Beckford?«

»Follymead wurde von einer höchst achtbaren Familie namens Cothercott erbaut.«

Der Tadel in seiner Stimme war nicht zu überhören, und der Tonfall war ziemlich kühl, da sie ihn mit ihrem Wissen über Beckford und der Unfehlbarkeit, mit der sie den Stil erkannt hatte, überrascht hatte. Follymead stammte aus derselben Ära wie Fonthill Abbey und Strawberry Hill und all die anderen neugotischen Schöpfungen jener Jahre. Und dabei hatte sie das Haus selbst noch gar nicht gesehen.

»Die Leute hatten mehr Geld, als gut für sie war, und sie bauten sich damit ihr eigenes kleines Reich wie so viele andere. Doch die Familie starb aus, und der letzte Erbe hat vor zwanzig Jahren Follymead dem Staat vermacht. Glücklicherweise hinterließ er auch ein ansehnliches Vermögen, mit dessen Zinsen wir arbeiten können. Sonst wäre es unmöglich gewesen, irgend etwas mit Follymead anzufangen. Wir können unsere Gebühren relativ niedrig halten und brauchen keine Schulden zu machen. Follymead wird allgemein als ein ausgezeichnetes Beispiel für den Stil jener Epoche betrachtet«, fügte er hinzu, um keinen Zweifel daran zu lassen, welchen Standpunkt er vertrat, »und die Anlagen sind mit Recht berühmt.«

Das Mädchen überließ sich ebenso gern wie andere dem Spiel der Träumerei, doch bis jetzt war es nicht geneigt gewesen, Follymead ernst zu nehmen. Sie warf einen Seitenblick auf das ebenmäßige Profil des Mannes neben ihr, auf den herben Schwung der Lippen und die humorlosen Augen, und sie erkannte, daß Edward Arundale Follymead sehr ernst nahm.

»Und da hat man also eine Musikhochschule daraus gemacht«, bemerkte sie. »Ich hätte nicht gedacht, daß Sie hier in der Gegend viel Zulauf finden.«

»Nein, wenn wir nur auf die nähere Umgebung angewiesen wären, hätte das auch nicht viel Sinn gehabt. Doch ich habe es mir von Anfang an zum Ziel gesetzt, auf landesweiter Basis zu arbeiten. Wir haben Studenten aus allen Teilen Englands. Wir haben genug Räumlichkeiten für Tagungen und Festveranstaltungen und Platz genug für Kurse und Vorlesungen. Wir haben ein paar Jahre dazu gebraucht, uns einen Namen zu schaffen, aber ich glaube, ich kann jetzt ruhig sagen, daß wir im ganzen Land Anerkennung gefunden haben, ja sogar im Ausland.«

Seine Stimme klang salbungsvoll und feierlich wie die eines Predigers. Sie hatte das Gefühl, einer Vorlesung zuzuhören, und ihr fiel das Programm ein. Einer der Punkte lautete: ›18.45 Uhr – Dr. Edward Arundale, der Leiter der Schule, heißt Künstler und Studenten in Follymead willkommen‹.

Sie fragte sich, ob er wohl jedesmal dieselbe Ansprache hielt, mit derselben angemessen modulierten Stimme, oder ob er hin und wieder auch an die Skeptiker Konzessionen machte und bekannte, daß dieses Königreich, das er bewohnte, ein wenig kitschig war. Doch war es das wirklich? Sie stellte fest, daß sie beinahe versucht war, sich von dieser phantastischen Welt in Bann ziehen zu lassen und sich daran zu freuen; nicht ehrfürchtig wie Edward Arundale, sondern mit Überschwang, mit der ungehemmten Vitalität und Einfallskraft des achtzehnten Jahrhunderts. Wen kümmerten Schnörkel und Ornamente, wenn die Räume eine gute Akustik besaßen?

»Es ist ein Haus, in dem viel musiziert worden ist«, fuhr Arundale etwas weniger steif fort, »und war daher für unsere Zwecke besonders geeignet. Die Cothercotts waren musikalische Leute und haben uns mit dem Haus eine sehr schöne Sammlung von Instrumenten hinterlassen. Die Orgel mußte restauriert werden, aber die anderen frühen Tasteninstrumente sind in ausgezeichnetem Zustand.«

Es lag auf der Hand, daß dies sein Fachgebiet war. Seine Stimme hatte zwar immer noch den belehrenden Klang des Dozenten, doch jetzt schwang ein Unterton von Wärme in ihr. Näher jedoch ging er auf dieses Thema nicht ein. Sie gehörte zu den Anhängern des Volkslieds; er konnte von ihr kaum erwarten, daß sie sich für die Virginale der Cothercotts und das vollkommene kleine Holyoake-Spinett interessierte. Außerdem bog der Wagen jetzt um die letzte wohlberechnete Kurve des langen Fahrwegs, an dessen Ende das Haus wartete.

Er zog den Wagen um die Kurve. Die Büsche zu beiden Seiten wichen zurück. Vor ihnen dehnte sich weit und eben gepflegter Rasen, und das Haus, auf einer Anhöhe erbaut, hob sich in gezackter Silhouette, mit Dutzenden von Türmen und Türmchen, Zinnen und Kuppeln, gegen den Abendhimmel ab. Unter schrägen Giebeln schimmerten silbern die Scheiben der Fenster. Im Widerschein des Abends wirkte das Haus so atemberaubend und überraschend wie eine gewagte Theaterkulisse. Hohe, schlanke Erker wechselten ab mit Fensterrosetten und Lanzettfenstern. Die Glattheit der Mauern wurde von Gesimsen und Friesen, von Säulengalerien und Rundbögen aufgelockert, hier und da tauchte im Schatten eines Turms sogar der groteske Kopf eines Wasserspeiers auf. Das Gebäude war so stillos, daß es beinahe schön wirkte, so manieriert, daß es eine eigene Art der Originalität besaß. Es war nicht das Produkt ungewollten Zufalls oder künstlerischen Übereifers. Die Wirkung, die es hervorrief, war gewollt. Es war gut gebaut, aus edlem hellgrauem Gestein, und es besaß sichere Ausgewogenheit und Symmetrie. Hinter dieser Schöpfung steckte nicht nur Geld, sondern eine ganze Menge Überlegung.

Das Mädchen saß still und stumm, blickte fasziniert und ungläubig auf das Haus, erstarrt in innerem Widerstand, während der Wagen zwischen Rasenflächen den Fahrweg entlangrollte und die Silhouette des Hauses mit jedem Meter größer und dunkler wurde.

»Eindrucksvoll, nicht wahr?« meinte Arundale, dem nicht entging, daß sie sich verbissen dagegen wehrte, sich von diesem Werk aus Stein, Mörtel und Glas beeindrucken zu lassen. Er spürte förmlich ihren Widerstand. »Walpole hat sich verschiedentlich hier aufgehalten. Er beschrieb es als ein Haus, wo das Drama ständiger Gast ist, Exzentrik ein Familienmitglied und Tragödie ein gelegentlicher Besucher.«

»Und Komödie?« fragte das Mädchen unerwartet. »Die Familie muß doch selbst überrascht gewesen sein, als sie dieses Meisterwerk in vollendetem Zustand sah.«

Er steuerte den Wagen zum Fuß der breiten Treppe, die zur Terrasse hinaufführte. Lichter flammten auf, eines nach dem anderen, und durch die großen Fenster der geschlossenen Galerie, die sich im Erdgeschoß über die ganze Länge der Fassade hinzog, sahen sie mehrere Gruppen von Menschen, die sich langsam vorwärtsschoben und neugierig die Hälse reckten, als sie den Wagen bemerkten. Ernsthafte, nicht mehr ganz junge Frauen, bärtige junge Männer mit Pfeifen, schmächtige Studenten mit Brillen, behäbige Gutsbesitzer, die Zeit hatten und ein wenig Interesse für Musik, eifrige junge Mädchen, die hinter langen Haarsträhnen hervorspähten.

»Im Augenblick findet eine Führung durch das Haus statt«, bemerkte Arundale und öffnete dem Mädchen die Tür. »Lassen Sie Ihr Gepäck hier. Ich bringe es hinein, wenn ich den Wagen hinten in den Hof gefahren habe. Gehen Sie inzwischen hinein und schließen Sie sich den anderen an. Die Formalitäten können später erledigt werden.«

Dennoch beugte sie sich noch einmal in den Wagen, um die Gitarre herauszuholen. Dann richtete sie sich auf und blickte hinauf zu den erleuchteten Fenstern über ihnen. Die Menschen drinnen in der Galerie waren stehengeblieben, die Köpfe in den Nacken gelegt, die Blicke auf ein Gemälde gerichtet, das hoch an der inneren Wand hing. Nur die Züge des Mädchens, das die Gruppe der Wißbegierigen führte, waren durch das Fenster zu sehen. Es war ein sehr junges Mädchen, gewiß nicht älter als fünfzehn oder sechzehn Jahre, zierlich und blaß, mit einem ernsten und unzugänglichen Gesicht, einem Gesicht voller Zweifel und Zaudern und befangener Gefühlsaufwallungen, so schwankend und unsicher wie das Wetter des frühen April. Eine vage Vertrautheit der feinen, unentschlossenen Züge, der Augen und der Haltung des Kopfes veranlaßte das Mädchen mit der Gitarre, sich umzudrehen und einen raschen Blick auf Arundale zu werfen. Sie hatte sich nicht geirrt. Die Ähnlichkeit war nicht zu leugnen, wenn auch sein Gesicht vom Alter gezeichnet und verhärtet war und wenn er auch vielleicht niemals die verborgene Fähigkeit der Leidenschaft besessen hatte, die dem Mädchen in der Galerie unzweifelhaft eigen war und mit der es noch nichts anzufangen wußte.

»Das muß Ihre Tochter sein?«

Sein Gesicht verschloß sich, doch er erwiderte ihren fragenden Blick höflich.

»Meine Nichte. Leider hat meine Frau – wir haben keine Kinder.« Die letzten Worte klangen kurz und unwillig. Sie hatte einen wunden Punkt berührt, und es tat ihr leid, daß sie das Thema angeschnitten hatte, obwohl sie ja nicht hatte ahnen können, wie er darauf reagieren würde. Sie überlegte, wie sie sich verhalten sollte, und fragte sich, ob er immer so bedrückt war, wenn er von seiner Frau sprach, als er den Kopf wandte und in verändertem Tonfall sagte: »Ah, da ist ja meine Frau – mit der zweiten Gruppe.«

Sie hatte ihn für einen kühlen, leidenschaftslosen Menschen gehalten, doch offensichtlich traf das nicht zu. Seine Stimme klang jetzt ganz anders, warm, stolz und weich, und verriet unverhüllt die starke Zuneigung, die er seiner Frau entgegenbrachte. Die Kinderlosigkeit seiner Frau war ein Kummer, den sie gemeinsam trugen, keinesfalls ein Schatten, der zwischen ihnen stand. Das Mädchen blickte auf, folgte dem Blick der warm lächelnden Augen und sah die Frau, die für einen Moment dort im strahlenden Licht eines Kandelabers stand. Sie war schlank und hellhäutig und wirkte sehr elegant in einem einfachen dunklen Kleid. Silberblondes Haar umrahmte in kurzen Locken ihr Gesicht, und sie besaß den aufrechten, anmutigen Gang eines Mannequins. Die Augen leuchteten groß und dunkel, und ihre Züge strahlten Lebhaftigkeit und Heiterkeit aus. Sie sprach, gestikulierte und ging weiter, gefolgt von einer Gruppe von Studenten und Gästen, die beruhigend durchschnittlich, normal und zufrieden wirkten.

Das Mädchen stand reglos, blickte der Frau nach, ohne zu lächeln, und sagte kein Wort. Als die Gruppe vorüber war, drehte sie sich um und befeuchtete ihre Lippen.

»Sie ist sehr schön«, bemerkte sie schließlich.

»Sie sind nicht die erste, die das bemerkt«, versetzte er ein wenig pompös und mit unüberhörbarem Besitzerstolz.

»Ich habe das Gefühl, als hätte ich sie irgendwo schon einmal gesehen«, meinte das Mädchen mit kühler, reservierter Stimme.

»Das ist durchaus möglich. Sie sind Balladensängerin. Audrey hat gute Freunde in Ihren Kreisen.«

Das Mädchen mit der Gitarre unterdrückte ein schwaches, nur für sie selbst verständliches Lächeln.

»Ja . . . ja, das glaube ich«, erwiderte sie leise. Dann wandte sie sich von ihm ab und eilte die Steintreppe hinauf zur großen Tür.

Miss Theodosia Barber, Tossa, wie sie von ihren Freunden genannt wurde, war eine unversöhnliche Verächterin allen künstlichen Getues und verurteilte erbarmungslos alle jene, die ihr vom unverkennbaren, widerlich süßen Geruch der Selbstbeweihräucherung angehaucht schienen. Mit ihren neunzehn Jahren konnte sie sich das leisten, zumal ihr eigenes Verhalten sich durch kompromißlose Zurückweisung jeglicher Heuchelei auszeichnete. Sie hatte sich ihr Urteil über den gefeierten Dickie Meurice, Disk-Jockey und Fernsehstar, gebildet, noch ehe sie die Waffenkammer und seinen dritten zweideutigen Scherz hinter sich hatte. Wenn er Gelegenheit witterte, sich in den Vordergrund zu drängen, anderen die Schau zu stehlen, wie in diesem Fall der jungen Felicity Cope, dann bedurfte er keiner Aufforderung, die Gelegenheit beim Schopf zu packen. Sofort begann er, Theater zu spielen. Ja, es war zu bezweifeln, ob er überhaupt jemals aufhörte, Theater zu spielen.

»Ein Diplomwitzbold«, flüsterte Tossa Dominic Felse abfällig zu, als sie den bewundernd kichernden Fans durch die lange Galerie folgten. »Der kommt doch nur, wenn er sich zur Schau stellen kann. Ich wette, daß er sogar im Schlaf noch seine dummen Witze reißt, und zu Hause hat er bestimmt so ein Ding, das den Applaus mißt. Der schreckt vor nichts zurück, das kann ich dir sagen. Ich bin froh, daß ich nicht zu den Leuten hier gehöre, die einen Ruf zu verlieren haben. Ich möchte bloß wissen, wessen Geistesblitz wir die Gegenwart dieses Knaben zu verdanken haben.«

»Dumm war das nicht«, versetzte Dominic. »Damit war zumindest ein volles Haus gewährleistet. Du mußt zugeben, daß er es versteht, das Publikum anzuziehen.«

Es stimmte, daran gab es keinen Zweifel. Doch er war nicht der einzige, der diese Gabe besaß, und Tossa versäumte nicht, ihren Freund darauf aufmerksam zu machen.

»Glaubst du vielleicht, daß all diese Gänschen hier, die Lucien Galt anschmachten, der Musik wegen hergekommen sind?«

»Woher soll ich denn das wissen?« erwiderte Dominic ein wenig kurz. »Warum bist du denn gekommen?«

»Du Dummkopf«, rief sie vergnügt. »Willst du mich vielleicht mit denen da in einen Topf werfen? Allerdings kann ich sie bis zu einem gewissen Grad verstehen«, fügte sie ehrlich hinzu und richtete den Blick auf den Kopf des jungen Mannes, der die ihn umschwärmenden Mädchen um Haupteslänge überragte. »Wenigstens ist er echt. Selbst wenn man ihm sein Mikrofon wegnimmt, schrumpft er nicht zur Unscheinbarkeit zusammen.«

Sie hatte recht. Lucien Galt war gewiß kein Mensch, der leicht zu übersehen war, selbst jetzt, da er von seinen flatterhaarigen Verehrerinnen eng umringt wurde. Der schmale Kopf mit dem schwarzen Haar wandte sich voll Ungeduld bald hierhin, bald dorthin, und einen Augenblick lang war das Gesicht den beiden Menschen zugedreht, die über ihn sprachen. Schwere, dichte Brauen wölbten sich über hochmütig blickenden Augen. Sein Körper war gebaut wie der eines Tänzers, feingliedrig und agil. Anbiederung war ihm verhaßt, und plumpe Schmeichelei verachtete er zutiefst. Sein Wesen enthüllte sich offen in seinem Auftreten, und er machte sich nicht die Mühe, den Eindruck zu mildern.

Er sprengte den Ring seiner Verehrerinnen und zog sich hinter einen breiten, mit feiner Einlegearbeit versehenen Tisch zurück. Mit verschränkten Armen, die Schultern gestrafft, lehnte er sich an die damastbezogene Wand. Er hatte Felicity mit seinem abrupten Verhalten aus dem Konzept gebracht. Als sie ihn ansah, warf er ihr zur Entschuldigung ein flüchtiges, strahlendes Lächeln zu, das sekundenlang seine düsteren Züge verwandelte. Und diese eine Geste, für ihn nichts weiter als ein Ausdruck der Höflichkeit, genügte, um sie zu bezaubern.

Er war dreiundzwanzig Jahre alt und bereits ein Künstler von Weltruf. Auf welchem anderen Gebiet kann man so schnell den Gipfel erklimmen? Oder so plötzlich wieder in die Tiefe stürzen und verschwinden? Oder, wenn man einmal gestürzt ist, so erbarmungslos vergessen werden?

»Man kann ja nicht gerade behaupten, daß er um die Gunst seiner Anhängerschaft buhlt«, flüsterte Tossa. »Er sagt ihnen praktisch ins Gesicht, daß sie ihn langweilen und ihm auf die Nerven fallen, aber das macht denen nichts aus, sie werden höchstens noch aufdringlicher. Und schau dir dagegen mal den anderen an. Er gönnt sich keine Pause, schmiert ihnen den Honig gleich pfundweise um die Mäuler. Muß der Lucien hassen!«

Wenn man bedachte, daß sie die beiden nie zuvor persönlich gesehen hatte, so mußte man zugeben, daß ihre Beobachtungen recht scharfsichtig waren. Doch alles, was Dominic auffiel, war die Tatsache, daß ihr der Name Lucien so leicht über die Lippen kam. Und es ärgerte ihn, daß ihm das weh tat. Seit er das Mädchen in den Osterferien von Oxford mit nach Hause gebracht hatte, um sie seinen Eltern vorzustellen, entdeckte er an sich selbst täglich neue

Empfindlichkeiten, deren Vorhandensein er früher niemals vermutet hätte. Seiner Eitelkeit tat das gar nicht gut.

»In den Kreisen legt's jeder darauf an, den anderen auszustechen«, erklärte er belehrend. »Aber er sieht aus, als könnte er sich seiner Haut wehren.«

»O ja, er ist bestimmt ein harter Bursche«, stimmte sie heiter zu.

»Mit dem Namen wird ihm nichts anderes übriggeblieben sein«, meinte Dominic. Wer wußte besser als er, durch welch harte Schule man in der Kinderzeit hindurch mußte, wenn man sich durch einen ungewöhnlichen Namen von den anderen Spiel- und Klassenkameraden unterschied! Als wäre es nicht schon Bürde genug, als Sohn eines Polizeibeamten zur Welt gekommen zu sein!

»Ich habe irgendwo mal gelesen, daß er in einem Waisenhaus aufgewachsen ist. Seine Eltern sind während der Fliegerangriffe auf London am Ende des Krieges umgekommen. Es heißt aber, daß er in dem Heim sehr glücklich war und es heute noch regelmäßig besucht. Ganz und gar nicht der Typ des verstoßenen, elternlosen Kindes. Und doch – man kann nie wissen«, fügte Tossa nachdenklich hinzu, »vielleicht ist das die Erklärung dafür, daß er sich so entwickelt hat.«

»Ich habe leider keine Nachschlagewerke über ihn gewälzt«, versetzte Dominic ungeduldig. »Wie hat er sich denn entwickelt?«

»Ach, du weißt schon – so wie er aussieht. So unheimlich selbstsicher, und er scheint alle Menschen zu verachten. Er läßt sich nie auf Kompromisse ein und gibt sich nie anders, als er ist. Ich habe gehört, daß sein Impresario und die Leute, die im Studio mit ihm zu tun haben, ihn nicht Lucien nennen, sondern Luzifer.«

Lucien lehnte mit verschränkten Armen an der mit weinrotem Damast bespannten Wand der langen Galerie, unter der schwarzen, mit Schnitzereien gezierten Decke und den venezianischen Leuchtern. Die hochmütigen Gesichter der Cothercottschen Ahnen blickten aus kostbaren Rahmen unbewegt auf ihn hernieder, und die sorgsam ausgewählten Prunkstücke, die Generationen von Cothercotts angehäuft hatten, schmückten die Wände hinter ihm. Die satten, dunklen Farben, das schimmernde Gold der Leisten und Rahmen, das mit sicherem Geschmack üppig verwendete Schwarz – dies alles bildete im Zusammenspiel der Farben einen Hintergrund, der für ihn geschaffen zu sein schien. Hier gehörte er hin, hier war er in seinem Element – ein wenig unheimlich, ein wenig gefährlich, trügerisch anziehend wie das Haus selbst.

»Unmöglich«, sagte Dickie Meurice mit Nachdruck und richtete sein künstlich strahlendes Lächeln auf die Nichte des Collegeleiters. »Unmöglich. Sie wollen uns doch nicht weismachen, daß all diese Männlein und Weiblein dort oben Vorbilder an Tugend und Rechtschaffenheit waren. Man braucht sie ja nur anzusehen.«

Er deutete mit der Hand auf die Familienporträts an den Wänden. Es war wahr, einige der Cothercottschen Ahnen sahen zwar aus wie romantische Dichter, andere aber wie Verschwörer. Sogar die Damen wirkten ein wenig zu aufgeputzt und geziert, so als hätten sie etwas zu verbergen.

»Sagen Sie bloß nicht, daß die sich das Vermögen, mit dem sie den Kasten hier gebaut haben, mit ehrlicher Arbeit erworben haben.«

»Doch, soviel ich weiß, haben sie genau das getan«, versetzte Felicity lebhaft, »aber das war ihnen nicht romantisch genug. Sie wollten gern den Eindruck dekadenter Aristokraten erwecken, die nie in ihrem Leben einen Finger gerührt haben.«

Meurices scherzende Bemerkung hatte sie abgelenkt, und schon hielt sie sich nicht mehr an den Text des Vortrags, den man für solche Führungen zusammengestellt hatte. Sie wollte Luciens Aufmerksamkeit auf sich ziehen und an sich fesseln, ganz gleichgültig, ob sie aus diesem Feldzug geschlagen hervorgehen würde oder nicht. Sie hatte die Führung wie immer sehr gelassen, sehr erwachsen begonnen, eine blasierte, welterfahrene Fünfzehnjährige, doch als er sie das erstemal angesehen hatte, da war die Kruste geschmolzen, und all die Schmerzen und Versprechungen der ungekannten Welt der Reife waren auf sie eingestürmt. Von jenem Moment an, da er sie angelächelt hatte, hatte sie den Panzer der Unnahbarkeit abgeworfen, nur noch darauf bedacht, ihn zu beeindrucken. Es war ihr größter Kummer, daß sie erst fünfzehn war. Doch sie würde nicht immer fünfzehn bleiben. Sie fand, sie sähe sogar jetzt schon um einiges älter aus. Und er war ja selbst erst dreiundzwanzig. Sie wußte alles über ihn. Die Zeitungen und Illustrierten hatten ausführlich über ihn berichtet, seit er berühmt geworden war, und sie hatte jeden Artikel gierig verschlungen.

Sie war überglücklich, als Lucien eine Frage stellte. »Was war der Architekt für ein Mensch? Wer war er? Weiß man das?«

»Er hieß Falchion. Niemand weiß viel über ihn. Soviel bekannt ist, hat er nur zwei weitere Häuser gebaut. Man vermutet, daß er jung gestorben ist. Es heißt«, begann Felicity leichtsinnig zu improvisieren, »daß er eine Tochter des alten Cothercott liebte.« Felicitys Gesicht sah noch offener und unschuldiger aus als sonst. »Diese da!« Sie wies mit täuschender Sicherheit auf das Porträt des hübschesten Mädchens in der Ahnengalerie, überzeugt, daß niemandem auffallen würde, daß sie einer späteren Generation angehört hatte. »Sie starb ungefähr zu der Zeit, als das Haus fertiggestellt wurde, und er war vollkommen gebrochen. Sie haben sich immer hier in der Galerie getroffen, als er noch die Arbeiten im Park beaufsichtigte. Es heißt, daß sie heute noch hier durch das Haus geistert.«

Es war ihr gelungen, Luciens Aufmerksamkeit auf sich zu ziehen, und es war ihr gleichgültig, ob er wußte, daß sie log, oder ob er ihr glaubte. Vielleicht würde es sein Interesse für sie sogar noch mehr anfachen, wenn er merkte, daß sie log. Im Grunde war ja das ganze Haus nichts weiter als ein großer Schwindel, wenn auch Onkel Edward wirklich ein Gelehrter und ein begeisterter Musiker war, der ganz in seinem Fach aufging. In gewisser Hinsicht hatte vor dieser Kulisse nur Schein und Trug eine Existenzberechtigung.

»Sie erscheint bei Tag, nicht bei Nacht«, fuhr Felicity fort, die jetzt ihrer Phantasie die Zügel schießen ließ, den Blick fest auf Lucien Galts dunkle Augen gerichtet. »Sie kommt hierher, um ihn zu treffen, und sie weiß nicht, daß er tot ist und kann nicht verstehen, warum er niemals erscheint. Sie liebt ihn immer noch, aber gleichzeitig ist sie natürlich sehr zornig. Sie wartet nur auf den Tag, an dem er sich zeigt, um sich an ihm dafür zu rächen, daß er sie so lange allein gelassen hat.«

»Reine Erfindung«, flüsterte Tossa leise in Dominics Ohr. »Eine freche kleine Lügnerin.«

»Kein Wunder«, wisperte Dominic zurück. »In dem Haus kriechen ja die Geheimnisse förmlich aus allen Ecken und Winkeln.«

»Hat irgend jemand sie jemals gesehen?« erkundigte sich Peter Crewe mit aufgerissenen Augen.

»O ja, sie ist verschiedentlich gesehen worden. Aber sie zeigt sich nur Menschen, die sich lieben.«

Felicity wandte sich um und steuerte mit langsamem und verstohlenem Schritt auf die schwere Eichentür zu, die sich am Ende der Galerie befand. Ihr geheimnisvolles Verhalten wirkte anstekkend, und die anderen folgten ihr mit feierlichen Gesichtern.

»Eines Tages geht man ganz ahnungslos hier durch die Galerie, vielleicht will man Blumen in die Vase dort auf dem Piedestal stekken, man nähert sich der Tür dort – und plötzlich fliegt sie auf, und sie steht dort und –«

Unvermittelt schwang die massive Eichentür auf, gestoßen von einer Hand, die nicht damit vertraut war, die Dinge nur halb zu tun, und dort stand sie tatsächlich, blickte ihnen in die Gesichter, den Kopf hoch erhoben, die Augen herausfordernd blitzend, ein hochgewachsenes, braunhaariges Mädchen, selbstsicher und gebieterisch, mit einem Gitarrenkasten in der Hand.

Felicity fuhr zurück, so verdutzt, daß sie in grelles, backfischhaftes Kichern der Verlegenheit ausbrach. Die Prozession hinter ihr kam abrupt zum Stillstand wie eine Autoschlange, die in der Stoßzeit plötzlich vor einer Ampel anhalten muß. Das Ganze hätte ein wenig lächerlich gewirkt, wäre nicht die selbstsichere Gelassenheit des Mädchens gewesen, das ruhig in die Galerie trat und die Versammelten mit einem kühlen Blick maß, der weder Erstaunen noch Beeindruckung verriet. Ihre Augen schweiften über die Köpfe der anderen hinweg und richteten sich aufmerksam auf Lucien, der still und dunkel an der Wand stand. Unverwandt starrte sie ihn an, ohne den anderen die geringste Beachtung zu schenken.

Tossa, die am Rand der Gruppe eingekeilt war, sah förmlich das Aufblitzen, spürte förmlich den Schock, als die Augen der beiden sich trafen. Ihre Finger gruben sich in Dominics Ärmel. Die Spannung der beiden Menschen übertrug sich auf alle, selbst auf jene, die zu unempfindlich waren, um zu verstehen, warum. Und doch hätten sie kaum starrer wirken können, die Gesichter unbewegt, die Körper reglos. Nur für den Bruchteil eines Moments hatten die Dolche in den beiden Augenpaaren aufgeblitzt, die jetzt kühl und ausdruckslos waren.

Auf dem Gesicht des Mädchens lag das höfliche, automatische Lächeln des Gastes, der sich verspätet hat. Sie blickte durch Lucien hindurch, sah ihn gar nicht, hatte ihn aus ihrem Gesichtsfeld verbannt. Lucien jedoch war weit davon entfernt, das Mädchen zu ignorieren. Statt dessen blickte er sie an, bemüht, in sie hineinzusehen und das, was er gewahrte, zu deuten. Doch wenn ihm dieses verschlossene und unzugängliche Gesicht etwas enthüllte, dachte Tossa, dann mußte er Hellseher sein. Der Schimmer in seinen Augen konnte ein Zeichen der Unruhe sein oder der Feindseligkeit oder, seltsam genug, ein Zeichen der Freude.

Der Moment der Überraschung und des Schweigens verflog, noch ehe sie ihn bewußt registriert hatten. Das Mädchen mit der Gitarre wandte sich Felicity zu und öffnete den Mund, um zu sprechen, als erfreut und glatt die schrille, selbstgefällige Stimme Dickie Meurices erscholl.

»Ja, wen sehe ich denn da!« Er tänzelte mit ausgestreckten Armen auf das Mädchen zu, nahm ihre Hände, die noch immer den Gitarrenkasten hielten, und schwenkte sie mit begeisterter Herzlichkeit auf und ab. Ihre dunklen Brauen hoben sich leicht, doch sie ließ seine Aufdringlichkeit ohne Protest über sich ergehen.

»Hallo, Dickie! Ich wußte gar nicht, daß du auch hier sein würdest.«

»Und ich hatte keine Ahnung, daß du hier bist. Wie kommt es denn, daß dein Name nicht auf der Ankündigung stand?«

»Niemand wußte, daß ich komme, und ich habe auch nicht vor, mich aktiv zu beteiligen. Ich bin als Schülerin gekommen wie alle anderen.«

»Ach, das glaubst du doch selbst nicht«, versetzte Meurice lachend und klopfte auf den Gitarrenkasten. »Meinst du vielleicht, du kannst hier ganz unverhofft mit deiner Gitarre erscheinen und wir lassen dich wieder abziehen, ohne daß du uns was vorgespielt hast? Kommt nicht in Frage.« Er legte ihr familiär den Arm um die Schultern und drehte sie ein Stück herum, so daß sie den anderen voll in die Gesichter sah. »Wissen Sie denn nicht, wen wir hier vor uns haben? Die größte Balladensängerin diesseits des Atlantik. Meine Damen und Herren, es ist mir eine Ehre und ein Vergnügen, Ihnen die großartige Liri Palmer vorzustellen.«

2

Edward Arundale hielt seine Begrüßungsansprache vor dem Abendessen im kleinen Salon vor der Kulisse schwarz-weiß-goldenen Dekors, das wie geschaffen schien, seine Erscheinung noch eindrucksvoller wirken zu lassen. Er gab seiner Freude darüber Ausdruck, unter dem Dach dieses Hauses ein so intelligentes und enthusiastisches Völkchen versammelt zu sehen, gab ihnen dann einen kurzen Überblick über das Entstehen und die Geschichte der Follymead-Stiftung, wünschte ihnen ein erfreuliches und produktives Wochenende und bedauerte von Herzen, daß er selbst nicht in der Lage sein würde, die wenigen Tage mit ihnen zu verbringen, da er am Nachmittag des folgenden Tages nach Birmingham reisen müsse, wo er einen Vortrag zu halten hatte, und nicht vor Sonntag abend zurück sein würde. Er würde deshalb die Leitung des Lehrgangs in die fähigen Hände seines Assistenten, Henry Marshall, legen – Mr. Marshall, jung und voller Eifer, lächelte nervös –, während Professor Roderick Penrose, dessen Name sicherlich allen am Volkslied Interessierten ein Begriff wäre, die Vorlesungen halten würde. Man konnte ruhig sagen, meinte Edward Arundale, daß das Volkslied und die Ballade nicht nur Professor Penroses Fachgebiet waren, sondern seine Leidenschaft. Und wenn sie seine Anschauungen ungewöhnlich und neu fanden, so würde das gewiß dazu beitragen, die Diskussionen an diesem Wochenende um so lebhafter zu gestalten.

Professor Penrose war fünfundsiebzig Jahre alt, strotzend von Energie und Vitalität. Er genoß die Vorrechte des Alters, gegen Althergebrachtes zu verstoßen, und nützte sie weidlich aus. Als Edward Arundale seinen Namen erwähnte, grinste er vergnügt, zupfte mit eifrigen Fingern an den weißen Haarbüscheln über seinen Ohren und leckte sich erwartungsvoll die Lippen. Er konnte es kaum abwarten, seine Vorlesungen zu beginnen.

Dann drängten sie sich zum Abendessen in den neugotischen Saal mit der gewölbten Decke, dessen Wände mit Gobelins aus Cothercottschem Besitz behangen waren und der von großen Leuchtern, in denen jetzt Glühbirnen steckten, ausgeleuchtet war. Audrey Arundale, strahlend schön in ihrem einfachen schwarzen Kleid, ließ sich neben ihrem Mann nieder, stets darauf bedacht, dekorativ zu wirken, die Konversation in die richtigen Bahnen zu lenken und im rechten Moment das Richtige zu tun und zu sagen. Das ist der Lebensinhalt von Frauen, die mit Männern wie Edward Arundale verheiratet sind, selbst wenn sie, wie Audrey, von ihrem Mann abgöttisch geliebt werden.

Sie war fünfzehn Jahre jünger als er, wirkte beinahe jungmädchenhaft. Er wurde es nicht müde, sie anzusehen und zu bewundern, spürte noch heute bei ihrem Anblick das tiefe Gefühl des Staunens, der Ungläubigkeit und der Verklärung darüber, daß sie ihm gehörte, wie an jenem Tag, da sie zugestimmt hatte, seine Frau zu werden. Es fiel ihm noch genauso schwer wie in den ersten Wochen ihrer Ehe, sie auch nur für kurze Zeit verlassen zu müssen.

»Ich wollte, du könntest mitkommen«, flüsterte er ihr impulsiv zu. Dann lächelte er hastig, um sie zu beruhigen. »Nein, ich weiß natürlich, daß das nicht geht. Ich brächte es gar nicht übers Herz, dich von hier wegzubringen. Ich weiß, wie sehr du es genießt.«

»Und ich habe es ja im Grunde angefangen«, erwiderte sie in entschuldigendem Ton. In ihrer Stimme lag ein Ausdruck, der dem ihrer Augen verwandt war – ein leichtes Zögern, ein wenig Schüchternheit, so als blickte sie selbst nach zwanzigjähriger Ehe noch ehrfürchtig zu ihm auf, als zweifelte sie selbst heute noch an ihrem eigenen Vermögen und wäre ständig darauf bedacht, ihm zu gefallen. »Ich kann jetzt nicht einfach auf und davon gehen, nachdem ich Professor Penrose und all die anderen hergeholt habe.«

»Natürlich nicht, Liebste, das weiß ich. Aber du wirst mir fehlen. Schluß damit jetzt«, sagte er dann und legte seine Hand leicht auf die ihre, »wir wollen wenigstens den ersten Vortrag gemeinsam genießen. Alles spricht dafür, daß das Wochenende ein voller Erfolg werden wird.«

Das Gewirr der angeregten Stimmen war beinahe ohrenbetäubend, doch aufmerksamen Beobachtern entging nicht, daß weder Lucien Galt noch Liri Palmer viel zur Konversation beitrugen.

»Morgen«, erklärte Professor Penrose und rieb sich die Hände, »ist noch Zeit genug, über die üblichen Fragen zu diskutieren, über Definitionen und Maßstäbe, über Erlaubtes und Verpöntes. Heute abend wollen wir uns vergnügen. Unter uns befindet sich eine Reihe von Künstlern, die sich auf diesem Gebiet einen Namen gemacht haben und deren Urteil wir achten sollten. Ich möchte sie bitten, uns jetzt keine Vorträge zu halten, sondern uns zu zeigen, wie Volkslieder gesungen werden. Wir werden darum bitten, daß sie uns ihre Lieblingsstücke vorstellen, Lieder, die sie für reine Vertreter des Volkslieds und der Ballade halten. Und dann werden wir die Ergebnisse gemeinsam unter die Lupe nehmen und sehen, was wir entdecken.«

»Jetzt haben Sie mir richtig Angst gemacht«, erklärte Peter Crewe vorwurfsvoll.

»Mr. Crewe, Sie brauchen sich wahrhaftig keine Sorgen zu machen. Wir werden ja sehen. Ich will keine Prognosen stellen. Ich werde mich jetzt unter die Zuhörer verkriechen.« Er wandte sich an Dickie Meurice. »Ich übergebe jetzt die Leitung dieses Abends einem Fachmann. Bitte, Mr. Meurice.«

Mr. Meurice sprang auf wie eine Forelle, die eine Fliege gesichtet hat, und übernahm mit unverhohlener Freude die Rolle des Conférenciers. Der Professor zog sich in einen stillen Winkel zurück, wo sich auch Arundale mit seiner Frau niedergelassen hatte, und blickte mit vergnügtem Grinsen unter buschigen Brauen über die Zuhörer hinweg zur Bühne.

»Im Grunde sind Einführungen heute abend völlig überflüssig«, begann Dickie Meurice mit blitzendem Lächeln. »Wenn Sie da unten nicht schon alles über die Künstler hier oben wüßten, wären Sie wahrscheinlich kaum hier. Ich bin nur dazu da, die Namen in der richtigen Reihenfolge anzukündigen. Ansonsten könnten Sie mir ebensoviel über die Künstler erzählen wie ich Ihnen. Vielleicht sogar mehr. Ich bin sicher, daß sogar ich dieses Wochenende allerhand Neues lernen und erfahren werde. Aber wir wollen keine Zeit verschwenden, sondern gleich mit der Musik beginnen. Ladys first! Celia, möchten Sie den Anfang machen? Sie alle kennen Celia Whitwood, das Mädchen mit der Harfe. Mal etwas anderes als Gitarren, nicht wahr?«

Die Bemerkung brachte ihm dünnes Gelächter von seiner Anhängerschaft ein, doch es war, an Dickies sonstigem Kaliber gemessen, ein milder Scherz.

»Er ist ja so zahm«, flüsterte Tossa. »Das hätte ich gar nicht erwartet.«

»Das wird sich bestimmt noch ändern, ehe der Abend um ist«, gab Dominic ebenso leise zurück. »Er muß erst mal ein bißchen auf den Busch klopfen.«

Celia Whitwood setzte sich an ihr Instrument und begann zu singen. Sie trug zwei walisische Volkslieder vor. Ihre Stimme war nicht groß. Zu Anfang, sich der Akustik in dem Raum nicht gewiß, klang sie unsicher und schüchtern. Doch als sie zum Ende des ersten Liedes kam, hatte sie sich mit dem Raum vertraut gemacht, und ihre Stimme klang voller.

Ihr folgte Peter Crewe mit einigen amerikanischen Liedern, Andrew Callum trug zwei Lieder aus Mittelengland vor, und Dickie Meurice führte seine Conférence weiterhin einfach, freundlich und ohne Schärfe, als stünde auch er hier im Kreuzverhör.

»Alle gehen auf Nummer Sicher«, stellte Tossa enttäuscht fest.

Die Brüder Rossignol aus Frankreich begannen ihren Vortrag mit einer Ballade, grimmig und dramatisch. Sie waren zwanzig Jahre alt, mit flammend rotem Haar und beinahe mädchenhaft hübschen Gesichtern. Doch ihr Auftreten war männlich, fast grob und ungeschlacht, und in ihren Augen blitzte ständig der Schalk. Als zweite Darbietung brachten sie ein Wiegenlied, das in so ausgeprägtem Dialekt vorgetragen wurde, daß keiner auch nur ein Wort verstand. Es lag auf der Hand, daß sie Professor Penrose aus dem Konzept bringen wollten. Danach berieten sie sich mit einem raschen Zucken ihrer roten Brauen, warfen einen boshaften Blick auf den Professor und schlugen die sanften Töne eines Troubadourliedes aus dem fünfzehnten Jahrhundert an. Ihre Stimmen schwangen rein und hell, schmelzend und anmutig wie die Blumen, von denen sie sangen, durch den Saal. Der Professor neigte nickend das alte Haupt und lächelte.

»Na, die beiden haben wenigstens etwas riskiert«, meinte Dominic.

Lucien Galt begann seinen Vortrag mit »Helen of Kirkconnell«. Von Anfang an bestand kein Zweifel darüber, daß hier ein Künstler von Rang auf der Bühne stand. Die Natur hatte ihm eine Stimme gegeben, deren Schönheit alle fesselte. Es war ein warmer

Bariton, der auch dann seine Wirkung nicht verfehlt hätte, wenn der junge Mann die Kunst des Vortrags nicht so vollkommen beherrscht hätte. Außerdem jedoch besaß Lucien Galt die seltene Gabe, sich vollkommen in das zu vertiefen, was er tat. Solange er sang, war er allein, vergaß das Publikum, das an seinen Lippen hing. Er war der von Schmerz zerfleischte Liebhaber, der Helens Mörder jagte und um ihretwillen tötete. Sein Vortrag war um so zwingender, als alles, was er tat, von einer gewissen Zurückhaltung diktiert war, die jede Übertreibung ausschloß. Doch die Leidenschaft zitterte mit solcher Intensität hinter der äußeren Ruhe, daß die Zuhörer den Atem anhielten. Er schien überrascht, als sie ihm applaudierten, so völlig hatte er ihre Anwesenheit vergessen.

Als nächstes sang er »The Croppy Boy«, eine gewagte Wahl für einen Künstler, der nicht einen Tropfen irischen Bluts in seinen Adern hatte. Er sang es wie ein Engländer, der von der Schuld des vergangenen England besessen ist, und mit einer unerwarteten Schlichtheit, die das letzte unschuldige Geständnis des blutjungen Soldaten beinahe unerträglich rührend machte.

Als er zum Ende kam, standen einigen der jungen Mädchen Tränen in den Augen. Auch das überraschte ihn, doch er war entwaffnet. Es war das erstemal, daß Tossa und Dominic ihn aus freundlichen Augen auf seine Verehrer blicken sahen.

»Und das dritte Lied?« erkundigte sich Dickie Meurice voller Liebenswürdigkeit.

Lucien dachte einen Moment nach, die Unterlippe vorgeschoben, mit den Fingern sachte und nachdenklich die Saiten der Gitarre anschlagend. Er blickte über die Reihen der erwartungsvollen Zuhörer hinweg, und Dominic wandte den Kopf und folgte dem Blick. Seine Augen richteten sich auf Liri Palmers ebenmäßiges Profil, den dicken Zopf braunen Haares. Sie saß in der letzten Reihe, aufmerksam und still.

Dann begann Lucien zu singen. Es war eine sehr volkstümliche Melodie, die ihnen allen vertraut war. Doch den Text kannten sie nicht.

»Mein Haus steht in dem kalten Grund,
und hart, hart ist mein Leben.

Doch mehr bekümmert mich die Kund'
deiner Kälte, mein liebstes Leben.
Ich rufe dich, kehr um, mein Lieb,
ich bitte dich, kehr um zu mir.
Meine Liebe gehört nur dir allein,
mein Flehen gilt nur dir.

Einen Blütenkranz will ich dir winden,
einen Ring will ich dir geben.
Das Eis um dein Herz wird schwinden,
und wir werden in Freuden leben.
Ich rufe dich, kehr um, mein Lieb,
ich bitte dich, kehr um zu mir.
Meine Liebe gehört nur dir allein,
mein Flehen gilt nur dir.«

»Das muß sie doch erweichen«, flüsterte Tossa, »wenn sonst nichts hilft.«

Dominic war erstaunt. Er hatte nicht bemerkt, daß dieses unberechenbare Mädchen irgendwelchen bedeutungsschweren Blicken gefolgt war, und doch schien sie genau zu wissen, was sich zutrug. Er wünschte, er wäre dessen auch so sicher. Gewiß, irgend etwas ging vor, und in der Luft lag eine Spannung, die ahnen ließ, daß noch mehr geschehen würde. Doch niemand sonst schien etwas bemerkt zu haben. Vielleicht bezogen alle Mädchen die Liebeserklärung auf sich selbst und klatschten deshalb so begeistert. Und es war gar nicht ausgeschlossen, daß das auch auf Tossa zutraf.

»Jetzt einen Augenblick noch«, rief Dickie Meurice strahlend und fegte mit den Händen den Applaus hinweg. »Wir sind noch nicht am Ende. O ja, ich weiß, daß das alles ist, was wir Ihnen versprochen haben, aber gleich werden Sie sehen, daß wir noch eine Trumpfkarte im Ärmel stecken haben. Einige unter Ihnen wissen es bereits, doch für die meisten wird es eine großartige Überraschung sein. Wissen Sie, wer die Bescheidenheit besaß, sich hier als Schülerin und Zuhörerin unter das Volk zu mischen? Einige von Ihnen haben sich vielleicht beim Abendessen mit ihr unterhalten, ohne zu wissen, welche Ehre ihnen zuteil wurde. Liri – Liri Palmer!

Du brauchst gar nicht zu versuchen, dich da hinten zu verstecken, Liri. Ich weiß, daß du hier bist.«

Sie hatte sich nicht gerührt. Nicht einmal ein Muskel in ihrem Gesicht zuckte. Sie wollte nicht aus ihrer Anonymität herausgerissen werden, doch sie versteckte sich auch nicht.

»Ja, das ist unser Geheimnis. Liri Palmer ist hier unter uns. Dort sitzt sie. Applaus bitte, dann kapituliert sie vielleicht.«

Er wurde von Minute zu Minute größer, blähte sich auf, um den Bildschirm zu füllen, der nicht vorhanden war, um die Kameras, die Gefühle und die Ereignisse dieses Abends zu dirigieren. Dies war der Augenblick, auf den er gewartet hatte.

»Komm, Liri, du kannst uns jetzt nicht enttäuschen. Du kannst es uns doch nicht zum Vorwurf machen, daß wir dich singen hören wollen. Komm auf die Bühne, wo du hingehörst, und sing uns etwas vor.«

Alle Köpfe hatten sich gedreht, selbst die Langsamsten hatten sie jetzt entdeckt, selbst jene, die nichts von ihr wußten, hatten sie jetzt mit Hilfe der neugierigen Blicke der anderen identifiziert. Jemand begann zu klatschen, und die anderen taten es ihm nach, so daß der Applaus anschwoll wie eine Woge.

»Komm, Liri, wir warten nur auf dich.«

Sie stand auf, jedoch nur, um sich Gehör zu verschaffen.

»Ich bin hergekommen, um zuzuhören. Sie müssen mich entschuldigen. Außerdem habe ich meine Gitarre nicht hier.«

»Lucien ist bestimmt bereit, dir seine Gitarre zu leihen. Komm, du kannst uns jetzt nicht alle enttäuschen. Lucien, tu was, hilf mir. Wenn du sie fragst, dann kommt sie bestimmt.«

Doch Lucien, der Ruhige, Gelassene, schien aus dem Gleichgewicht geworfen, und diese Tatsache allein war überraschend. Er saß stumm und starr und blickte über die hoffnungsvollen Gesichter hinweg zu Liri, die noch immer ärgerlich vor ihrem Stuhl stand, die Brauen zu einem abweisenden Runzeln zusammengezogen. Es war Lucien, der errötete und stammelnd seine Bitte hervorbrachte.

»Ja, Liri, bitte. Es wäre für alle eine solche Freude.«

Die Aufforderung hätte nicht milder ausfallen können, doch was dann geschah, ähnelte mehr der förmlichen Annahme einer Herausforderung.

»Na schön«, versetzte Liri abrupt, »da du mich gebeten hast.«

Sie eilte entschlossenen Schrittes den Gang entlang, verfolgt von den staunenden Blicken der Zuhörer, und stieg hinauf zur Bühne, wo seitlich in einem Alkoven die Sänger saßen. Sie nahm die dargebotene Gitarre entgegen, ließ sich auf der Rampe der Bühne nieder und schlug stirnrunzelnd die Saiten an. Einen Augenblick war es vollkommen still im Saal. Sie schien vergessen zu haben, daß die Zuhörer überhaupt existierten, schien versunken in ihre eigenen Gedanken. Dann erzitterte der ganze Raum unter dem Klang der tiefen, kraftvollen Töne, die sie Luciens Gitarre entlockte. Sie hob den Kopf und traf mit der Sicherheit einer scharfen Klinge, die mitten ins Herz sticht, ihren Einsatz.

»Schwarz, schwarz, schwarz ist meines Liebsten Herz.
Seine Zunge kennt nur Gift und Schmerz.
Harte Hand und eisiger Blick.
Ich hasse den Grund, auf den er tritt.

Ich hasse den Liebsten, wo er geht und steht,
und doch lieb' ich den Grund, auf dem er geht.
Und wenn ich den Liebsten nie mehr seh',
soll niemand sonst ihn lieben je.

Schwarz, schwarz, schwarz ist meines Liebsten Herz...«

Es war eine schmerzlich süße Stimme, doch aufrührend in ihrer Süße. Sie sang mit so wunderbarer Sicherheit, daß sie alle ihre Interpretation als die einzig richtige aufnahmen und erst danach gewahr wurden, daß sie die Worte des Liedes nach eigenem Belieben verändert hatte und der Ballade das Herz herausgerissen, sie zur Antithese dessen gewandelt hatte, was sie eigentlich besagte. Es war, als hätte sie die Münze der Liebe umgedreht, um zu zeigen, daß auf der Kehrseite der Haß stand.

Die Stille war entnervend, doch sie ließ sich davon nicht berühren. Sie stand auf, und sogleich setzte der Applaus ein, laut und heftig, mit beinahe schuldbewußter Begeisterung, um die Pause zu vertuschen, die nicht hätte entstehen sollen. Sie legte die Gitarre fort.

»Sie singt nicht richtig unter meinen Fingern.«

Im Halbkreis der Künstler befand sich ein freier Stuhl. Sie glitt an den anderen vorbei und setzte sich, entzog sich der allgemeinen Aufmerksamkeit, noch ehe die Zuhörer aufgehört hatten zu klatschen. Sie ließ sich nicht einmal zu einer Verbeugung herbei.

Der Zwischenfall war vorüber, noch ehe die Hälfte derer, die anwesend waren, überhaupt begriffen hatten, daß es zu einem Zwischenfall gekommen war. Doch mit dem Verebben des Applauses wich die Betäubung, und die Schockwelle erreichte sie alle.

In der ersten Reihe lehnte sich die alte Miss Southern, mit siebzig noch so naiv wie mit siebzehn, eifrig zu ihrer Nachbarin. Sie war zu diesem Lehrgang gekommen, weil sie hoffte, daß sie die Lieder ihrer Jugendzeit wieder hören würde. Ihr konnte niemand etwas vormachen.

»Sie hat ja einen ganz falschen Text gesungen«, wisperte sie aufgeregt. »Es heißt ›Haar‹! ›Schwarz ist meines Liebsten Haar.‹ Glauben Sie nicht, daß wir sie darauf aufmerksam machen sollten?«

»Nein, nein«, zischte die Nachbarin entsetzt. »Um Himmels willen.«

»Aber vielleicht hat sie die Ballade falsch gehört. Ich habe sie in der Schule gelernt, wissen Sie. Es heißt ›Haar‹, nicht ›Herz‹. Glauben Sie wirklich nicht, daß wir . . .«

Fast alle, die in der ersten Reihe saßen, hatten den erregt geflüsterten Wortwechsel mitangehört. Professor Penrose stand mit überraschender Behendigkeit auf, doch ohne jedes Anzeichen von Hast oder Sorge, und machte von seinem Recht als Leiter des Seminars Gebrauch. Seine alte Stimme enthielt die Autorität und Bestimmtheit, die nötig war, und er war, mit seinen fünfundsiebzig Jahren, ganz und gar nicht naiv.

»Hm, ich muß zugeben, daß ich unseren jungen Freunden hier gewissermaßen den Handschuh hingeworfen habe«, begann er, »und die Herausforderung wurde angenommen. Wir werden morgen früh ein wenig ins einzelne gehen. Jetzt möchte ich nur sagen, daß wir soeben eine sehr originelle und einfallsreiche Darbietung gehört haben, in der wieder einmal eine wesentliche Charakteristik des Volksliedes unterstrichen wurde – daß es nämlich die Eigenschaft besitzt, sich ständig zu verändern und zu erneuern. Volksmusik ist organisch. Sie paßt sich den Ausdrucksbedürfnissen jener an, deren natürliche Musik sie ist. Wenn sie statisch wird, hat der Verfall begonnen. Eine ihrer Hauptfunktionen liegt darin, jenen Stimme zu sein, die sonst nicht die Fähigkeit besitzen, ihre Gefühle zu artikulieren. Das dürfen wir nie vergessen. Und was Sie beide angeht«, setzte er streng hinzu und drohte den beiden Rossignols scherzend mit dem Finger, »so werden wir morgen auf Ihren Vortrag zu sprechen kommen. Sie haben wohl gehofft, daß ich über meine eigenen Füße stolpern und Ihnen vorhalten würde, daß das hübsche, pastorale Hofliedchen, das Sie mir vorwarfen, kein Volkslied ist, was? Natürlich ist es ein Volkslied! Das Volk nahm sich, was es wollte und machte es sich zu eigen, gleichgültig, woher es stammte. Ursprünglich war es Hofmusik, nicht wahr? Wenn Sie mal in die ländlichen Gegenden Böhmens reisen und sich dort umhören, werden Sie feststellen, daß man dort zu Mozarts Musik Volksgedichte singt, und wenn Sie tief genug schürfen, dann werden Sie entdecken, daß diese Melodien schon zu Volksliedern geworden waren, ehe Mozart starb. Die Leute, die die Melodien aus fernen, großen Städten mit in die Dörfer brachten, kümmerte es wenig, woher die Lieder ursprünglich stammten. Sie verleibten sie dem Volksgut ein. Und glauben Sie ja nicht, daß Sie mich damit aus dem Konzept bringen können, daß Sie plötzlich in den Dialekt der Auvergne verfallen. Ich kannte das Wiegenlied schon, bevor Sie geboren waren.

Schön, machen wir Schluß für heute abend. Wir wollen uns das, was wir heute abend gehört haben, über Nacht gründlich durch den Kopf gehen lassen. Und ich hoffe, Sie werden morgen nicht davor zurückschrecken, meine Ansichten anzugreifen, wenn sie den Ihren nicht entsprechen. Wir haben hier Raum genug für Meinungsverschiedenheiten und gesunde Diskussionen. Wenn Sie der Auffassung sind, ›My lodging is on the cold ground‹ könnte nicht als Volkslied eingestuft werden, weil der Text von John Gay stammt und eher das Flair der Theaterwelt als das der dörflichen Idylle hat, dann vertreten Sie Ihre Ansichten. Wir werden wahrscheinlich nicht zu allgemein gültigen Schlüssen kommen, doch auf diese Weise lassen sich oft interessante neue Gedanken aufdecken. Und jetzt schlage ich vor, wir kehren zu einer Tasse Tee in den kleinen Salon zurück.«

*

Sie hatte seine rücksichtslose Fähigkeit, sich unerwünschter Gesellschaft zu entledigen, nicht in Betracht gezogen, hatte gemeint, er würde vom Sog seiner Bewunderer, die ihn schmeichelnd, begeistert und eifersüchtig umringten, in den kleinen Salon gezogen werden, wenn sie nur zurückblieb und wartete, bis alles ruhig war. Doch als sie allein, dem Widerhall ferner Stimmen folgend, zur gewundenen Treppe kam, streckte sich eine Hand aus den Falten des samtenen Vorhangs und faßte sie am Arm. Widerwillig blieb sie stehen, das Gesicht dem seinen zugewandt.

»Liri, ich muß dich sprechen.«

Seine Stimme klang gepreßt und sehr leise. Sein Gesicht verriet innere Erregung. Es war düster, von innerem Konflikt zerrissen. Sie versuchte, sich aus seiner Umklammerung zu lösen. Doch instinktiv gab sie auf. Sie wußte, daß sie mit Gewalt nichts erreichen würde, daß er sie nicht gehen lassen würde.

»Aber ich will nicht mit dir sprechen. Laß meinen Arm los.«

»Liri, bitte, sei doch nicht so. Ich sage dir doch, daß ich mit dir reden muß.«

»Du hast mit mir geredet«, versetzte sie zwischen zusammengebissenen Zähnen hindurch. »Gerade eben. Du hast gefragt, und ich habe dir meine Antwort gegeben. Mehr habe ich dir nicht zu sagen. Und jetzt laß mich bitte los.«

»Ich kann es einfach nicht glauben! Ist das alles, was du mir zu sagen hast? Warum bist du dann überhaupt hierher gekommen?«

»Warum hätte ich nicht kommen sollen?« entgegnete sie wild. »Ich bin als Zuhörerin gekommen. Wie alle anderen auch.«

»Das ist eine Lüge«, gab er schroff zurück. »Du bist gekommen, weil du wußtest, daß ich hier sein würde. Etwas anderes ist gar nicht möglich. Wenn du wußtest, daß der Lehrgang geplant war, dann hast du auch gewußt, daß ich teilnehmen würde. Du bist mir hierher gefolgt. Aber warum bist du hier, wenn du mir nichts zu sagen hast?«

»Du!« zischte sie, plötzlich starr in lautlosem Zorn. »Du meinst, die ganze Welt dreht sich um dich. Du meinst, du kannst dir alles erlauben, und niemand hat ein Recht, dir entgegenzutreten. Du bist natürlich völlig ahnungslos. Dir ist rätselhaft, was ich gegen dich habe, nicht wahr? O nein. Ich will es dir noch ein einziges Mal sagen, und dann will ich dich nie mehr sehen, nie wieder deine Stimme hören. Ich bin fertig mit dir. Ich kenne dich nicht, ich will dich nicht kennen. Du bedeutest mir nichts und wirst mir auch nie wieder etwas bedeuten. Und jetzt laß mich endlich los.«

»Den Teufel werd' ich! Erst hörst du mir zu –«

Luciens Augen sprühten Funken, und zugleich flammte in Liris Augen das Feuer neuen Zorns auf. Am liebsten hätte sie ihm mit der freien Hand eine schallende Ohrfeige gegeben, doch in der Stille des Korridors hätte das die Neugierigen so sicher angelockt wie der Knall eines Pistolenschusses. Es gab andere Wege. Unvermittelt beugte sie den Kopf und senkte ihre Zähne in sein Handgelenk.

Er gab keinen Laut von sich, doch seine Muskeln zuckten überrascht, und in dem Moment der Verblüffung, als sein Griff sich lockerte, riß sie sich los, wich dem erneut zupackenden Arm aus und eilte die Treppe hinauf.

An einem der Tische im kleinen Salon hatte Dickie Meurice seine Verehrer um sich gesammelt und hielt Hof. Er gab sich alle Mühe, Herrscher und Hofnarr zugleich zu sein. Er wenigstens genoß diesen Abend und buchte ihn als Erfolg. Die Dinge entwickelten sich vielversprechend.

Er sah Liri sofort, als sie eintrat, entdeckte mit Befriedigung den Widerschein der unterdrückten Gefühle auf ihrem Gesicht und in den brennenden Augen. Doch er ließ sie in Ruhe. Er hatte nie etwas gegen das Mädchen gehabt, und jetzt begann er sogar, sie interessant zu finden. Sie mochte wild und ungezähmt sein, doch sie besaß Stil und Klasse. Neben ihr wirkten die meisten Mädchen wie Puppen vom Fließband. Vielleicht ließ sich da etwas für ihn herausholen, wenn er dafür sorgte, daß ihre Trennung von Lucien unwiderruflich wurde.

Lucien Galt betrat den Raum wie immer mit langem, arrogantem Schritt, den Kopf hoch erhoben, die Brauen abweisend zusammengezogen. Er steuerte auf einen der Tische zu, bediente sich, ohne irgend jemandem ein Wort oder einen Blick zu gönnen, und blieb dann mit der Teetasse in der Hand stehen, um sich umzublicken, bis er Liri entdeckte, die sich einer Gruppe um Professor Penrose am anderen Ende des Salons zugesellt hatte. Mit gerunzelter Stirn beobachtete er sie aufmerksam, ungeachtet der verstohlenen und neugierigen Blicke, die auf ihn gerichtet waren. Es war typisch für ihn, daß er sich nicht die Mühe machte, der anderen wegen Theater zu spielen. Das war es, was die Leute am meisten gegen ihn aufbrachte, daß er an sein Publikum keine Konzessionen machte. In Dickie Meurices Vorstellungswelt war das Blasphemie.

Und trotzdem scharten sich die Mädchen schon wieder um ihn. Er konnte es sich leisten, dazustehen und ein Gesicht zu zeigen, als existierten sie nicht, und dennoch strichen sie wie schnurrende Katzen um ihn herum. Die kleine Cope natürlich allen voran. Das arme Kind hatte es wirklich gepackt. Sie war bleich wie der Tod, gespannt wie die Saite eines Bogens, bemüht, ihre Scheu mit draufgängerischem Mut zu bekämpfen.

»Mr. Galt, Sie waren wunderbar. Ich weiß, daß Sie es satt haben müssen, das immer wieder zu hören, aber ich meine es ernst.«

»Einfach phantastisch. Das irische Lied! Ich habe direkt geweint.«

»Ich höre mir immer Ihre Sendungen an ... Ich habe alle Ihre Platten. Aber Ihnen persönlich zu begegnen – sagenhaft. War er nicht überwältigend, Mr. Meurice?«

Dickie Meurice stahl sich unauffällig näher heran, erlaubte es, daß seine eigenen Verehrer sich mit denen des feindlichen Lagers mischten. Auf diese Weise bestand noch immer die Hoffnung, sie alle auf seine Seite zu ziehen, oder zumindest allein als das Objekt der allgemeinen Bewunderung angesehen zu werden, wenn Lucien die Geduld verlor und sich aus dem Kreis löste, wie er das früher oder später tun würde.

»Ja, das war er«, gestand Dickie mit sonnigem Lächeln und blickte Lucien direkt in das düstere Gesicht. »Wir haben heute abend allerhand zu hören bekommen.« Mit lauter, herzlicher Stimme trieb er den Pfeil in das Fleisch seines Gegners. »Gute Schau, Lucien, mein Junge, sehr gut.«

»Ihre?« fragte Lucien lakonisch. »Oder meine?«

»Na, na! Keine Sticheleien unter Kollegen, alter Junge.«

Seine blauen Augen richteten sich hart und erbarmungslos wie die eines Kindes auf Luciens schmales, braunes Handgelenk. Ein Oval rötlich angelaufener kleiner Flecke schimmerte auf der glatten Haut.

»Na, so was!« seufzte Meurice und schüttelte seinen blonden Kopf. »Und mir hat man immer beizubringen versucht, daß es Unrecht ist, Menschen zu fressen.«

Lucien blickte auf das Mal nieder, das die Auseinandersetzung mit Liri hinterlassen hatte, und hob überrascht die Brauen. Er hatte nichts gefühlt, seit sie ihm entflohen war, hatte nicht einmal nachgesehen, ob der Biß ein Mal hinterlassen hatte. Als sein Blick auf sein Handgelenk fiel, als er die scharf unterdrückten Laute der Bestürzung vernahm und das Schweigen spürte, das darauf folgte, hätte er am liebsten die Hand in die Tasche gesteckt, um die Zeichen zu verbergen. Doch dazu war es zu spät. Er ließ die begierigen Blicke der Neugier an sich abprallen und sah Dickie Meurice mit kühlem, gleichgültigem Ausdruck an.

»Tatsächlich? Es muß recht schwer für Sie sein, diese Lehre mit dem Ton Ihres Fernsehprogramms in Einklang zu bringen. Das einzige Mal, als ich mir das Programm ansah, war es purer Kannibalismus.«

Die Mädchen, die die beiden Männer umringten, schreckten zurück. Ihre Blicke wandten sich von Luciens steinern beherrschten Zügen zu Dickie Meurices hellem Gesicht, das plötzlich kreidebleich wurde und dann ebenso unvermittelt in tiefe Röte getaucht war. Wenn es etwas gab, was ihm naheging, so war es seine Sendung. Dieser Dolchstoß war mit einem Scherz nicht abzuwehren, doch die Schlagfertigkeit zum Todesstoß fehlte ihm.

»Allerdings war das Fleisch, in das Sie mit so sichtlichem Vergnügen Ihre Zähne senkten, zum größten Teil nicht mehr frisch, so daß der Ausdruck eigentlich kaum zutrifft.«

Er drehte sich gemächlich um und stellte seine Tasse ab. Höflich wartete er einen Augenblick auf eine Erwiderung. Als keine kam, zuckte er gleichgültig die Achseln. Ohne Hast entfernte er sich. Und Felicity Cope drehte sich um wie eine Schlafwandlerin und folgte ihm.

»Ich habe ihn nie als Gast zu meiner Sendung eingeladen«, bemerkte Meurice, als er seine Fassung einigermaßen wiedergefunden hatte. »Das verzerrt vielleicht das Bild ein wenig.« Er warf ihnen sein quecksilbrig lebendiges Lächeln zu, einen verständnisinnigen Blick und erntete ein leicht verlegenes Murmeln der Erwiderung.

Doch es war zu spät, den Schaden wiedergutzumachen, und er wußte es. Er war vor seinen treuen und bestürzten Verehrern geschlagen worden, und das war etwas, was einer Persönlichkeit, die im Rampenlicht der Öffentlichkeit stand, nicht vergeben wurde. Eine heroische Tat war vonnöten, um sein Ansehen wiederherzustellen.

»Unter uns gesagt«, meinte er daher, mit ernster, beinahe trauriger Stimme und in vertraulichem Ton. »Wir müssen Lucien gegenüber gerade jetzt sehr nachsichtig sein. Es wäre ein trauriger Sieg gewesen, wenn ich dem armen Teufel, jetzt, wo er wegen Liri ganz durcheinander ist, auch noch auf die Pelle gerückt wäre. Diese Unterhaltung bleibt natürlich unter uns, aber ich glaube, es ist ganz gut, wenn Sie die Tatsachen erfahren. Sie können die Wogen ein bißchen glätten, wenn Sie begreifen, was vorgeht.« Sein Tonfall war ganz Wärme, Güte und Verständnis. Und niemand verstand es besser als er, diesen Ton anzuschlagen, wenn sich die Notwendigkeit dazu ergab. »Vor zwei Wochen noch«, begann er, »waren Lucien und Liri ...«

Seine Stimme sank zu einem Flüstern, das sie anlockte und die Köpfe zusammenstecken ließ. Er trug seine Geschichte mit der Verve des Künstlers vor und war wie berauscht von seinem eigenen Geschick.

»Eine heikle Situation! Und wir müssen das ganze Wochenende damit zurechtkommen. Nein, Sie dürfen es nicht falsch auslegen, wenn ich jetzt Lucien gegenüber Nachsicht walten lasse. Ich finde, er hat mehr Sorgen als genug. Da brauche ich ihm nicht auch noch das Leben schwerzumachen, nur weil er seinen Groll an mir ausläßt. Ich habe einen breiten Rücken.«

Der Ausdruck der Gesichter wandelte sich, und seine Verehrerinnen strahlten ihn voll ehrfürchtiger Bewunderung an. Es wäre wirklich ungeheuer großzügig von ihm, murmelten sie, die Sache aus diesem Blickwinkel zu sehen. Und sie versprachen hoch und heilig, die Angelegenheit selbstverständlich streng vertraulich zu behandeln.

Minuten später lösten sich die ersten aus der Gruppe, um die Neuigkeit zu verbreiten.

*

Die Gesellschaft löste sich früh auf. Der Collegeleiter war zwar nicht in der Lage, darüber zu wachen, daß die jungen Leute in ihren Zimmern bleiben würden, doch er konnte zumindest mit gutem Beispiel vorangehen und hoffen, daß sie den Wink verstehen und ihm Folge leisten würden. Felicity war, sehr zu ihrem Unwillen, bereits von Luciens Seite gerissen und zu Bett geschickt worden. Einige der älteren Gäste hatten sich auf ihre Zimmer zurückgezogen, und andere machten auf dem Weg zu ihren Zimmern in der Bibliothek halt, um dort nach einer Bettlektüre zu suchen. Die Arundales hatten um halb elf Uhr mit allen Gruppen einige höfliche Worte gewechselt und somit ihrer Pflicht Genüge getan. Sie wünschten allen eine gute Nacht und schlenderten dann hinaus in die Galerie, um ihre eigenen Räumlichkeiten aufzusuchen. Lucien Galt, der zufällig zu diesem Zeitpunkt mit ihnen beisammen stand, schloß sich ihnen an. Ein halbes Dutzend anderer folgte dem Beispiel und empfahl sich ebenfalls.

»Ich werde allerdings nicht gleich zu Bett gehen können«, meinte Arundale lächelnd. »Ich muß morgen beim Festbankett zur Jahresversammlung der Weinhändler einen Vortrag halten, über Erwachsenenbildung im allgemeinen und Follymead im besonderen, und da muß ich mich noch ein bißchen vorbereiten. Wir hoffen, von der Vereinigung eine Spende zu erhalten. Und am Sonntag nachmittag findet eine Tagung statt, die sich mit der Freizeitgestaltung befaßt – das ist heute ein sehr aktuelles Thema, über das man fast jeden Tag in der Zeitung lesen kann. Für Sie ist das wahrscheinlich alles recht langweilig«, sagte er über den blonden Kopf seiner Frau hinweg zu Lucien Galt. Es lag mehr Leutseligkeit als Entschuldigung in seinem Ton. »In Ihrem Alter liegt das Problem der Freizeitgestaltung zum größten Teil in der Frage, wo die Freizeit hernehmen. Ich kann mir vorstellen, daß es Ihnen keine Schwierigkeiten bereitet, sie auszufüllen.«

»O nein, ich finde das ganz und gar nicht langweilig«, versetzte Lucien höflich.

Und wirklich, das dunkle Gesicht, das Dominic und Tossa, die knapp einen Meter hinter den dreien herschlenderten, im Profil sehen konnten, wirkte keineswegs gelangweilt. Die gespannten Linien hatten sich gelöst und erwärmt, die Augen schimmerten weich und hell. Eine leicht hektische Fröhlichkeit schien ihn überkommen zu haben, vielleicht von dem gutgemeinten Bemühen, Konversation zu machen, vielleicht von den geheimen Gedanken, die ihn beschäftigten. Er blickte auf Audrey Arundale nieder, die zwischen den beiden Männern ging, und von ihr zu ihrem Mann.

»Was Sie hier aufgebaut haben«, sagte er mit Wärme, »ist bewunderswert, und ich freue mich, daß ich ein wenig dazu beitragen kann.«

Mrs. Arundale wandte bei diesen Worten ein wenig den Kopf, und ihr stilles Lächeln, das niemals von ihren Lippen wich und immer einen Schimmer bemühten Eifers trug, flammte auf in einem Ausdruck des Stolzes und der Freude.

»Es freut mich, das von Ihnen zu hören«, erwiderte Arundale. »Ich weiß, daß es nicht genug ist. Ich kann nur hoffen, daß es Ergebnisse zeitigen wird.«

Dominic spürte, wie Verwunderung und Staunen in ihm aufwallten. Wer hatte jemals davon gehört, daß Lucien Galt so weit aus sich herausging, einem anderen ein Kompliment zu machen? Es hatte aufrichtig geklungen und war wahrscheinlich auch so gemeint, doch es war einfach ungewohnt, aus Luciens Mund eine Schmeichelei zu hören. Und der leichte Stich der Überraschung und Neugier brachte Dominic plötzlich wieder die Geschichte von der Auseinandersetzung mit Liri Palmer ins Gedächtnis und von dem Mal, das sich angeblich auf Luciens linkem Handgelenk befand. Nur aus diesem Grund blickte er im rechten, oder vielleicht unrechten Moment auf Luciens linke Hand und sah etwas, was Tossa nicht bemerkte.

Die drei vor ihnen schritten nahe nebeneinander her. Der schwingende Rock der Frau streifte bei jedem Schritt leise raschelnd die beiden Männer. Luciens Hand, die entspannt an seiner Seite herabhing, streckte sich unvermittelt aus und berührte sehr zart die Hand der Frau. Und sogleich öffneten sich ihre Finger und umspannten die seinen. Einen Moment lang hielten sie sich fest an den Händen gefaßt, dann ließen sie einander ebenso schnell und unmerklich wieder los. Ihre Schritte verloren nicht einen Augenblick ihre Zielstrebigkeit, ihre Haltung blieb unbewegt. Nur die beiden Hände hielten einander umschlungen, verschränkten sich ineinander und trennten sich dann mit so viel Leidenschaft, als wäre ihnen eigenes Leben eingehaucht oder als hätten sie für Sekunden das ganze Leben dieser beiden Menschen in sich vereint.

Ganz unwillkürlich, einer natürlichen Reaktion folgend, blickte sich Dominic hastig, beinahe verstohlen um, um zu sehen, ob andere bemerkt hatten, was er beobachtet hatte. Doch Tossa war Gott sei Dank ganz in die Betrachtung der Venezianischen Leuchter vertieft, die jetzt nicht mit voller Stärke brannten, so daß die Galerie beinahe düster schien. Und das Blickfeld jener, die hinter ihnen hergingen, mußte durch ihre Körper versperrt gewesen sein. Nein, niemand! Er war beinahe so erleichtert, als hätte er Angst gehabt, selbst bei einer Missetat ertappt zu werden. Dann zog das unvermittelte Aufblitzen eines Lichtschimmers sein Augenmerk auf den tief in die Wand eingelassenen Alkoven, wo eines der Cothercottschen Familienporträts hing. Dort saß jemand, still und reglos. Wenn nicht der Stein des Ringes, den sie trug, aufgeleuchtet hätte, dann hätte er sie gar nicht bemerkt. Der lange schwere Zopf hing ihr über die Schulter, und ihre Augen brannten. Ihr Gesicht war starr wie Stein. Sie war weder überrascht noch bestürzt. Sie hatte gesehen, was sie zu sehen erwartet hatte. Sie war gewappnet und gewarnt. Doch sie würde es niemals vergeben oder vergessen, sie würde es nicht hinnehmen, ohne zurückzuschlagen.

Sie gingen weiter, und Liri Palmer blickte ihnen nach, ohne sich zu rühren. Keiner außer Dominic hatte sie gesehen. Keiner außer Dominic wußte, was sie gesehen hatte.

3

»Ich hoffe«, meinte Professor Penrose und warf einen flüchtigen Blick auf seine Uhr, deren Zeiger auf zwanzig Minuten nach zwölf standen, »wir haben jetzt wenigstens die Grundlage für die Bezeichnung unseres Themas errichtet.« Vorsichtig hob er den Tonarm von der wertvollen Plattenaufnahme slowakischer Tänze. »Ich hoffe, wir sind uns darin einig, daß es hier nicht nur um Volkskunst geht, sondern auch um Musik. Ich stimme dem Fanatiker nicht zu, der alles, was nicht von einem fünfundachtzigjährigen Greis ohne

Begleitung in einem Dorfgasthaus vorgetragen wird, als unecht bezeichnet. Nein, diese Auffassung haben wir widerlegt. Wir haben bewiesen, daß es in der ganzen Welt Gegenden gibt, wo ein Vortrag von höchster Virtuosität als folkloristisch bezeichnet werden kann, weil zum Erbgut dieses Volkes eine musikalische Einfühlungsgabe gehört, die wir hier in England nur als ein Ergebnis von besonderem Talent und von Schulung kennen. Diese Tatsache dürfen wir nie vergessen. Es wäre falsch, die Volksmusik anderer Völker allein nach den Maßstäben englischer Gegebenheiten einzuordnen. Heute abend werden wir näher auf die beiden Richtungen eingehen, die das englische Volkslied geprägt haben.«

Er klappte das umfangreiche Notizbuch zu, das er niemals zu Rate zog, obwohl er es vor jeder Vorlesung feierlich aufschlug.

»Und jetzt hinaus mit Ihnen. Es gibt gleich Mittagessen. Der Nachmittag ist frei. Soviel ich weiß, sind zwei Ausflüge in die Umgebung von Follymead geplant. Ich selbst werde eine der Gruppen begleiten. Eine wird also nicht über die Stränge schlagen können. Alle anderen hoffe ich um fünf Uhr wieder hier zu sehen, wach und munter, damit wir weitermachen können. Bitte versuchen Sie, sich nicht zu verspäten. So, das wär's. Wir sehen uns in fünf Minuten beim Mittagessen.«

Sie ließen sich das nicht zweimal sagen. Diskutierend und gestikulierend drängten sie zur Tür. Es lag auf der Hand, daß der Professor, von der Warte seines hohen Alters aus, sie alle als junges Gemüse ansah, und daß es ihm so gefiel. Der Morgen war unter seiner Leitung anregend und harmonisch verlaufen. Der Nachmittag bot Freizeit und Entspannung, und der Abend neue Gelegenheit zu fruchtbarer Auseinandersetzung und Diskussion. Er hatte seine Schüler genau da, wo er sie haben wollte.

Der erste Bus, dessen Ziel die Abtei Mottisham und die Sehenswürdigkeiten von West Midshire waren, wurde von Professor Penrose beaufsichtigt. Punkt zwei Uhr rollte er den Fahrtweg entlang zur Straße. Tossa und Dominic blickten dem Fahrzeug nach. Sie spähten durch das Rundfenster eines Türmchens hoch oben am Giebel des Hauses, umgeben von Zinnen und Kaminen und den Fratzen der Wasserspeier. Wie ein tiefroter Käfer kroch der Omnibus den gewundenen Kiesweg entlang und verschwand dann hinter einer Kurve aus ihrem Gesichtsfeld. Wenige Minuten später tauchte die zweite Fuhre auf, die die Studenten in eine geologisch interessante Gegend des Landkreises im Nordosten führen sollte. Henry Marshall, gewiß noch immer etwas nervös durch die Last der neuen Verantwortung, hatte die Leitung übernommen. Als auch der zweite Bus verschwunden war, schien es, als wäre das Haus plötzlich evakuiert worden, als wären sie allein in einem Märchenland.

»Wärst du nicht doch lieber mitgefahren?« fragte Dominic, der Schulter an Schulter mit Tossa am offenen Fenster stand.

Sie schüttelte energisch den Kopf.

»Nein, so ist es mir viel lieber. Du kennst die ganze Gegend in- und auswendig, und das Haus hier ist uns ganz fremd. Es gehört jetzt uns allein.«

»Oh, wir sind sicher nicht die einzigen, die hier geblieben sind.«

Im gleichen Augenblick sahen sie unter sich eine winzige Gestalt eiligen Schrittes den hellen Platz vor dem Haus überqueren. Es war erstaunlich, wie lange er dazu brauchte, den Vorplatz hinter sich zu bringen und den Pfad zu erreichen, der durch den Rasen in den Park hineinführte, hügelabwärts zum Fluß, dessen Wasser silbern durch das Laub der Bäume hindurchblitzte.

»Lucien war anscheinend auch nicht in der Stimmung, einen Ausflug zu unternehmen«, bemerkte Dominic.

Der kleine, dunkle Fleck nahm allmählich Form und Proportion an. Jetzt sah es nicht mehr so aus, als könnte er wie eine Ameise mit dem Finger zerdrückt werden. Wenig später kam eine zweite Gestalt die Treppe heruntergeeilt und nahm eiligen Laufs die Verfolgung auf. Es war eine schmale, kleine Gestalt, mit den langen Beinen und den ungelenken Bewegungen eines Füllens. Sie holte Lucien ein, noch ehe er die Bäume erreicht hatte. Er blieb stehen und drehte sich flüchtig, offensichtlich ungeduldig um. Doch dann setzte er seinen Weg fort. Das Mädchen ließ sich nicht abschütteln. Gemeinsam verschwanden sie im Schatten der Bäume.

»Das hätte ich lieber nicht getan«, flüsterte Tossa und schüttelte den Kopf.

»Vielleicht doch, wenn du Felicity wärst«, versetzte Dominic. »Er hat ihre Aufdringlichkeit bisher eigentlich mit überraschender

Geduld über sich ergehen lassen. Sie tänzelte gestern abend doch dauernd um ihn herum, und er hat es ruhig ertragen.«

»Das wird nicht so bleiben. Früher oder später wird sie eine arge Enttäuschung erleben, wenn sie ihn nicht in Ruhe läßt.« Tossa blickte den beiden mitleidig nach. »Ein merkwürdiges Wesen ist sie eigentlich, nicht wahr? Traurig, im Grunde genommen. Ich habe mich heute morgen mit dem netten Hausmädchen unterhalten. Sie erzählte mir, daß Felicitys Mutter die jüngere Schwester von Mr. Arundale ist. Sie ist Witwe. Es geht ihr gar nicht schlecht, aber sie scheint dauernd zu jammern und ist offenbar der Auffassung, daß ihr erfolgreicher Bruder es ihr schuldet, für sie zu sorgen. In den Ferien verfrachtet sie ihre Tochter immer nach Follymead. Felicity hilft zwar bei den Büroarbeiten, ist aber ganz und gar den Arundales überlassen.«

»Damit sie später von ihrem Onkel erbt?«

»Das meint jedenfalls Mrs. Bremmer. Die beiden haben ja keine eigenen Kinder, da ist die Hoffnung wahrscheinlich ganz berechtigt. Und in der Zwischenzeit schiebt Felicitys Mutter das Mädchen alljährlich für fast vier Monate nach Follymead ab und läßt die Arundales für ihre Tochter sorgen. Mein Gott, was für ein Leben. Die Kleine ist doch bestimmt nicht dumm. Im Gegenteil, ich halte sie für sehr aufgeweckt. Sie weiß doch ganz gewiß, was da gespielt wird. Zuträglich ist das der Entwicklung eines jungen Mädchens bestimmt nicht«, stellte Tossa weise fest, »zu wissen, daß sie dazu benutzt wird, ihre Verwandten auszunehmen und daß ihrer Mutter viel weniger an ihrer Gesellschaft liegt als daran, daß sie sich einer möglichen Erbschaft wegen bei den reichen Verwandten beliebt macht. Kein Wunder, daß sie so gehemmt und zurückhaltend ist. Man sieht doch gleich, daß sie ständig nur darauf gefaßt ist, von irgend jemandem gekränkt und verletzt zu werden. Deshalb tut sie auch gar so erwachsen und kühl. Sie will die anderen nicht sehen lassen, wie weh ihr das alles tut.«

Dominic hörte Tossa mit Respekt zu. Es war noch gar nicht lange her, da hatte Tossa in ähnlicher Beziehung zu ihrer Umwelt gestanden, hatte ähnlich unter der Eigensucht ihrer Mutter, einer Schauspielerin, gelitten, die mit ausdauernder Regelmäßigkeit den Ehemann zu wechseln pflegte. Doch größer als Dominics Respekt war seine Freude, denn ihr Ton und ihre Worte verrieten ganz deutlich, welche Wandlung zum Besseren sie durchgemacht hatte. Er wollte zwar nicht so weit gehen, sich allein das Verdienst für Tossas Wandlung zuzuschreiben, doch es stand fest, daß er ihr gerade im richtigen Augenblick begegnet war, um ihr zu helfen, aus der Puppe zu schlüpfen. Wenn sie mit ihrer Beurteilung recht hatte, dann fehlte der jungen Felicity Cope nur ein großes Gefühl, eine leidenschaftliche Liebe, und wenn dann alles glattging, würde sie für immer befreit sein. Doch er glaubte nicht daran, daß Lucien ihr das geben konnte. Er war überzeugt davon, daß ihre Liebe zu Lucien in einer Katastrophe enden würde.

Tossa lehnte sich aus dem Fenster und spähte hinunter in die Tiefe.

»Da schau! Da ist Liri.«

»Sie hatte also auch keine Lust, einen Ausflug zu machen.«

Liri, in einem knallroten Pullover, schritt über die Terrasse und stieg langsam die Treppe hinunter. Auf dem Fahrweg blieb sie einen Moment unschlüssig stehen, dann wandte sie sich entschlossenen Schrittes um und eilte über den Rasen zu dem fernen Hügel, auf dem sich die Ruine erhob. Sie ging wie jemand, der einen Entschluß gefaßt hat, wie jemand, der ein Ziel hat. Ihr Weg führte sie immer weiter von der Baumgruppe weg, unter der Lucien und Felicity verschwunden waren.

»Gehen wir doch hinunter und sehen uns ein bißchen um«, schlug Tossa vor. »Jetzt stört uns wenigstens niemand.«

Sie stiegen die Treppen hinunter durch das stille Haus. Gewiß, das Haus konnte nicht ganz leer sein. In der Küche mußte das Personal noch damit beschäftigt sein, das Geschirr vom Mittagessen zu spülen, Edward Arundale befand sich in seinen Privaträumen und packte zusammen, was er für seine Fahrt nach Birmingham brauchte, zwei ältere Damen saßen lesend in der Galerie, und zwei andere spazierten gemächlich im Garten zwischen Blumenbeeten umher. Doch jetzt, nachdem die lärmende Bande der Wochenendgäste das Haus geräumt hatte, schien es verändert, als schliefe und träume es, stand trügerisch still und scheinbar verlassen im Sonnenschein des windigen Apriltages.

Die Ländereien von Follymead waren so weitläufig, daß tausend

Menschen sich auf dem Gelände hätten ergehen können, ohne daß einer dem anderen ins Gehege gekommen wäre. Sie schlugen den Pfad ein, der zu der schmalen Brücke führte, die sich über den Fluß spannte. Leuchtende Rotbuchen zeichneten den gewundenen Lauf des Stroms. Als sie auf das Wäldchen zuschlenderten, das sich etwa hundert Meter vor ihnen gegen den blauen Himmel abhob, tauchte Felicity unter den Bäumen auf, den Kopf gesenkt, halb laufend, halb stolpernd wie ein fliehendes Kind. Sie bemerkte sie erst, als sie das Rascheln ihrer Schritte im Gras hörte, als ein Schatten den Boden vor ihr verdunkelte. Da warf sie den Kopf hoch, mit einer hastigen, erschreckten Bewegung wie ein Füllen, das scheute.

»Oh!« rief sie. »Hallo!« Die Maske legte sich über ihr Gesicht, glättete die gerunzelte Stirn, ließ den zitternden Mund zu einer festen, lächelnd verzogenen Linie erstarren. »Machen Sie einen Spaziergang?«

»Komm doch mit«, schlug Tossa impulsiv vor. Ihre Augen baten Dominic um Verzeihung für diese überstürzt großmütige Geste, mit der er vielleicht nicht einverstanden war.

Doch das Mädchen war so in sich selbst gekehrt und unzugänglich, ihre grauen Augen blickten so abweisend und verschreckt wie die eines wilden Tieres, das in seinem Versteck aufgestört worden ist.

»Du kennst dich hier doch viel besser aus als wir«, meinte Tossa überredend, »und wir haben noch gar nichts von der Umgebung gesehen.«

»Ich würde schrecklich gern mitkommen, vielen Dank, aber ich kann nicht. Ich muß jetzt hineingehen. Ich habe im Büro verschiedenes für meinen Onkel zu erledigen. Ich bin nur schnell heruntergekommen, weil ich nach den Schwänen sehen wollte. Unten bei den Buchen auf einer kleinen Insel hat sich ein Schwanenpaar ein Nest gebaut, wissen Sie.« Sie wandte sich von ihnen ab und wies mit der Hand in die Richtung zum Fluß. »Aber seien Sie vorsichtig, wenn Sie hinuntergehen. Gehen Sie nicht zu nahe heran. Das Männchen kann gefährlich werden.«

»Wir haben dich herauskommen sehen«, bemerkte Dominic beiläufig und sah, wie ihr unbewegtes Gesicht flüchtig in Röte getaucht wurde und in den grauen Augen sekundenlang ein Ausdruck des Erschreckens aufblitzte. »Wir dachten, du hättest heute nachmittag frei. Du sitzt doch den ganzen Tag über im Büro. Kann die Arbeit nicht warten?«

Doch sie wollte sich nicht aufhalten lassen, das war klar. Sie trat einen Schritt vorwärts, offensichtlich nur darauf bedacht, ihnen möglichst schnell zu entkommen.

»Nein, ich will es lieber gleich erledigen. Früher oder später muß es ja doch getan werden. Aber wenn Sie da hinuntergehen, am Fluß entlang, dann kommen Sie zum Sommerpavillon, und von dort aus führt ein Weg zur Pagode. Früher haben unten am Weiher die Reiher genistet, aber letztes Jahr ist das letzte Paar weggeflogen. Bitte entschuldigen Sie mich jetzt.«

Sie entfernte sich in Richtung auf das Haus, war schon zehn Meter weit weg, als sie aufhörte zu sprechen, und fiel unvermittelt in Laufschritt. Der hektische Klang ihrer Stimme hallte in ihren Ohren nach, als die laufende Gestalt langsam kleiner wurde.

»Ich hielt es für richtig, sie wissen zu lassen, daß wir sie gesehen haben«, meinte Dominic mit leichtem Zweifel und blickte Tossa in die Augen. »Bis dahin hatte sie noch nichts gesagt, was nicht hätte wahr sein können.«

»Ich weiß. Ich war froh, daß du es ihr sagtest. Bist du sehr erpicht darauf, dir das Schwanennest anzusehen? Es gibt natürlich eins. Sie reagiert schnell, das muß man ihr lassen. Sie hätte bestimmt keine Ausrede erfunden, die sich durch bloßes Nachsehen widerlegen läßt.« Tossa bückte sich und hob aus dem Gras einige winzige, halb welke Blüten auf, die aus Felicitys Haar gefallen waren. »Flieder . . . sieh dir mal die Farbe an! Wunderbar – so tief blau, fast keine Spur von Violett darin.«

Sie stand einen Augenblick still, die Blüten auf der offenen Handfläche. Dann drehte sie die Hand um, und die Blüten flatterten zu Boden.

»Irgend etwas ist geschehen.«

»Vermutlich«, stimmte Dominic zu. »Er hat ihr wahrscheinlich gesagt, sie soll verschwinden und mit ihren Puppen spielen.«

»Ist es nicht deprimierend«, seufzte Tossa, »erst fünfzehn Jahre alt zu sein?«

*

Die Ausflügler kamen kurz nach halb vier Uhr hungrig und in bester Stimmung zurück und hasteten die Treppe hinauf in den Speisesaal, wo der Tee serviert wurde. Das Stimmengewirr, jetzt, da sie sich in gleichgesinnte Gruppen und Cliquen aufgesplittert und sich eine Menge zu sagen hatten, war ohrenbetäubend. Wenn Arundale zugegen gewesen wäre, so wäre er mit dem erfolgreichen Verlauf, den dieser Wochenendlehrgang zu nehmen schien, zufrieden gewesen. Es gab keine Wolken, keine Schatten, keine Meinungsverschiedenheiten, kein Aufeinanderprallen entgegengesetzter Temperamente, und man fragte sich nicht einmal, woher diese Harmonie kam; bis es fünf Uhr schlug und Professor Penrose erschien, um die lezten Bummler zur nächsten Vorlesung in den Salon zu treiben, und sich in dem sich leerenden Raum umsah und fragte: »Wo ist denn der junge Galt?«

Er war nicht mit den anderen Künstlern zusammen, die sich bereits im gelben Salon eingefunden hatten. Er war nicht im großen Saal, wo einsam der lange Tisch mit leeren Teetassen und den Resten des Gebäcks stand. Jetzt, da die Frage gestellt war, fiel allen plötzlich auf, daß er zum Tee überhaupt nicht erschienen war.

»Er würde uns doch nicht absichtlich sitzenlassen?« meinte der Professor in einem Ton, der eher eine Bestätigung seiner Meinung verlangte als eine Auskunft.

»Bestimmt nicht«, erwiderte Dominic, der damit beschäftigt war, das schmutzige Geschirr auf den großen Teewagen zu laden.

»Nein«, antwortete Liri Palmer im gleichen Augenblick mit einer Bestimmtheit, die keinen Widerspruch duldete.

»Nein, das dachte ich mir. Der Junge hat Disziplin. Er würde nicht einfach schwänzen. Wo ist er dann aber?«

Totenstille breitete sich aus. Niemand hatte etwas zu sagen.

»Er hat heute nachmittag den Ausflug bei uns nicht mitgemacht«, bemerkte Henry Marshall. »War er vielleicht in Ihrem Bus?«

»Nein.« Die Stimme des Professors klang ein wenig gereizt.

»Er ist hier geblieben«, meldete sich Dominic. »Tossa und ich haben ihn aus dem Haus gehen sehen. Das war kurz nachdem die Busse abgefahren waren. Er schlug die Richtung zum Fluß ein und ging den Weg entlang, der zum Wäldchen führt.

»Und seither haben Sie ihn nicht mehr gesehen?«

»Nein. Aber Felicity vielleicht. Sie war heute nachmittag auch da unten. Wir begegneten ihr, als wir unseren Spaziergang machten. Da kam sie gerade zurück.«

Es war unnötig zu erklären, daß Felicity Lucien gefolgt war.

»Soll ich mal nachsehen, ob ich Felicity finden kann?« erbot sich Tossa, um den anderen zuvorzukommen.

»Das wäre lieb von Ihnen, mein Kind. Es besteht kein Anlaß, die Sache an die große Glocke zu hängen – vorläufig jedenfalls noch nicht.«

Der Professor lächelte Tossa zu, doch innerlich war ihm nicht ganz wohl.

»Natürlich.«

Wenig später kehrte sie mit Felicity im Schlepptau aus dem Salon zurück. Das Mädchen war blaß, die Augen wirkten unnatürlich groß und durchsichtig wie graues Glas. Die Maske der Unzugänglichkeit und Kühle wirkte verzerrt.

»Felicity, wir haben Lucien Galt verloren.« Der Professor war ruhig und behutsam. »Vielleicht spaziert er noch irgendwo im Park herum – es ist möglich, daß seine Uhr stehengeblieben ist. Vielleicht ist er im Sommerpavillon eingeschlafen. Es ist wahrscheinlich ganz harmlos und einfach. Aber ich bin trotzdem dafür, daß wir nach ihm sehen. Nur für den Fall. Ich höre, daß du heute nachmittag unten am Fluß warst. Hast du ihn da gesehen? Man sagte mir, daß er auch da hinuntergegangen wäre.«

»Ich – wir gingen zusammen hinunter«, erwiderte Felicity mit dünnem Stimmchen. »Er war nur ein kleines Stück vor mir, als ich aus dem Haus kam. Da lief ich ihm nach und holte ihn ein. Wir gingen zusammen weiter. Auf der anderen Seite gingen wir ein Stück flußabwärts, aber nur bis zu der Stelle, wo sich die Wege kreuzen. Sie wissen schon, bei dem jungen Blutahorn. Dann kehrte ich um und ging über die Steinbrücke wieder zurück.« Sie blickte von Professor Penrose zu Dominic und Tossa und fuhr sich mit der Zunge über die Lippen. »Ich traf Miss Barber und Mr. Felse, als ich zurückkam.«

»Und dann bist du nicht wieder hinausgegangen? Du hast Mr. Galt nicht zurückkommen sehen?«

Sie schüttelte heftig den Kopf.

»Nein. Ich war den ganzen Nachmittag im Hause. Ich hatte für Onkel Edward etwas zu tun.«

Beim Klang des Namens des Collegeleiters wurde Henry Marshall plötzlich voll bewußt, daß die ganze Verantwortung jetzt in seinen Händen lag. Arundale mußte inzwischen schon in Birmingham eingetroffen sein. Die ganze Last der Verantwortung für Follymead lag drückend auf den schmalen Schultern des Assistenten. Die reibungslose Durchführung des Lehrgangs war an sich schon genug, doch damit hoffte Henry Marshall fertig zu werden. Das Verschwinden Lucien Galts jedoch stand nicht auf dem Programm, und er wußte nicht, wie er sich verhalten sollte.

»Er muß irgendwo im Park sein«, meinte er zaghaft. »Er wollte doch offensichtlich nur einen Spaziergang machen. Natürlich müssen wir immer mit der Möglichkeit rechnen, daß ihm ein kleiner Unfall zugestoßen ist. Vielleicht ist er gestürzt. Er kann sich den Fuß verstaucht haben. Das Gelände am Fluß ist ziemlich uneben. Professor Penrose, ich halte es für am besten, wenn Sie jetzt ruhig Ihre Vorlesung geben und versuchen, ohne Galt auszukommen. Inzwischen werden wir anderen im Park nach ihm suchen.«

»Ja, das ist die beste Lösung«, stimmte der Professor zu und neigte lauschend den Kopf. Aus dem gelben Salon drangen Lärm und laute Stimmen herüber. »Ich werde ihnen vorläufig nichts von Galts Verschwinden erzählen. Es ist besser, wenn wir das für uns behalten, bis wir wissen, was eigentlich los ist.«

Sie stimmten ihm zu.

Der Pfad, den Lucien und Felicity am frühen Nachmittag eingeschlagen hatten, wand sich tief in ein Wäldchen hinein und zog sich dann, in einiger Entfernung vom Haus, am Fluß entlang. Ein schmaler Steg, nur auf einer Seite von einem Geländer begrenzt, führte Dominic ans andere Ufer. Das größte der drei Wehre, die den Lauf der Braide durch das Gelände von Follymead im Zaum hielten, lag stromaufwärts. Hier wälzte sich das Wasser braun und schäumend durch das Flußbett. Abgebrochene Zweige und Äste tanzten in den Wirbeln des Stroms. Nach dem späten Schneefall hatten schwere Regenfälle eingesetzt. Schmutzigbraune Wellen rissen an den Wurzeln der Grasbüschel, die das Ufer des Flusses säumten. Auf der anderen Seite folgte der Pfad dem Wasser flußabwärts. Doch nur ein kurzes Stück hielt er sich eng am Ufer, dann verließ er den Fluß, der sich in kunstvoll angelegten Windungen durch das Gelände zog, und tauchte wieder im Wald unter.

Dominic schritt den Pfad entlang. Er war fast sicher, daß Lucien am Nachmittag zusammen mit Felicity diesen Weg genommen hatte. Felicity war aus dem Wäldchen auf der anderen Seite aufgetaucht, nachdem sie die steinerne Brücke überquert hatte, die sich einige Windungen weiter unten über den Fluß spannte. Irgendwo zwischen dieser Stelle, wo Dominic sich jetzt befand, und der Steinbrücke hatte sich Felicity von Lucien getrennt. Dominic eilte den sich verbreiternden Pfad entlang, der jetzt auf der Seite zum Wasser hin durch ein schmiedeeisernes Geländer abgegrenzt wurde.

Aus der Tatsache, daß Lucien am Nachmittag hier gesehen worden war, folgte natürlich nicht unbedingt, daß er sich auch jetzt noch in der Gegend aufhalten mußte. In der Zeit, die inzwischen verstrichen war, konnte er längst in einen anderen Teil des Parks gewandert sein oder das Gelände ganz verlassen haben. Die Ländereien waren so ausgedehnt, daß die fünf Menschen sich einzeln auf die Suche machen mußten, um einen möglichst großen Teil des Parks zu erfassen.

Es war nicht weiter überraschend, daß Felicity sogleich in dieser Richtung davongeeilt war. Doch sie hatte das Feld geräumt, als sie gesehen hatte, daß Dominic dieselbe Richtung einschlug. Freiwillig hatte sie ihre Suche auf die Gärten auf der anderen Seite des Hauses konzentriert.

Liri und Tossa suchten das Gebiet diesseits und jenseits des Fahrwegs ab. Wo Marshall sich aufhielt, wußte Dominic nicht. Wahrscheinlich drüben in den verwilderten Wäldern, die, wenn wirklich eine großangelegte Suchaktion nötig werden sollte, am schwierigsten zu durchkämmen sein würden.

Der Fluß war jetzt nicht mehr zu sehen. Doch nun tauchte eine kleine Lichtung auf, wo ein anderer Fußweg auf diesen stieß und nach rechts abbog. Dieser Pfad mußte zur Braide zurückführen und ihn zur Brücke bringen. Und hier war auch der junge Blutahorn, von dem Felicity gesprochen hatte. Dominic beugte sich über das Geländer und klopfte gegen den dicken Stamm des Baumes. Hier mußte es geschehen sein, was immer sich zwischen den beiden zugetragen hatte; hier, oder irgendwo ganz in der Nähe. Und danach hatte niemand Lucien wieder gesehen.

Natürlich bestand noch immer die Möglichkeit, daß Lucien aus einem Impuls heraus beschlossen hatte, einmal in seinem Leben unzuverlässig zu sein und das zu tun, was ihm gerade in den Sinn kam. Vielleicht war er ganz einfach ins Gasthaus unten im Dorf geschlendert, um zu sehen, was dort an Unterhaltung geboten wurde.

Dominic hätte es nur zu gern geglaubt. Doch ganz gleichgültig, welche Fehler und Mängel man Lucien Galt vorwerfen mochte, man konnte nicht bestreiten, daß er ein Künstler war, der Gewissenhaftigkeit und Disziplin in sich vereinte. Wenn er eine Zusage machte, so hielt er sich daran.

Dominic zögerte, als er die Stelle erreichte, wo sich die beiden Pfade kreuzten. Dann wandte er sich nach rechts, wie Felicity das getan haben mußte, als sie gebrochenen Herzens und verletzten Stolzes geflohen war. Zwanzig Meter weiter, zu seiner Rechten noch immer das Geländer, gelangte er zu einem hohen schmiedeeisernen Tor, das von Blumen und Blättern ganz umrankt war. Offensichtlich war dieses Tor, doppelt so hoch wie das Geländer, das Überbleibsel einer Einzäunung, die vor langer Zeit hier errichtet und längst abgerissen worden war. Es war seit langem nicht gestrichen worden und hing ein wenig schief in den Angeln. Doch als er dagegenstieß, schwang es ohne Widerstand auf. Der Halter, in den der Riegel hineingeschoben werden mußte, war unverrückbar am Pfosten festgeschraubt. Doch der Riegel fehlte.

Einem Impuls folgend, trat Dominic durch das Tor und schritt zum Ufer hinunter. Zwischen den Bäumen hindurch schimmerte der Abglanz des Abendlichts, das sich in den dunklen Wellen des Wassers spiegelte. Plötzlich lichteten sich die Bäume um ihn herum, und er trat hinaus auf ein Stück freien Rasens, das von einer Hecke umgeben war. Jenseits des Flusses erhob sich der Wald, und die Zweige der Buchen hingen tief zum Wasser hinunter.

Es war ein idyllisch ruhiges Fleckchen Erde, mit Sorgfalt ausgedacht und entworfen, wie alles hier. Die Natur hatte der Hand des

Menschen weichen müssen. Auch die Felsgruppe, die unversehens am Ufer aufragte, war von Menschenhand errichtet. Kunstvoll hatte man Felsbrocken aufeinandergeschichtet, um einen möglichst natürlichen Eindruck hervorzurufen.

Dominic schritt über die Wiese, die ihn von dem Felsenaufbau trennte, und entdeckte, daß auf der anderen Seite, jener Seite, die dem Fluß zugekehrt war, eine Grotte in die Felsen gehauen war, in der eine Steinbank stand. Die Wände waren mit Stuck und Muscheln verziert. Aus den Ritzen wuchsen jetzt Farngräser und Moos. Früher einmal mußte durch den kleinen Kanal im Boden plätschernd ein Quell gesprungen sein, der in den Fluß mündete. Jetzt war alles von tiefgrünem, weichem Moos überwuchert.

Dominic blickte sich aufmerksam in der kleinen Grotte um und wollte sich eben wieder abwenden, als er im Rasen zwischen dem Felsaufbau und dem Fluß Fußspuren entdeckte. Sie stammten nicht vom leichten Schritt eines Gehenden, sie waren tiefer, kraftvoller, als wäre hier jemand gerannt oder gesprungen. Nahe am Rand des Flusses, dessen Wasser hier hoch angeschwollen waren, erblickte Dominic eine Stelle, wo das Gras niedergetrampelt und teilweise herausgerissen war, so daß die braune Erde hindurchschimmerte. Hier hatte jemand den Halt verloren, war gerutscht und hatte eine Gleitspur hinterlassen.

Dominic näherte sich vorsichtig und vermied es sorgfältig, seinen Fuß in die Spuren zu setzen. Unmittelbar am Wasser wich der Rasen Kies und Stein. Und hier leuchteten zwei kleine dunkle Flekken von matter bräunlicher Färbung. Dominic blieb stehen und blickte gebückt auf die Flecken hinunter. Es hatte zwar am Morgen kurz geregnet, doch seitdem nicht mehr. Diese Flecken hier waren noch relativ frisch. Sie stammten nicht vom Regen. Sie sahen aus wie Blutstropfen. Er ließ sich auf ein Knie nieder, um sie genauer zu mustern. Seine Hand traf einen harten Gegenstand im Gras. Instinktiv öffnete er die Hand, um den Gegenstand aufzuheben. Doch dann holte er sein Taschentuch heraus und hob seinen Fund vorsichtig mit Hilfe des Tuchs aus dem Gras. Es war eine kleine silberne Münze, so abgenutzt, daß die Erhebungen der Gravierung beinahe geglättet waren. Auf der einen Seite der Münze war eine menschliche Gestalt, vielleicht ein Heiliger, eingraviert, auf der anderen Seite ein sich aufbäumender Löwe. Die Münze hing an einem dünnen silbernen Kettchen, das ihm zwischen den Fingern hindurchglitt. Er faßte es mit der anderen Hand und sah, daß der Verschluß nicht geöffnet war. Das Kettchen war gerissen.

Er wußte, daß er diese Münze schon einmal gesehen hatte, oder zumindest ein Stück, das diesem Medaillon so ähnlich war, daß er tief im Innern davon überzeugt war, es könnte sich nur um ein und dasselbe handeln. Es mußte dieselbe Münze gewesen sein – rund und glatt vom vielen Tragen.

Am Morgen, bei der Vorlesung von Professor Penrose, hatte Lucien Galt ein Sporthemd mit offenem Kragen angehabt, und mehrmals hatte er sich vorgebeugt, um die Platten zu wechseln, die der Professor seinen Hörern vorspielte. Er hatte dieses Medaillon an einem silbernen Kettchen um den Hals getragen. Dominic war es aufgefallen, weil es gar nicht zu dem Bild paßte, das er sich von Lucien Galt gemacht hatte, daß dieser ein Kettchen um den Hals trug. Er hatte sogar eine Weile darüber nachgedacht und dann gefunden, daß es vielleicht doch nicht so sonderbar war. Lucien trug das Medaillon mit einer Selbstverständlichkeit, als wäre es ein Stück seiner selbst, das weder verborgen noch zur Schau gestellt werden müßte.

Im verblassenden Licht des Abends starrte Dominic auf das Medaillon nieder und wußte, daß es dasselbe war. Er blickte hinauf zum Himmel, an dem vom Wind zerrissene Wolkenfetzen trieben, und machte sich dann auf die Suche nach einigen großen Blättern, um sie über die Flecken zu decken, die wahrscheinlich Blutstropfen waren, und über das zertretene Gras. Er wollte die Spuren vor eventuellem Regen geschützt wissen. Dann suchte er sich einen spitzen Stein und steckte ihn an der Stelle, wo er das Medaillon gefunden hatte, in den Rasen. Das war alles, was er tun konnte.

Dann machte er sich auf den Weg, um Henry Marshall zu suchen.

»Ich kann nicht mit Sicherheit sagen, ob es Blut ist«, wiederholte Dominic zum viertenmal. »Aber ich bin ganz sicher, daß sich da unten ein Kampf abgespielt hat. Zwei Leute – vielleicht auch mehr als zwei – haben an der Stelle miteinander gekämpft. Und das hier habe ich im Gras gefunden. Liri hat mir erklärt, es gehöre ihm, und ich bin auch davon überzeugt. Das ist alles, was wir bis jetzt haben.«

Sie befanden sich im Büro des Collegeleiters. Die Tür war geschlossen. Das Abendessen war vorüber. Sie hatten nicht daran teilgenommen. Sie hatten sich statt dessen im Büro belegte Brote und Kaffee servieren lassen. Doch keiner hatte besonderen Appetit entwickelt.

Liri saß kerzengerade, bleich und gefaßt, auf einem Stuhl. Ihr Mund war zu einer festen Linie zusammengepreßt, ihre Augen blickten düster.

Felicity war barmherzigerweise von Tossa hinausgeführt worden in den gelben Salon, wo die Abendvorlesung stattfand. Dort würde ihr nichts anderes übrigbleiben, als sich unter die anderen zu mischen, Konversation zu machen und über den Vorfall Stillschweigen zu bewahren. Sie wußte noch nicht einmal genau, was Dominic eigentlich gefunden hatte, wenn auch anzunehmen war, daß sie mehr ahnte, als den anderen lieb war. Irgend jemand würde sich ihrer annehmen müssen, und es sah ganz danach aus, als würde dieser Jemand Tossa sein. Doch Felicity besaß eigene Kräfte, und wenn auch vieles noch über ihr Vermögen hinausgehen mochte, sie konnte auf jeden Fall ein Geheimnis bewahren.

»Aber dabei können wir es nicht bewenden lassen«, meinte Dominic vernünftig.

»Nein. Das weiß ich natürlich.« Henry Marshall war Anfang Dreißig, nach viermonatigem Wirken im Schatten des allgewaltigen Edward Arundale sich selbst keineswegs allzu sicher und gegenwärtig in qualvollem Kampf mit der eigenen Unschlüssigkeit. »Wir haben aber doch nicht den kleinsten Beweis, daß irgend etwas Ernstes geschehen ist, und ganz gewiß keinen Hinweis darauf, daß ein Verbrechen stattgefunden hat. Sie müssen auch verstehen, daß die Position unserer Schule ausgesprochen prekär ist. Wenn ein Skandal unseren Ruf gefährdet, müssen wir damit rechnen, daß man uns von verschiedenen Seiten die finanzielle Unterstützung entziehen wird. Außerdem kann es eine verheerende Auswirkung auf unsere Studenten haben.« Er strich sich voller Nervosität durch das strohblonde Haar, und seine schwarzgeränderte Brille rutschte die lange Nase hinunter. »Wenn wir in eine ernste Krise geraten, dann müssen wir schließen. Es wäre eine Katastrophe. Solange wir uns die Gunst unserer Förderer bewahren, sind wir in Sicherheit. Doch jede Unterbrechung von längerer Dauer würde das Ende bedeuten. Und das wäre für das ganze Land ein echter Verlust. Ich weiß, daß ich jetzt die Hände nicht in den Schoß legen kann. Doch ich muß auch an Follymead denken. Das ist meine erste Aufgabe hier.«

»Ich glaube aber trotzdem, daß wir die Polizei hinzuziehen sollten«, beharrte Dominic. »Gerade aus diesem Grund. Sie wollen natürlich einen Skandal vermeiden, aber es könnte zu einem viel schlimmeren Skandal kommen, wenn sich später herausstellt, daß ein Verbrechen begangen wurde und Sie nichts unternommen haben. Wenn Sie Follymead schützen wollen, dann müssen Sie diese Sache den zuständigen Leuten übergeben.«

Das war die Kernfrage der Angelegenheit, das war das Problem, das dem stellvertretenden Collegeleiter so zusetzte. Der Gedanke, er könnte jetzt die Polizei benachrichtigen, nur um später herausfinden zu müssen, daß es ganz unnötig gewesen war, bereitete ihm beinahe Angstzustände. Noch entsetzlicher allerdings war ihm die Vorstellung, daß er allein verantwortlich gemacht werden würde, wenn er es unterließ, die Polizei zu unterrichten, und sich später herausstellen sollte, daß die Sache ernst war. Am abschreckendsten war jedoch der Gedanke, Edward Arundale um Rat bitten zu müssen, und das mit gutem Grund. Arundale war ein Mann, der Entscheidungen nicht scheute, der mit jeder Situation fertig zu werden verstand und der seinem Stellvertreter gegenüber weder Verständnis noch Nachsicht aufbringen würde, wenn dieser nicht imstande war, in einem Notfall eine Entscheidung allein zu treffen. Marshall hatte seinen Posten in Follymead noch nicht lange inne – zum erstenmal lastete die ganze Verantwortung auf seinen Schultern –, und er wollte seine Stellung auf keinen Fall verlieren.

»Wir haben so wenig Konkretes«, meinte er verzweifelt.

»Wir können nicht darüber entscheiden, ob es viel oder wenig ist«, versetzte Liri Palmer kurz. »Das ist der springende Punkt.«

Dominic sah Tossa an und entdeckte, daß ihre Augen auf ihn gerichtet waren. Er wußte, was sie dachte und was sie von ihm erwartete. Gerade die Tatsache, daß sie ihren eigenen Vater so früh verloren hatte und so sehr unter dem ständigen Wechsel ihrer Stiefväter gelitten hatte, gerade das hatte bewirkt, daß sie sich so dankbar und treu Dominics wunderbar ausgeglichenen, Ruhe und Sicherheit ausstrahlenden Eltern angeschlossen hatte. Und ganz besonders an seinen Vater. Er ähnelte ganz und gar nicht ihrem verstorbenen Vater, den sie abgöttisch geliebt hatte, doch er gab ihr das gleiche Gefühl der Geborgenheit. Sie hätte sich nicht gescheut, seine Hilfe zu suchen, wenn sie jemals in Schwierigkeiten stecken sollte. Und aus diesem Grund war es nur natürlich, daß ihr erster Gedanke in dieser Krise ihm galt. Selbst wenn er nicht bei der Polizei gewesen wäre, hätte sie ihn um Rat fragen wollen. Doch er war Polizeibeamter, und das war die Lösung.

»Vielleicht kann ich einen Vorschlag machen«, sagte er vorsichtig. »Ich könnte meinen Vater bitten, sich hier einmal umzusehen.« Er spürte Tossas warmen Blick und zitterte. »Er ist bei der Kriminalpolizei. Ich bin sicher, daß er herauskommen wird, wenn ich ihn bitte. Dann sind Sie und das College auf jeden Fall gedeckt, wenn es sich tatsächlich um etwas Ernstes handeln sollte. Und wir könnten ihn bitten, die Angelegenheit vertraulich zu behandeln, solange er nicht überzeugt davon ist, daß eine amtliche Untersuchung erforderlich ist.«

Henry Marshall hob den Kopf und klammerte sich mit ungläubiger Dankbarkeit an diesen rettenden Strohhalm, der ihm da geboten wurde.

»Glauben Sie wirklich, daß Ihr Vater kommen würde? Unter diesen Bedingungen?«

»Bestimmt. Der Polizei ist es auch lieber, wenn sie sich erst in Ruhe ein Bild machen kann. Und wenn es sich herausstellt, daß die ganze Sache harmlos ist, dann um so besser. Soll ich ihn anrufen?«

»Bitte«, erwiderte Henry Marshall dankbar. »Vielleicht könnten Sie ihm entgegenfahren? Nehmen Sie den Kombi. Ich werde inzwischen mit Professor Penrose sprechen. Ich bin Ihnen außerordentlich dankbar.«

4

George Felse fluchte, doch dann lauschte er mit Resignation. Dominic neigte nicht zu überstürzten Folgerungen. Er war nicht umsonst der Sohn eines Polizeibeamten. Wenn sich doch noch herausstellen sollte, daß er falschen Alarm geschlagen hatte, so war damit kein Schaden angerichtet; und wenn dem nicht so war, dann war es weit besser, gleich mit den Ermittlungen anzufangen, statt zu warten, bis die Spuren kalt geworden waren.

»Schon gut«, unterbrach er den Bericht seines Sohnes. »Ich mache mich gleich auf den Weg. Alles Weitere kannst du mir erzählen, wenn ich da bin.«

Die Fahrt von Comerford bis zum Tor von Follymead dauerte nur zwanzig Minuten. Um diese Zeit waren die Straßen verlassen, und er konnte zügig fahren. Der Kombiwagen des Colleges stand neben dem Tor geparkt, schon gewendet, die Nase dem Haus zugekehrt. Dominic und Tossa standen wartend daneben.

»Wir hielten es für besser, wenn du deinen Wagen hier stehenläßt«, erklärte Dominic. »Nur für den Fall, daß jemand deinen Wagen kennen sollte.«

»Glaubst du nicht«, versetzte George lakonisch, »daß dieser Jemand dann auch mich kennen wird?«

»Ja, aber wir hoffen, daß die anderen dich gar nicht zu Gesicht bekommen. Nur ganz wenige von uns wissen, was geschehen ist. Wenn überhaupt etwas geschehen ist. Auf diese Weise gibt es wenigstens hinterher kein Gerede, wenn sich doch herausstellen sollte, daß die ganze Geschichte harmlos ist. Das schien uns jedenfalls die beste Lösung. Der Leiter des Colleges ist nämlich nicht hier, weißt du, und jetzt muß natürlich sein Stellvertreter die Suppe auslöffeln. Er hat Angst davor, die Polizei anzurufen, hat aber genauso Angst davor, nichts zu unternehmen. Er fürchtet sich, die falsche Entscheidung zu treffen.«

»Da stelle ich also die Kompromißlösung dar. Ist er sich darüber im klaren, daß die Sache amtlich wird, wenn ich irgend etwas Verdächtiges feststellen sollte?«

»Wenn wirklich damit zu rechnen ist, daß die Sache ernst ist, dann sitzen wir sowieso in der Tinte. Ja, er ist sich darüber völlig im klaren. Daran könnte nicht einmal Arundale etwas ändern.« Dominic setzte sich hinter das Lenkrad des Kombiwagens und fuhr den langen Fahrweg hinauf, der jetzt von bleichem Mondlicht beschienen war. »Ist Mutter sehr wütend auf mich? Es tut mir wirklich leid, daß ich dir damit kommen mußte, aber ehrlich – mir gefällt die Sache ganz und gar nicht.«

»Nein, auf dich ist sie nicht böse. Höchstens auf den verschwundenen Sänger, der sich diese ungünstige Zeit ausgesucht hat. – Kalt, Tossa?«

Sie saß zwischen den beiden Männern auf dem breiten Vordersitz und fröstelte leicht trotz des warmen Kamelhaarmantels, in den sie eingemummt war.

»Nein, es ist nur die Nervosität. Sonst geht's mir gut.« Sie lehnte sich an Georges Schulter, beruhigt durch seine Gegenwart. »Ich bin froh, daß du hier bist. Ich mache mir nämlich auch Sorgen. Genau wie Dominic. All diese ausgeprägten Persönlichkeiten hier im Haus – da kann alles mögliche geschehen.«

»Na also, dann erzählt mal.«

Dominic berichtete so knapp und klar wie möglich, während Tossa hin und wieder eine Bemerkung einstreute. Jetzt war keine Zeit, sich lange in Einzelheiten zu ergehen, die Tatsachen mußten genügen. Dennoch schälten sich die Umrisse ausgeprägter Persönlichkeiten, wie Tossa es formuliert hatte, heraus, die einer seltsamen, fremden Welt anzugehören schienen, in der ungewöhnliche Dinge sich zutragen konnten.

Silbern schimmerte das Mondlicht auf dem Dach der Pagode, und in der Ferne gähnte schwarz im milchig-weißen Felsgestein der Eingang zur Höhle. In dieser Umgebung schien nichts unglaublich.

»Und er meint, daß er in einem Haus, in dem achtzig Leute versammelt sind, diese Geschichte geheimhalten kann?« fragte George Felse skeptisch.

»Wenn es zu einer regelrechten polizeilichen Ermittlung kommt, dann nicht. Aber er will es wenigstens so lange verheimlichen, bis du dir ein Bild gemacht hast. Und ich glaube, wenn wir ein bißchen Glück haben, wird uns das auch gelingen. Heute nachmittag waren nämlich fast alle unterwegs mit den beiden Ausflugsbussen. Die Busse fuhren ab, ehe wir Lucien Galt in den Park hinausgehen sahen. Und sie kamen erst kurz vor dem Tee zurück. Sie haben nichts gemerkt. Sie können nichts wissen.«

»Und wer weiß Bescheid? Wahrscheinlich doch eine ganze Menge Leute.«

»Nein, eigentlich nicht. Das Personal hat sich im Haus aufgehalten, und ich bin sicher, daß niemand von den Leuten etwas mit der Sache zu tun hat. Das Geschirr vom Mittagessen mußte gespült werden, und hinterher mußten die Vorbereitungen zum Tee und zum Abendessen getroffen werden. Wenn sich da jemand entfernt hätte, wäre es aufgefallen. Wir waren natürlich hier, aber uns kennst du ja. Außerdem ist da noch Felicity, das junge Ding, von dem ich eben erzählte, Arundales Nichte. Dann Liri Palmer – sie war am Nachmittag auch im Park. Wir sahen sie weggehen, in Richtung zu der Ruine da drüben. Wir vier und Mr. Marshall sind bis jetzt die einzigen, die wissen, was ich unten am Fluß entdeckt habe. Professor Penrose weiß zwar, daß Lucien verschwunden ist, aber das übrige weiß er nicht. Er hatte die ganze Schar gerade zur Vorlesung im Salon versammelt, als wir ins Haus zurückkamen.«

»Und du glaubst, wir können uns darauf verlassen, daß diese Leute den Mund halten?«

»Ja, ich glaube schon. Wir können es jedenfalls hoffen.«

»Sogar das Mädchen? Diese Felicity?«

»Ja«, erwiderte Tossa mit Bestimmtheit. Sie streifte Dominic mit einem flüchtigen Blick und fuhr dann ermutigt fort: »Sie hat einen ganz besonderen Grund, Stillschweigen zu bewahren. Dominic hat dir nicht alles über den Nachmittag erzählt. Er hat dir nur das berichtet, was wir wirklich wissen, nicht das, was wir vermuten und ahnen. Felicity ist ein sonderbares Mädchen, weißt du. Oder nein, vielleicht ist das nicht richtig ausgedrückt. Sie wirkt sonderbar, aber für ihr Alter ist sie wahrschienlich ganz normal, wenn man so sagen kann. Sie ist ungelenk und ein bißchen verklemmt und voller Komplexe. Sie gilt hier als eine Art arme Verwandte, und das Leben ist bestimmt kein Honiglecken für sie, obwohl es jeder gut meint mit ihr. Und dieses Wochenende hat sie sich unsterblich in Lucien Galt verliebt. Deshalb folgte sie ihm heute nachmittag, als er in den Park ging. Als wir ihr später begegneten, waren wir ziemlich sicher, daß er ihr klargemacht hat, daß er auf ihre Gesellschaft nicht erpicht war und sie weggeschickt hatte. Und das will sie verständlicherweise vertuschen. Felicity wird über diesen Nachmittag bestimmt nicht mehr erzählen, als unbedingt notwendig ist.«

»Aha, ich verstehe«, meinte George, der begriffen hatte, was sie ihm zu verstehen geben wollte. »Keine Angst, ich werde die Kleine nicht demütigen.«

»Ich weiß«, antwortete Tossa warm.

»Aber wird denn die Tatsache, daß einer der Künstler bei zwei Vorlesungen nicht erschienen ist, nicht Aufsehen erregen? Seine Teilnahme war doch sicher für beide Vorlesungen vorgesehen? Werden sich da die anderen nicht darüber wundern? Selbst wenn ihnen eure Abwesenheit nicht auffallen sollte?«

»Ich glaube, darüber brauchen wir uns kein Kopfzerbrechen zu machen. Unsere Abwesenheit wird keinem auffallen. Wir haben keinen bestimmten Platz, und wenn wir von den Leuten, mit denen wir bei der letzten Vorlesung zusammensaßen, nicht gesehen werden, dann werden sie einfach annehmen, wir hätten uns diesmal einen anderen Platz gesucht. Lucien Galts Abwesenheit ist natürlich nicht so leicht zu übersehen. Wir haben es dem Professor überlassen, dafür eine Erklärung zu geben. Ich glaube, er hat einfach so getan, als wäre alles in bester Ordnung. Aber wenn direkte Fragen gestellt werden sollten, dann ist er durchaus imstande, ihnen eine überzeugende Lüge aufzutischen. Darauf kannst du dich verlassen.«

»Hm. Na, mir soll es recht sein, wenn die Sache mit Diskretion behandelt wird. Ich bin gar nicht scharf darauf, daß mir siebzig aufgeregte Leutchen durch den ganzen Park trampeln und mich bei der Arbeit stören. Sitzen sie jetzt noch in der Vorlesung?«

»Ja, sie dauert noch eine halbe Stunde.«

»Schön, dann gehen wir jetzt zuerst hinunter zu der Grotte. Können wir uns nachher durch eine Hintertür ins Haus schleichen, damit wir nicht gesehen werden?«

»Ja, ganz leicht. Wir können durch den Hinterhof gehen, wo die Garagen sind. Da ist eine Tür, die in den Keller führt, und das Büro des Collegeleiters ist von da aus schnell zu erreichen. Zu dumm«, fügte Dominic hinzu, »daß es schon dunkel ist. Aber hier im Handschuhfach liegt eine riesige Taschenlampe.«

»Ich möchte mir die Spuren noch heute abend ansehen und wenn möglich ein Muster mitnehmen. Es wird noch vor dem Morgen zum Regnen kommen.«

»Er hat sie zugedeckt«, ließ sich Tossa stolz vernehmen.

»Das will ich hoffen«, versetzte George und lächelte.

Sie folgten der Kurve des Fahrwegs, und gleich darauf erhob sich vor ihnen, vom bleichen Mondlicht angestrahlt, das Haus in seiner ganzen bizarren Pracht. Die lange Reihe der Salonfenster war in Licht getaucht. Die Vorlesung war also noch nicht vorüber.

Dominic steuerte den Wagen um das Haus herum in den Hof. Dort schlossen sie das Fahrzeug ab und ließen es stehen. Die Taschenlampe nahmen sie mit. Im Schein des Mondes leuchtete das Gestein des Hauses hart und scharf umrissen. Die schwarzen Fenster starrten blind wie leere Augenhöhlen.

Dominic schlug den Weg zum Steg ein. Im Wald knipste er die Taschenlampe an. Das hohe, düstere Tor hob sich wenige Meter von dem jungen Blutahorn entfernt aus der Dunkelheit. Dann traten sie hinaus auf die Lichtung bei der Grotte. Das Rauschen des Flusses, zischend und tosend, drang durch die abendliche Stille.

Vorsichtig bückte sich Dominic und hob die großen Blätter auf, mit denen er am Nachmittag die Spuren zugedeckt hatte. Der Lichtkegel der Taschenlampe, wärmer und milder als der kalte Strahl des Mondes, wanderte langsam über das Gras.

»Schön«, meinte George schließlich. »Deck sie wieder zu. Wo sind die Flecken, die du für Blutstropfen hältst?«

Die beiden schweren Tropfen schienen geschrumpft zu sein, seit er sie am Spätnachmittag entdeckt hatte. Doch selbst jetzt waren sie noch klar sichtbar. Ihre Farbe war jedoch verblichen. Sie wirkten nur noch dunkel auf dem hellen Untergrund des Steins. Doch sie besaßen eine klare Form. Tropfen von Flüssigkeit, die von einem sich bewegenden Körper herniedergefallen waren. George zog sein Taschenmesser heraus und bückte sich. Mit unendlicher Geduld und Sorgfalt löste er den Stein aus dem Boden, während Tossa ihm die Taschenlampe hielt. Er verstaute den Stein in einer kleinen Schachtel, die er für diesen Zweck mitgebracht hatte.

»Morgen in aller Frühe werde ich mir das Gelände einmal gründlich ansehen. Vielleicht kann Mr. Marshall eine Zeltplane oder etwas Ähnliches auftreiben, das ich hier über die Spuren decken kann. – Und wo war dieses Medaillon? . . . Hm, ja. Ich sehe.«

Hinter ihnen gurgelten die Wasser des Flusses, drohend und gefährlich. Das Geräusch schien eins zu sein mit der grenzenlosen Stille rundherum.

Tossa zog fröstelnd die Schultern zusammen. Dominic legte ihr seinen Arm um die Schultern und drückte sie an sich. Vertrauensvoll blickte sie zu ihm auf. Sie hatte keine Angst. Sie spürte nur wie er die Ahnung des Dramas, das in der Luft lag.

»Kommt«, sagte George mit leiser Stimme. »Gehen wir zum Haus zurück. Ich möchte mit Mr. Marshall sprechen.«

»Wir müssen natürlich erst die entsprechenden Untersuchungen machen lassen«, erklärte George, der sich in Edward Arundales Büro hinter dem Schreibtisch niedergelassen hatte, »aber ich kann schon jetzt sagen, daß es sich hier mit größter Wahrscheinlichkeit um Blutflecken handelt.« Die kleine Schachtel mit dem hellen Kieselstein, von dem sich beinahe schwarz die Flecken abhoben, lag auf seiner offenen Handfläche. »Ich brauche Ihnen nicht zu sagen, daß Blut in dieser geringen Menge schon aus der kleinsten Verletzung stammen kann. Doch wir sehen uns der Tatsache gegenüber, daß Lucien Galt weder zurückgekehrt ist noch irgendeine Botschaft geschickt hat. Die Leute, die ihn kennen, behaupten, daß er seine Verpflichtungen stets einhält. Ihre Meinung ist für mich von Bedeutung. Sie wissen, was sie von ihm erwarten können, sie wissen, daß er nicht unzuverlässig ist und glauben nicht daran, daß er sich freiwillig seiner Verpflichtung entzogen hat. Man ist allgemein der Ansicht, daß er in vieler Hinsicht ein schwieriger Kollege ist, doch er hat, wenn er einmal eine Vereinbarung getroffen hat, niemals sein Wort gebrochen. Wir müssen ferner der Tatsache ins Auge sehen, daß die Braide Hochwasser führt. Die Spuren, die wir fanden, waren keinen Meter vom Wasser entfernt. Wenn an dieser Stelle ein Kampf stattgefunden hat, wie es den Anschein hat, dann ist es durchaus vorstellbar, daß der Verlierer in den Fluß stürzte und über das Wehr hinuntergespült wurde. Ich gehe jetzt natürlich vom Extremfall aus, weil wir einfach keine Möglichkeit außer acht lassen dürfen. Wir müssen mit allen Möglichkeiten rechnen.«

Henry Marshall leckte sich die ausgedörrten Lippen und schluckte kramphaft.

»Ja, das sehe ich ein. Ich – darf ich annehmen, daß Sie die Verantwortung für die Ermittlungen tragen werden? Ich bin natürlich bereit, Sie in jeder Hinsicht zu unterstützen.«

»Mir wäre es am liebsten, wenn die Ermittlungen solange wie möglich mit größter Diskretion behandelt werden könnten. Ich vermute, daß Sie da mit mir einig sind. Vielleicht könnten Sie mir das Büro für meine Arbeit überlassen und den Lehrgang programmgemäß weiterführen. Wäre das möglich? Ich habe bereits mit Professor Penrose gesprochen. Er hat sich bereit erklärt, die jungen Leute auf Trab zu halten, und es sieht ganz so aus, als machte ihnen das Vergnügen. Ich schlage vor, daß Sie ihm soweit wie möglich zur Hand gehen und dafür sorgen, daß kein Sand ins Getriebe kommt. Wenn uns das gelingt, werden die jungen Leute am Montag abend abreisen, ohne auch nur eine Ahnung zu haben, was hier geschehen ist. Sie werden genug anderes im Kopf haben.«

»Ich bin Ihnen unendlich dankbar«, versetzte Henry Marshall aus tiefstem Herzen. »Sie verstehen gewiß, in was für einer prekären Lage ich mich befinde. Zum erstenmal bin ich ganz auf mich selbst gestellt, habe allein die Verantwortung für den Lehrgang. Es wäre katastrophal, wenn wir zulassen müßten, daß unsere Schüler in Panikstimmung geraten und die Kurse abgesagt werden. Ich spreche nicht nur für mich selbst. Natürlich mache ich mir um meine Stellung Sorgen, das will ich gern zugeben. Aber es geht mir auch um Follymead. Die Schule ist es wert, alle Anstrengungen zu machen, mit dieser Krise möglichst ohne Aufsehen fertig zu werden. Wirklich.«

Er war ein aufrichtiger, anständiger junger Mann, der sich ernste Sorgen machte. Er war vielleicht nicht übermäßig energisch und nicht sehr erfahren, doch George fand, daß Arundale auch einen schlechteren Griff hätte tun können.

»Davon bin ich überzeugt. Wie gesagt, mir liegt ebensoviel daran wie Ihnen, Diskretion walten zu lassen. Doch Sie müssen sich darüber im klaren sein, daß es mit der Diskretion vorbei ist, wenn sich herausstellen sollte, daß etwas Ernstliches geschehen ist, daß möglicherweise ein Verbrechen vorliegt. In dem Moment, in dem ich davon überzeugt bin, daß die Angelegenheit in die Hände der Polizei gehört, werden die Behörden eingreifen.«

»Etwas anderes kann ich nicht verlangen«, erwiderte Marshall schlicht. »Ich bin nicht nur ein Angestellter, der um seinen Posten Angst hat, sondern auch ein verantwortungsbewußter Staatsbürger. Trotzdem hoffe ich, daß es dazu nicht kommen wird.«

»Das ist verständlich. Ich habe hier eine Liste der Personen, die heute nachmittag im Haus geblieben sind, statt sich den beiden Ausflugsgruppen anzuschließen. Bitte sagen Sie mir, ob die Aufstellung komplett ist.« Er begann, die Namen vorzulesen. Die Liste schloß vier ältere Damen ein, die am Ort ansässig und daher mit den Sehenswürdigkeiten der Gegend vertraut waren. Es war einleuchtend, daß sie sich lieber in den Gärten von Follymead ergingen, als mit einer Schar junger Leute im Omnibus durch die Gegend zu brausen. Sie waren jeweils zu zweit nach Follymead gekommen und hatten gewiß auch den Nachmittag paarweise verbracht. Mit etwas Glück würde es sich als unnötig erweisen, sie in die Sache zu verwickeln. Ein kurzes, ganz beiläufiges Gespräch – hier konnte Tossa vielleicht helfen – würde Gewißheit schaffen.

»Mir ist klar, daß wir Mrs. Arundale früher oder später ins Vertrauen ziehen müssen. War sonst am Nachmittag noch jemand im Haus?«

»Ja«, antwortete Marshall. »Mr. Meurice wollte eigentlich mit meinem Bus fahren, aber im letzten Augenblick überlegte er es sich anders. Ich kann mich täuschen, aber ich hatte den Eindruck, daß er absprang, weil er feststellte, daß Miss Palmer hierblieb.«

»So etwas soll vorkommen«, meinte George. »Sonst niemand?«

»Nicht, daß ich wüßte.«

»Dann könnten Sie mir jetzt vielleicht erst einmal Felicity Cope holen. Ich werde so behutsam wie möglich mit ihr sein. Ich glaube, sie weiß bereits von Mr. Galts Verschwinden.«

»Ja, sie weiß Bescheid«, erwiderte Marshall und fragte sich im stillen, wieviel Felicity von der Geschichte wohl wissen mochte. »Sie ist eine sehr frühreife junge Dame.«

Es klang wie eine Warnung, doch gleichzeitig hörte es sich paradoxerweise so an, als empfände er Mitleid für das junge Mädchen. George nahm sich vor, auf keinen Fall Mitleid zu zeigen. Manchmal, fand er, gab es nichts Demoralisierenderes als das Gefühl, daß alle Welt nur Mitleid mit einem hatte.

»Ich weiß, daß ich ein schwieriger Mensch bin«, erklärte Felicity in klarem, leicht überheblichem Ton. »Ich habe meine Schwierigkeiten. Ich weiß allerdings nicht, ob Sie sich noch an die Zeit erinnern, als Sie in meinem Alter waren.«

Sie maß ihn mit einem verstohlenen Seitenblick. Das graue Haar an den Schläfen ließ ihn sehr distinguiert wirken, fand sie. Er hatte gute Augen, ruhig und klar. Es würde nicht leicht sein, ihn aus der Ruhe zu bringen. Es muß so erholsam sein, dachte sie, auf der Flucht vor den beängstigenden Erinnerungen, die ihr keine Ruhe ließen, sich einem Menschen anzuschließen, der das Leben kennt und den nichts mehr erregen kann.

»Ich erinnere mich sogar noch sehr lebhaft daran«, gab George ernsthaft zurück. Er war um den Schreibtisch herumgegangen und stand neben ihr, beinahe in Reichweite. Er verstand es, mit anderen Menschen Kontakt zu bekommen. »Und ich habe einen Sohn, da macht man das alles noch einmal durch, weißt du. Nur hat man da ein bißchen mehr Erfahrung, auf die man bauen kann. Eine Tochter habe ich leider nicht. Meine Frau konnte keine Kinder mehr bekommen. Wir haben uns immer ein kleines Mädchen gewünscht.«

»Wirklich?« fragte Felicity abgelenkt. »Onkel Edward ist auch oft schrecklich unglücklich darüber, daß Tante Audrey keine Kinder bekommen kann. Er hat sie furchtbar lieb, aber das war immer eine Enttäuschung für ihn.«

Sie erstarrte plötzlich. Er sah, wie ihr Gesicht einen Schein blasser wurde. Ihre Augen, die einen Moment lang nackt und verwundbar gewesen waren, schienen sich zu verschließen. Niemand kann sich mehr in sich selbst zurückziehen als ein Mädchen von fünfzehn Jahren, wenn es fühlt, daß es sich verteidigen muß. Warum stieg plötzlich dieses Gefühl in ihr auf? Wovor glaubte sie sich verteidigen zu müssen?

»Du weißt, daß Lucien Galt verschwunden ist«, bemerkte George, zur Sache kommend. »Du warst offenbar die letzte, die ihn hier in Follymead gesehen hat. Hat er dir gegenüber irgend etwas davon erwähnt, daß er vorhatte, Follymead zu verlassen? Es könnte ja möglich sein, daß etwas ihn daran hinderte, länger zu bleiben.«

»Nein«, antwortete Felicity mit einem starren, künstlichen Lächeln. »Er hat nichts davon gesagt, daß er abreisen wollte. Gar nichts dieser Art.«

»Worüber habt ihr euch denn bei eurem Spaziergang unterhalten?«

»Ach, über den Lehrgang und die Lieder, die in der Vorlesung am Morgen besprochen worden waren.«

»Miss Barber und mein Sohn machten sich deinetwegen ein wenig Sorge ... wußtest du das? Sie hatten den Eindruck, du wärst unglücklich – bestürzt –, als sie dir heute nachmittag begegneten. Es wäre ihnen viel lieber gewesen, wenn du ein Stück mit ihnen spazierengegangen wärst. War irgend etwas nicht in Ordnung? Du weißt doch, daß man nicht nur sich selbst hilft, sondern auch dem anderen, wenn man sich einem Menschen anvertraut. Wir Menschen sind nun einmal so geschaffen, daß wir uns um unsere Mitmenschen sorgen. Das ist das Menschliche in uns. Tossa ist auch durch schwierige Zeiten hindurchgegangen. Da ist es nicht überraschend, daß sie ein Feingefühl für die Krisen anderer besitzt.« Vorsicht jetzt! Sie war vor dem Wort, das er benutzt hatte, ein wenig zurückgescheut. Ihre Augen, ausdruckslos grau, wehrten sich voll Mißtrauen gegen sein allzu großes Interesse. »Ich bin kein Hellseher«, fuhr er geduldig fort. »Du hast selbst eben von deinen Schwierigkeiten gesprochen. Wenn sie dich nicht beschäftigen würden, dann würdest du sie gar nicht erwähnen.«

Sie starrte auf ihren Schoß nieder, öffnete und schloß nervös ihre Hände. Das kleine, magere Gesicht mit den klar gezeichneten Zügen war still, doch es war eine Stille des Abwartens und des Auf-der-Hut-Seins.

»Mein großer Fehler war«, sagte sie schließlich mit trockener und sorgsam beherrschter Stimme, »daß ich in eine kluge und außergewöhnliche Familie hineingeboren wurde. Ich bin der Schandfleck der Familie, unscheinbar, einfältig und durchschnittlich. Onkel Edward – jeder weiß, was für ein brillanter Kopf er ist. Und meine Mutter – sie ist seine Schwester, wissen Sie –, sie hat studiert, an der Kunstakademie. Sie malt, und sie singt, und sie spielt

Theater. Sie kann überhaupt alles. Nur wegen ihrer schwachen Gesundheit und weil sie mit ihrer Ehe ziemlich Pech hatte, ist sie nicht auch so eine Berühmtheit geworden wie er. Tante Audrey ist natürlich längst nicht so intellektuell veranlagt, aber sie stammt ja auch nicht aus einer Intellektuellenfamilie. Ihre Eltern waren Geschäftsleute – neureich. Sie hat ein unheimlich exklusives Internat besucht – Pleydells, das kennen Sie wahrscheinlich? –, aber sie hat sich nie besonders ausgezeichnet. Ihre Eltern haben sie vor dem Schlußexamen aus der Schule genommen. Ich habe nie verstanden, warum. Vielleicht ging es ihnen gar nicht um die Bildung und eine erfolgreiche akademische Karriere, vielleicht wollten sie nur die Tünche. Aber sie hat dafür alles andere. Wenn man so schön ist wie sie, reicht das vollkommen aus, finden Sie nicht? Sie ist wunderschön, und alles, was sie tut, das tut sie mit so viel Grazie, daß es gar nicht darauf ankommt, ob sie es besonders gut macht. Ich, ich kann höchstens sagen, daß ich viel gelesen habe und nicht direkt dumm bin. Aber das ist auch alles, was ich mitgekriegt habe, und in unserer Familie reicht das einfach nicht aus. Sogar Dinge, die ich wirklich kann, tue ich so ungeschickt und schlecht – es ist – ist meine eigene Schuld. Ich bemühe mich zu sehr und stelle zu große Anforderungen an mich selbst. Es ist nicht leicht, wenn man so mißraten ist und überhaupt keine Talente besitzt. Ich sehe gar keine Zukunft für mich. Mein ganzes Leben werde ich die zweite Geige spielen. Klar, ich weiß, daß ich launisch bin. Aber wären Sie an meiner Stelle nicht launisch?«

Ihr blasses Gesicht belebte sich ein wenig, als sie ihm in die Augen sah. Ihr gefielen die starken, buschigen Brauen, die klar und gerade über den gütigen Augen saßen und nichts von der Bedrohlichkeit eng zusammenliegender, an der Nasenwurzel fast zusammenwachsender Augenbrauen besaßen. Sein durchdringender Blick war ihr weniger unangenehm, als sie erwartet hatte, und doch flößte er ihr ein wenig Furcht ein.

»Ich bin wahrscheinlich ein Fall für den Psychiater«, bemerkte sie recht von oben herab. »Aber bis jetzt hat sich noch niemand darum gekümmert.«

»Im Gegenteil, ich finde, du bist ein völlig normales junges Mädchen, das leider zuviel Zeit in der Gesellschaft von Erwachsenen verbracht hat«, versetzte George ganz offen und lächelte, als er ihren erstaunten, beinahe gekränkten Blick sah. »Anomales gehört zur Norm, wenn man sich von einem Stadium zum anderen durchkämpft. Sei doch mal ehrlich, Felicity, du bist noch nicht erwachsen, du bist noch im Durchbruch. Ich habe nicht vergessen, wie verflixt unbehaglich das ist. Und ich habe andere durch dieses Endwicklungsstadium hindurchgehen sehen. Du hältst dich ganz tapfer. Nimm nur die Erwachsenen nicht zu ernst. Und vor allem, glaub nicht, daß das, was wir Erwachsenen zu sagen haben, der Weisheit letzter Schluß ist. Auch ein Psychiater kann sich mal irren, manche von ihnen haben sogar selbst einen Psychiater nötig. War es das, was dir heute nachmittag auf der Seele lag?«

Er hatte sie zurückgelenkt zum Thema, behutsam, aber bestimmt. Sie nahm ihm das nicht übel. Sie wußte, daß es kein Entrinnen gab. Sie senkte die Lider, und die langen Wimpern beschatteten ihre Wangen. Ihr Gesicht war starr, sie wollte ihn nicht in ihre Augen sehen lassen.

»Daß ich immer soviel mit Erwachsenen zusammen war, macht alles nur noch schlimmer. Sie erwarten dauernd von mir, daß ich mich wie ein erwachsener Mensch benehme, aber dann behandeln sie mich nicht so. Sie lassen mich arbeiten und erwarten dann, daß ich brav und pünktlich um neun Uhr ins Bett krieche. Ich – ich habe mich jemandem anvertraut. Aber – aber ich habe keine sehr gute Wahl getroffen. Er hatte keine Zeit, mir zuzuhören. Ich dachte – er ist ja selbst erst dreiundzwanzig, und Frauen sind doch immer viel reifer – ich dachte, wir stünden auf der gleichen Stufe, aber er – ich merkte schnell, daß es keinen Sinn hatte«, erklärte Felicity mit Würde. »Da bin ich gegangen und hab' ihn stehen gelassen. Aber Sie können sicher verstehen, daß ich danach nicht in Stimmung war, mit jemandem zu sprechen.«

»Natürlich verstehe ich das. Wo bist du denn von ihm weggegangen?«

»Ich habe mich am Blutahorn von ihm getrennt«, erwiderte sie sicher. »Dort, wo sich die beiden Wege kreuzen.«

»Du bist über die Brücke gegangen und hast ihn dort stehen gelassen?«

»Ja«, sagte sie endgültig.

»Ich möchte ganz sicher sein . . . Er stand an der Kreuzung außerhalb des Geländers, das das Ufer mit der Grotte begrenzt?«

»Ja«, antwortete sie im gleichen Ton.

»Du hast dich nicht umgewandt, um zu sehen, wohin er gehen würde?«

»Nein, ich habe mich nicht umgesehen. Er hatte mich weggeschickt, und ich ging«, versetzte Felicity mit der Bitterkeit einer Erwachsenen.

»Und das war das letztemal, daß du ihn zu Gesicht bekommen hast? Du weißt nicht, wohin er von dort aus gegangen ist?«

»Es war das letztemal. Ich weiß nicht, wohin er gegangen ist.«

Sie blickte zu ihm auf. In ihren großen Augen standen Furcht und Kummer und ein Flehen um Trost.

»Mr. Felse, glauben Sie, daß ihm etwas zugestoßen ist? Sie glauben doch nicht, daß er -- daß er . . .«

»Vorläufig glaube ich noch gar nichts«, erwiderte George. »Ich hoffe, daß er lediglich selbst in einer Krise steckte, die ihn trieb, sich irgendwo zu verkriechen, um Ruhe zu finden. Auch mit dreiundzwanzig ist man gegen so etwas nicht gefeit. Vielleicht war er so beschäftigt mit seinen eigenen Problemen, daß er für die deinen einfach kein Verständnis aufbringen konnte. Wenn er zu finden ist, dann werden wir ihn finden. Darauf kannst du dich verlassen. Jetzt geh zu Bett und überlaß die Sorge uns. Wenn du mir alles erzählt hast, was du weißt, dann kannst du im Moment nicht mehr tun.«

»Ich habe Ihnen alles gesagt, was ich weiß.« Sie ging zur Tür und drehte sich noch einmal um. Ihr Gesicht war unbewegt, doch in ihren Augen spiegelte sich noch immer die Furcht. »Gute Nacht, Mr. Felse.«

»Gute Nacht, Felicity.«

Und es klingt, dachte George, während er ihr nachblickte, als hätte sie die Wahrheit gesagt und nichts als die Wahrheit. Doch er konnte sich des unbehaglichen Gefühls nicht erwehren, daß die Wahrheit, was Felicity Cope anging, einem Eisberg glich, der zu neunzig Prozent unter Wasser lag.

»Ich will Ihnen lieber gleich sagen, daß ich natürlich sofort gemerkt habe, was hier gespielt wird, auch wenn offiziell noch nichts darüber verlautet ist, daß irgend etwas nicht in Ordnung ist«, begann Dickie Meurice, während er sich unbefangen niederließ und den Ellbogen auf Edward Arundales Schreibtisch stützte. »Der alte Penrose hat zwar so getan, als liefe alles nach Plan, und als hätte er nicht die geringste Absicht gehabt, Lucien Galt in den Vorlesungen von heute abend einzusetzen, aber ich weiß nur zu gut, was Lucien für Gagen verlangt. Wenn er für das Wochenende engagiert worden ist, dann garantiert unter der Bedingung, daß er an allen Veranstaltungen teilnimmt. Außerdem kenne ich ihn so gut, daß mir sein Fehlen sofort aufgefallen ist. Der gute Lucien hat sich also am Nachmittag freiwillig oder unfreiwillig aus dem Staub gemacht. Und Sie haben hier Posten bezogen, um der Leitung des Colleges den Rücken zu decken, falls sich herausstellen sollte, daß er nicht ganz so freiwillig verschwunden ist. Rechtsanwalt? Oder Privatdetektiv?«

»Kriminalpolizei«, versetzte George ausdruckslos, aber nicht ohne ein gewisses Vergnügen. Er gewahrte mit Befriedigung das prompte Zurückweichen des jungen Mannes, der sich zwar rasch faßte, aber nicht rasch genug. »Wenn ich recht verstanden habe, hatten Sie ursprünglich geplant, an einem der Ausflüge teilzunehmen. Was veranlaßte Sie, es sich anders zu überlegen?«

»Ich fand, hier ließe sich mehr mit meiner Zeit anfangen. Bei solchen Massenveranstaltungen bietet sich selten eine Gelegenheit zu ernsthaften Gesprächen. Da wimmeln dauernd irgendwelche Leute um einen herum. Außerdem wollte ich mit jemandem sprechen. Und sie blieb hier, da blieb ich eben auch hier.«

»Liri Palmer?«

»Stimmt. Ich hielt die Gelegenheit für günstig, meine Bekanntschaft mit ihr ein wenig zu vertiefen, solange das Haus hier praktisch leer war.« Er gab sich sehr aufrichtig und sehr offen. Ein wirklich aufrichtiger Mensch hätte sich weniger eifrig gezeigt und bei weitem nicht so bereitwillig, über seine Privatangelegenheiten zu sprechen. »Ich habe Liri gern. Ein Mädchen wie sie sollte sich nicht an einen Egoisten von Galts Kaliber verschwenden, ganz gleichgültig, ob sie ihn liebt oder haßt. Das wollte ich ihr klipp und klar sagen. Ich hoffte, es würde mir gelingen, sie zur Vernunft zu bringen. Ich weiß nicht, ob man Ihnen erzählt hat, was zwischen den beiden schwelt und was gestern abend geschehen ist?« Er wartete gar nicht erst auf Georges Antwort, sondern fuhr munter in seinem Bericht fort. Keiner hätte die Szene bildhafter beschreiben können. Vielleicht wollte er von vornherein feststellen, daß jemand – nicht er – Lucien Galt gedroht hatte; das heißt, wenn man den Zwischenfall mit der veränderten Version des alten Liedes überhaupt als ernsthafte Drohung auslegen wollte. Er hatte Liri Palmer gern, behauptete er, doch seine erste Sorge galt Dickie Meurice.

»Sie empfinden offensichtlich für Lucien Galt nicht gerade übermäßige Sympathie«, bemerkte George.

»Das ist kein Geheimnis. Warum sollte ich versuchen, es zu vertuschen? Er hat Liri gemein behandelt, und seine Kollegen haben ihn nicht umsonst Luzifer getauft. Aber ich habe ihn heute den ganzen Nachmittag nicht zu Gesicht bekommen«, schloß er fest. »Das letztemal sah ich ihn beim Mittagessen.«

»Aber mit Liri haben Sie gesprochen?«

»Ja, ich wartete in der Galerie, bis sie das Haus verließ und gab ihr fünf Minuten Vorsprung. Das muß kurz nach zwei Uhr gewesen sein. Sie schlug den Weg zu der alten Ruine ein, die drüben auf der anderen Seite des Parks auf der Anhöhe steht. Ich kam ein wenig später und fand sie dort vor. Ich habe mir alle Mühe gegeben, sie davon zu überzeugen, daß es keinen Sinn hat, Galt nachzutrauern, und daß es besser wäre, sich anderem zuzuwenden – mir, zum Beispiel.«

Einen Augenblick lang flammte in seinen Augen ein Schein echten Spotts über sich selbst auf. Er wirkte beinahe sympathisch. Doch aller Wahrscheinlichkeit nach versuchte er nur herauszufinden, auf welche Art des Verhaltens George Felse am positivsten reagieren würde.

»Und?« erkundigte sich George mit steinernem Gesicht. »Ließ sie sich von Ihnen überzeugen?«

»Sie gab mir ganz unmißverständlich zu verstehen, daß ich mich zum Teufel scheren sollte. Liri läßt sich in ihren Gefühlen, sei es Groll oder Zuneigung, von keinem Menschen beeinflussen. Das machte sie mir deutlich klar.«

»Und was war es in diesem Fall?«

»Im derzeitigen Stadium, meiner Ansicht nach, nur Groll. Sie fühlte sich tief verletzt, und sie kann zur erbitterten Feindin werden. Ich sah ein, daß es keinen Sinn hatte, mit ihr zu reden. Deshalb gab ich auf und ging. Der Park war ganz verlassen, ich kann Ihnen also leider keine Zeugen bringen. Aber ich gebe Ihnen mein Wort, daß ich kurz nach drei Uhr schon wieder im Garten war und ihn erst verließ, als ich zum Tee hereinkam. Dort im Garten sind Schießscheiben und Pfeil und Bogen. Da habe ich bis vier Uhr geübt und bin dann hineingegangen, um mich frischzumachen. Das ist alles. Kein sehr produktiver Nachmittag.«

»Und Liri blieb dort bei der Ruine? Um welche Zeit gingen Sie?«

»Das wird so gegen zwanzig vor drei gewesen sein. Sie saß allein dort. Ich habe sonst niemanden gesehen.«

»Von dort ist wohl der Fluß nicht zu sehen?«

In den gewinnend lächelnden blauen Augen leuchtete ein Blitz des Verstehens auf, der gar nicht gewinnend war.

»Vom Fuß der Ruine aus nicht, das weiß ich. Die Sicht ist durch hohe Bäume versperrt. Nur hin und wieder sieht man durch das Laub das Wasser glitzern. Aber zum Turm hinauf führt eine Treppe«, fügte er hilfsbereit hinzu. »Ich war zwar selbst noch nicht oben, aber ich könnte mir vorstellen, daß man von dort aus eine gute Aussicht hat. Allerdings machte sie, solange ich da war, keine Anstalten, da hinaufzusteigen«, setzte er fair hinzu.

»Nun, ich danke Ihnen jedenfalls, Mr. Meurice. Sie waren mir eine große Hilfe. Wenn wir bei dem Bemühen, Einzelheiten über den Ablauf des Nachmittags festzustellen, auf Schwierigkeiten stoßen sollten, darf ich doch wieder mit Ihrer Unterstützung rechnen, nicht wahr? Und Sie versprechen mir, daß Sie Schweigen bewahren werden?«

Das mußte man ihm lassen – er nahm die doppelzüngige Bemerkung mit Haltung hin. Dann versprach er mit beinahe unnötigem Nachdruck, absolutes Stillschweigen zu bewahren, und empfahl sich, nachdem er wahrlich sein Bestes getan hatte, den Eindruck zu schaffen, daß, wenn Lucien Galt wirklich etwas zugestoßen sein sollte, Liri Palmer dafür verantwortlich zeichnete. Wer außer ihr hatte ihm schließlich gedroht?

George seufzte, schnitt eine Grimasse und ließ Liri Palmer holen.

*

»O ja, das stimmt. Er war da.« Liri schlug ihre langen, schlanken Beine übereinander und lehnte mit einem Kopfschütteln die angebotene Zigarette ab. »Er gab sich alle Mühe, sich bei mir beliebt zu machen, aber davon wollte ich nichts wissen. Kurz gesagt, er forderte mich praktisch auf, mit ihm zusammen einen Großangriff auf Lucien zu starten. Im Plattengeschäft wird nicht gerade mit sauberen Methoden gearbeitet, und die bekannten Disk-Jockeys haben viel Einfluß. Wenn es Meurice gelingt, ein paar Gleichgesinnte zu gewinnen, dann kann er mit Leichtigkeit einen Künstler ruinieren.«

»Und Sie waren daran nicht interessiert?«

Sie schürzte voll Verachtung die Lippen.

»Wenn ich jemanden ruinieren will, brauche ich keine Verbündeten. Ich glaube, es ist mir gelungen, ihm das klarzumachen.«

»Ich hörte, daß Sie gestern abend recht deutlich wurden und Lucien Galt gewissermaßen drohten.«

»Ach das!« Sie lächelte kühl und ohne Fröhlichkeit, doch sie war nicht erschrocken. »Dickie hat natürlich dafür gesorgt, daß Ihnen das zu Ohren kommt. Er hätte sich gar nicht solche Mühe zu geben brauchen. Ich hätte es Ihnen sowieso erzählt. Ja, es ist wahr. Das habe ich getan.« In ihrem Ton lag eine Schwingung des Staunens, als wäre der Ausbruch vom Abend zuvor in der Rückschau plötzlich belanglos und beinahe unverständlich geworden.

»War es Ihnen ernst damit?« fragte George direkt.

»Ob es mir ernst war? . . . Ja, in dem Augenblick wahrscheinlich schon. Doch im Grunde ging es mir weniger darum, irgend etwas zu tun, als vielmehr darum, meine Position klarzumachen. Die anderen waren eben zufällig dabei«, fügte sie mit einer Arroganz hinzu, die selbst Lucien überrascht hätte, »aber es hatte gar nichts mit ihnen zu tun.«

»Dann haben Sie also heute nachmittag auf Ihre Drohung nicht die Tat folgen lassen?«

Es war die erste direkte und absichtliche Andeutung, daß Lucien Galt einem Verbrechen zum Opfer gefallen, daß er jetzt tot sein könnte. Sie nahm die Bemerkung ruhig und nachdenklich auf, verriet weder Überraschung noch sonst eine Gefühlsregung. Was sie dachte, was sie empfand, das behielt sie für sich. Sie gingen wie die persönlichen Botschaften, die ihre Lieder enthielten, keinen anderen etwas an. Hier war eine junge Frau, die gewohnt war, auf eigenen Füßen zu stehen, die von anderen weder Nachsicht noch Hilfe erwartete.

»Ich habe Lucien heute nachmittag gar nicht gesehen. Er hatte offenbar nicht den Wunsch, mich zu sprechen, und ich habe mich gehütet, mich ihm aufzudrängen. Nachdem ich Dickie Meurice weggeschickt hatte, blieb ich allein oben bei der Ruine, bis es Zeit zum Tee war.«

»Irgend etwas hat Sie doch sicher beschäftigt?«

Ihr Lächeln wurde ein wenig wärmer, doch es blieb düster und voller Nachdenklichkeit.

»Ich habe mich mit einer Idee für ein Lied herumgeschlagen. Es ist nichts dabei herausgekommen.«

»Miss Palmer, nach allem, was ich gehört habe – und nicht nur von Meurice –, war Ihre Beziehung zu Lucien Galt noch vor kurzer Zeit sehr eng und freundschaftlich. Können Sie mir etwas über die Gründe sagen, die zum Bruch zwischen Ihnen und Lucien Galt führten?«

»Nein«, erwiderte Liri ohne Zögern mit einer Bestimmtheit, die keinen Widerspruch duldete. »Das ist eine persönliche Sache zwischen ihm und mir, und dabei soll es bleiben.«

Er akzeptierte das ohne weitere Frage.

»Dann darf ich Sie bitten, auch diese Unterhaltung vertraulich zu behandeln. Ich möchte, wenn möglich, jedes Aufsehen vermeiden und hoffe, es wird sich einrichten lassen, daß dieser Wochenendlehrgang seinen geplanten Lauf nimmt, ohne daß allgemeine Panik ausbricht. Oh, eine Frage habe ich noch an Sie.«

Er reichte ihr die kleine Schachtel, in der er das silberne Medaillon aufbewahrte.

»Mein Sohn fand das hier unten am Fluß. Vielleicht wissen Sie schon davon.«

Sie nahm die Schachtel und strich mit dem Finger behutsam über die kleine Münze.

»Ja, ich weiß davon. Dominic hat uns das Medaillon gezeigt – den wenigen, die bis jetzt von Luciens Verschwinden wissen. Es gehört Lucien. Er hat es ständig getragen.«

»Immer? Solange Sie ihn kannten?«

»Ja, es fiel mir schon bei unserer ersten Begegnung auf. Er sagte, er trüge es seit seiner Kindheit. Es war das einzige, was er von seinem Vater besaß.«

»Das hat er Ihnen selbst erzählt? Und seit wann kennen Sie ihn?«

»Ich kenne ihn jetzt seit gut zwei Jahren. Ja, das hat er mir selbst erzählt.«

Sie hatten sich einander anvertraut und hatten einander vertraut. Er war kein Mensch, der viel von sich selbst sprach; er war überhaupt kein sehr gesprächiger Mensch.

»Er hatte praktisch nichts, was ihn an seine Eltern erinnerte. Ihr Geschäft wurde bei einem Bombenangriff vollkommen zerstört. Sie hatten ein Zeitungs- und Tabakgeschäft in Islington. Der Angriff kam ganz am Schluß des Krieges. Seine Eltern kamen beide um. Er ist in einem Waisenhaus aufgewachsen.«

»Ich weiß nur das, was in den Zeitungen über ihn stand«, erwiderte George.

»Keiner weiß viel mehr über ihn. Er liebt seine Pflegeeltern, die in dem Heim für ihn gesorgt haben, sehr. Er besucht sie sogar jetzt noch regelmäßig.« Sie blickte plötzlich auf. Ihr Gesicht war bleich und still. »Bisher hat er das jedenfalls getan«, sagte sie und schloß behutsam den Deckel der Schachtel über dem silbernen Medaillon.

»Mr. Marshall«, erklärte Audrey Arundale mit leiser, gepreßter Stimme, »hat mir schon über die Angelegenheit berichtet und mir auch erzählt, daß Sie so freundlich waren, privat hierher zu kommen, um uns zu helfen. Wir sind Ihnen sehr dankbar. Ich danke Ihnen auch im Namen meines Mannes. Ich fühle mich ohne ihn ganz verloren. Das müssen Sie verstehen und mir verzeihen.«

Sie stand in ihrem ganz in Rosa und Weiß gehaltenen Damensalon, selbst eine weiße Rose, bleich und schön, doch ein ganz klein wenig welk, über den Zeitpunkt strahlenden Erblühtseins hinaus. Sie wirkte verstört und offensichtlich hilflos ohne ihren Mann. Sie war daran gewöhnt, daß ihr Leben glatt und ohne Wellenschlag verlief. Ereignisse, die den Rahmen der Gewohnheit sprengten, verwirrten und bestürzten sie.

»Bitte, nehmen Sie doch Platz, Mr. Felse. Es ist mir peinlich, daß wir Ihre Privatzeit in Anspruch nehmen müssen, da wir doch gar nichts Konkretes wissen. Kann ich Ihnen irgendwie behilflich sein?«

»Der Form halber hätte ich von Ihnen gern gewußt, wie Sie den Nachmittag verbracht haben, ob Sie mit den anderen, die hiergebliebenen sind, zusammentrafen, und um welche Zeit Ihr Gatte abfuhr. Ich möchte mir ein möglichst vollständiges Bild machen.«

»Das verstehe ich natürlich. Ich war den ganzen Nachmittag im Haus. Edward war bis kurz vor drei mit mir zusammen. Dann ging er hinaus zum Wagen, um sein Gepäck zu verstauen. Ich kann Ihnen nicht sagen, wann er abfuhr, denn ich sah ihn nicht abfahren. Ich glaube, er wollte sich in der Bibliothek noch einige Bücher holen. Aber das hat sicher nicht lange gedauert. Meiner Schätzung nach wird er um Viertel nach drei abgefahren sein. Ich blieb hier in meinem Zimmer, um Briefe zu schreiben.« Sie wies mit einer vagen Geste auf einige Briefe, die auf ihrem Schreibtisch lagen. »Zum Tee ging ich nicht hinunter. Ich ließ ihn mir hier servieren. Ich hatte keine Ahnung, daß Mr. Galt verschwunden ist. Allerdings fiel mir auf, daß er an der Vorlesung um fünf Uhr nicht teilnahm. Und er ist natürlich noch nicht wieder hier.«

In ihrem verschreckten Gesicht spiegelte sich Hoffnung wider.

»Nein, er ist nicht zurückgekommen. Im Gegenteil, wir haben gewisse Spuren gefunden, die darauf hindeuten, daß die Sache ernst ist.«

»Würden Sie mir sagen«, fragte sie schüchtern, »was das für Spuren sind?«

Er berichtete es ihr. Sie wandte den Kopf ab, als er das Blut erwähnte, und einen Moment schien es, als wollte sie am liebsten vor diesen Ereignissen, die den Regeln ihres geordneten Lebens nicht gehorchten, fliehen. Flüchtig und wie blind hob sie die Hand, als suchte sie Edward, der immer für sie da war. Doch Edward war in Birmingham. Dann sagte sie mit Würde und Ruhe genau das, was George erwartet hatte.

»Glauben Sie nicht, es wäre am besten, wenn wir uns mit meinem Mann in Verbindung setzen und ihm berichten, was geschehen ist? Ich würde das unter normalen Umständen nicht vorschlagen, da ja Henry hier ist, aber wir haben es hier nicht mit normalen Umständen zu tun. Hier geht es um mehr als die bloße Verantwortung für den Lehrgang. Es ist eine Frage der Verantwortlichkeit für Follymead und alles, was es bedeutet. Edward kann diese Verantwortlichkeit nicht auf einen anderen übertragen, nicht in einer so ernsten Situation.« Sie wandte den Kopf und blickte Henry Marshall an, der stumm der Unterhaltung gelauscht hatte. »Seien Sie mir nicht böse, Henry. Ich hätte es Ihnen überlassen sollen, diesen Vorschlag zu machen. Ich weiß, daß Sie es getan hätten.«

Kein Zweifel, Follymead hatte einen großen Teil seines Erfolgs dieser Frau zu verdanken, auch wenn sie sich nicht durch eine glänzende akademische Karriere auszeichnete wie Felicitys illustre Verwandte. War es da ein Wunder, daß Marshall sie beinahe mit hingebungsvoller Bewunderung ansah?

»Mr. Felse und ich sind bereits zu der Erkenntnis gelangt, daß die Angelegenheit nicht leichtgenommen werden darf. Ich hoffte allerdings, daß Mr. Galt sich melden würde, daß er uns eine Erklärung für sein Verschwinden geben würde. Doch seit seinem Verschwinden ist eine lange Zeitspanne verstrichen, und damit nimmt die Sache ein anderes Gesicht an. Ja, ich bin auch dafür, Doktor Arundale anzurufen.«

»Es ist vielleicht am besten, wenn ich das persönlich tue«, meinte George. »Wo ist er denn um diese Zeit zu erreichen?«

Die Uhr auf dem Schreibtisch zeigte zehn Uhr vierzig.

»Er spricht bei einem Festbankett«, erwiderte Audrey. »Der Vorsitzende der Vereinigung hat ihn eingeladen, die Nacht in seinem Haus zu verbringen. Aber es ist noch relativ früh. Da müßten sie eigentlich noch im Hotel Metropole sein. Ich habe die Nummer hier.«

George wählte und wartete auf die Verbindung. Es war sehr still im Zimmer.

»Hotel Metropole? Soviel ich weiß, findet bei Ihnen heute abend das Festbankett der Weinhändlervereinigung statt. Sind die Herrschaften noch zu erreichen? – Gut. Würden Sie Doktor Arundale ans Telefon bitten? – Ja, richtig Edward Arundale – er ist der Redner.«

Er wartete. Audrey tastete, ohne sich umzublicken, nach der Lehne des Sessels, der hinter ihr stand, und ließ sich langsam nieder. Keinen Moment wandte sie den Blick von George.

»Hallo, sind Sie –? Oh, ich verstehe. Nein, das wußte ich nicht.« Es trat eine lange Pause ein, während der er schweigend lauschte. »Um welche Zeit war das?« fragte er schließlich. »Sind Sie sicher? Sie kennen seine Stimme? Nein, nein, das geht in Ordnung. Tut mir leid, daß ich Sie stören mußte. Ich werde mich dort mit ihm in Verbindung setzen. Danke schön. Auf Wiederhören.«

Er legte den Hörer auf die Gabel und hob den Kopf, um Audrey anzusehen.

»Mrs. Arundale, ich fürchte, ich muß Ihnen eine unangenehme Überraschung bereiten. Mr. Arundale ist nicht im Hotel Metropole. Ich habe eben mit einem Herrn namens Malcolmson gesprochen. Er ist der Präsident der Vereinigung. Mr. Arundale sagte ab, und man mußte in letzter Minute einen Ersatz für ihn auftreiben.«

»Aber – aber das ist doch unmöglich«, versetzte sie flüsternd. »Warum sollte er denn absagen? Mir gegenüber hat er gar nichts davon erwähnt. Er hat seine Notizen eingepackt ... und die Bücher, die er für morgen braucht ... alles. Ich hatte keine Ahnung ... ich wußte nicht ...«

»Aber es steht fest. Er hat abgesagt. Daran ist nicht zu zweifeln. Dieser Mr. Malcolmson erzählte mir, Mr. Arundale hätte angerufen, um sich zu entschuldigen. Das war heute nachmittag gegen drei Uhr. Er sagte, er kennt Mr. Arundale seit acht Jahren und ist ganz sicher, daß Ihr Gatte selbst am Apparat war. Er erklärte, Mr. Arundale hätte ihm gesagt, in Follymead sei es zu einem Zwischenfall gekommen, der sofortige Maßnahmen erfordere, und er könnte deshalb nicht wie geplant abreisen. Mr. Macolmson zweifelte natürlich nicht daran, auch wenn es ihn in eine recht unangenehme Lage brachte. Mr. Arundale hat angerufen, um abzusagen. Und doch nahm er den Wagen und fuhr zur geplanten Zeit ab, ohne irgend jemandem etwas davon zu sagen, daß er seine Pläne geändert hatte. Wohin ist er gefahren? Und warum hat er das getan?«

Marshall breitete achselzuckend die Hände aus. »Ich weiß es nicht. Ich begreife es nicht.«

Audrey stand reglos. Ihre Augen waren weit geöffnet in einem Ausdruck des Schocks und der Verwirrung. »Was sollen wir tun?« fragte sie leise und verstört.

»Ich glaube nicht, daß uns jetzt noch eine Wahl bleibt. Zwar liegen noch immer keine konkreten Beweise dafür vor, daß wir es mit einem Verbrechen zu tun haben, aber wir wissen, daß etwa zur gleichen Zeit zwei Menschen verschwunden sind, und das können wir nicht einfach tatenlos hinnehmen. Wir müssen etwas unternehmen, und zwar ohne Verzögerung. Ich muß jetzt meinem Vorgesetzten Bericht erstatten. Das läßt sich nicht länger vermeiden.«

5

Sobald George Felse wieder in Edward Arundales Büro zurückgekehrt war, die Tür hinter sich geschlossen und das muntere Summen ferner Stimmen hinausgesperrt hatte, rief er seinen Vorgesetzten an. Chefinspektor Duckett war im Landkreis Midshire geboren und aufgewachsen. Er hatte sich von der Pieke auf zu seinem gegenwärtigen Rang hinaufgedient. Das bedeutete, daß er nicht nur sein Handwerk und seine Beamten verstand, sondern auch die komplexen sozialen Gegebenheiten eines konservativen Landstrichs. Manchmal, wenn er einen seiner weniger toleranten Momente hatte, nannte er Midshire einen Bezirk, der im Zeitalter der Feudalherrschaft steckengeblieben sei.

»Ein Glück, daß Ihr Sohn da war«, war das erste, was er sagte. Und dann: »Können Sie die Sache noch eine Weile vertuschen?«

»Ja«, bestätigte George. »Wir haben keine Leiche, keinen Beweis dafür, daß ein Verbrechen vorliegt; wir stehen lediglich einer höchst verdächtigen Situation gegenüber, die sich allen Befürchtungen zum Trotz noch als harmlos entpuppen kann. Wollen wir hoffen, daß es so kommt. Vorläufig können wir auf jeden Fall so tun, als wäre nichts geschehen – zumindest nach außen hin. Nur sieben Menschen wissen von meinem Hiersein und von meinen Ermittlungen über Galts Verschwinden. Allerdings werden inzwischen alle Galts Abwesenheit bemerkt haben. Das läßt sich nicht ändern. Nur Marshall und Mrs. Arundale wissen, daß Arundale verschwunden ist.«

»Das ist gut. Wirbel können wir nicht gebrauchen. Das College wird schließlich zum großen Teil aus Steuergeldern finanziert. Da wollen wir die Bevölkerung lieber nicht in Rage bringen.«

»Die Geschichte sieht so oder so ziemlich brenzlig aus«, erklärte

George. »Vergessen Sie nicht, daß der Leiter des Colleges in die Sache verwickelt ist. Bis jetzt hängt zwar alles noch in der Schwebe, aber es läßt sich nicht leugnen, daß die Sache übel aussieht. Zwei Menschen sind verschwunden – der eine offenbar ohne Warnung und unfreiwillig, der andere allem Anschein nach mit Vorsatz und Überlegung. Keine Leichen, keine bekannten Motive, die auf Gewalttätigkeit schließen lassen würden, doch einige Anhaltspunkte dafür, daß es zu einem Kampf gekommen ist, daß jemand Verletzungen davongetragen hat. Wenn zwischen den beiden Menschen eine Verbindung besteht, dann muß ich das herausfinden. So einfältig anzunehmen, daß die beiden ganz zufällig zu gleicher Zeit auf den Gedanken kamen zu verschwinden, bin ich nicht. Zwischen den beiden Geschehnissen muß eine Querverbindung bestehen. Beide Männer sind in der Öffentlichkeit bekannt. Ich möchte Einzelheiten über ihre Lebensläufe wissen. Ich möchte wissen, ob die beiden irgend etwas gemeinsam haben können, und wenn dem so ist, was es ist. Und wappnen Sie sich für den Fall, daß das, was bei den Ermittlungen herauskommt, gegen Arundale spricht. Er ist nämlich derjenige, der sein Verschwinden geplant hat, nicht der Junge.«

»Wenn er den Jungen in den Fluß geworfen hat«, meinte Duckett mit bewunderungswürdiger Offenheit, »dann können weder Sie noch ich etwas für ihn tun, George. Wir könnten höchstens mit Glück Follymead retten. Das College ist wert, erhalten zu werden.«

»Das finde ich auch. Also, gleich bei Tagesanbruch werde ich mir noch einmal mit aller Gründlichkeit die Örtlichkeiten ansehen. Ich hoffe, daß ich dann unseren Freunden vom Spurensicherungsdienst auch etwas zu bieten habe. Die werden zwar fluchen, wenn wir ihr geruhsames Wochenende stören, aber das läßt sich nicht ändern.«

»Gut, und ich werde morgen früh sofort Scott mobilisieren. Der soll mal in den Archiven nachgraben.« Einen Moment lang schwieg er. »Wie steht es mit dem Hochwasser?« fragte er dann.

»Die Braide hat sehr viel Wasser«, erwiderte George. »Wenn da um diese Zeit ein Mensch hineingestürzt ist, muß er wie ein Korken mitgerissen und das letzte Wehr hinuntergespült worden sein. Wahrscheinlich wäre er inzwischen längst außerhalb des Geländes von Follymead. Ich würde vorschlagen, mit der Suche unten bei

Sandy Cliff anzufangen, wo der Fluß einen Bogen macht. Da könnte eine Leiche am ehesten angespült werden.«

Im ersten grauen Licht des Morgens ging George Felse zum Fluß hinunter. Der angekündigte Regen war in den frühen Morgenstunden gefallen, als er in Arundales Büro ein kurzes, von unbehaglichen Gedanken gestörtes Nickerchen gemacht hatte. Das Bett, das Marshall ihm angeboten hatte, hatte er ausgeschlagen. Die Morgendämmerung schimmerte durch schleierfeine Wolken hindurch, und das feuchte Gras glänzte silbern gegen das erdige Braun des Flusses. Schräg durch die Baumwipfel fallendes Licht hob die dunklen Eindrücke, die im Schutz von Marshalls Wagenplane aus Plastik frisch und weich geblieben waren, aus dem Grün des Rasens.

Sorgfältig, Zentimeter um Zentimeter, suchte George den Boden ab. Er fand nur einen klaren Abdruck. Er stammte von einem Schuh, dessen Sohle durch eine Art Fischgrätenmuster gekennzeichnet war, wie man es bei festen Übergangsschuhen häufig findet. Es war ein Schuh mit abgerundeter Spitze, etwa Größe zweiundvierzig; ein Schuh, wie ihn wahrscheinlich der größte Teil der jungen Männer trug, die jetzt im Haus schliefen. Alle anderen Spuren waren zertrampelt und verwischt. Doch sie waren vorhanden, und aus ihnen ließ sich klar ablesen, was sich hier zugetragen hatte.

Noch eine Spur fand er. Im scharf umrissenen Eindruck eines Absatzes, der sich tief in den weichen Boden gebohrt hatte, lag ein welkes braunes Blatt vom vergangenen Herbst, dessen Ränder sich unter dem Druck des Absatzes, der es getroffen hatte, nach oben gebogen hatten. Und so war es geblieben, wie ein kleiner Behälter ins Gras gedrückt. Und später war eine Flüssigkeit in das Blatt hineingetropft, nicht Wasser, etwas anderes, Bräunliches, das im Schutz der Plastikplane feucht geblieben war. Viel war es nicht, doch vielleicht würde es ausreichen, um festzustellen, aus welcher Blutgruppe es stammte.

George grub behutsam das welke Blatt aus dem Boden und verstaute es in einer weiteren kleinen Schachtel. Unter die Ränder stopfte er ein wenig Watte, um sie aufrechtzuhalten. Sonst gab es hier nichts für ihn. Er deckte wieder die Plane über den zerschundenen Boden und schlenderte mit gesenktem Kopf am Ufer des

Flusses entlang. Ihm schien, als wäre das Wasser im Lauf der Nacht noch um einige Zentimeter höher gestiegen. Allerdings hatte er den Fluß am Abend zuvor nur im Mondlicht gesehen. Ohne Netze oder Taucher würde sich hier kaum etwas finden lassen.

In Gedanken versunken, schritt George zum Haus zurück. Im Büro wartete Dominic auf ihn.

»Hallo!« rief George überrascht. »Was hat dich denn so früh aus den Federn getrieben?«

»Mir fiel eben etwas ein, was vielleicht wichtig ist. Ich wollte schon früher kommen, aber ich mußte vorsichtig sein. Ich schlafe mit den Rossignol-Zwillingen zusammen, und die beiden hören das Gras wachsen. Ich wollte nicht die ganze Meute auf dich loslassen. Aber es ist schon in Ordnung«, versicherte Dominic hastig. »Die beiden schlafen noch.« Er blickte vom Gesicht seines Vaters zu der kleinen Schachtel, die dieser so behutsam in der Hand hielt. Er stellte keine Fragen, und George war im Moment nicht zu einer Erklärung bereit.

»Also, schieß los!«

»Die ganze Nacht hat es mich nicht losgelassen. Du weißt doch, wie es ist, wenn man überzeugt ist, etwas schon einmal gesehen zu haben und sich beim besten Willen nicht daran erinnern kann, wo oder wann? Heute morgen wachte ich plötzlich auf, und da fiel es mir ein. Die Münze ... können wir sie uns noch einmal ansehen? Dann zeige ich dir, was ich meine.«

Die Schachtel, in der das Medaillon aufbewahrt wurde, war in der obersten Schublade von Arundales Schreibtisch eingeschlossen. George holte sie heraus und reichte sie Dominic.

Dominic hatte nicht vergessen, daß er die Münze nicht anrühren durfte. Vorsichtig nahm er die Schachtel in die Hand. Er fröstelte leicht in der Kühle des Morgens.

»Hier auf dieser Seite, die stilisierte Figur mit dem runden Helm und dem langen Schild. – Mir fiel plötzlich ein, wo ich das schon einmal gesehen hatte. Das ist der heilige Wenzeslaus. Ich bin ganz sicher. Er wird immer so dargestellt. Frag doch mal Tossa. Sie wird dir dasselbe sagen. Wir haben das Wappen unzählige Male gesehen, als wir letztes Jahr in den Ferien in Prag waren. Und auf der anderen Seite ...« Er drehte die Münze vorsichtig mit der Spitze eines Kugelschreibers um und wies auf den sich aufbäumenden Löwen mit dem gegabelten Schwanz. »Das kann ich dir sogar hier zeigen. Ich hätte es auf den ersten Blick sehen müssen. Da, schau! Reiner Zufall, daß ich das noch in meiner Jacke habe.«

Er hielt triumphierend ein kleines Abzeichen hoch, auf dem der gleiche Löwe eingraviert war, mit dem gleichen zweigeteilten Schwanz.

»Das hat mir Leutnant Ondrak geschenkt, bevor wir letztes Jahr aus Liptovsky Pavol abfuhren. Es ist genau der gleiche Löwe, der tschechische Löwe. Und der heilige Wenzeslaus ist der Schutzherr des ganzen Landes. Ich wette, daß die Münze aus der Tschechoslowakei stammt.«

George verglich die beiden Wappentiere und stellte fest, daß es sich um die gleiche Darstellung handelte.

»Dann möchte ich doch wissen«, überlegte George laut, »wie Lucien Galt dazu kommt, ein tschechisches Medaillon zu tragen.«

»Ich auch.«

George starrte schweigend auf das Medaillon nieder und dachte nach. Dieses Medaillon war, wenn man Liri Palmer glauben durfte, das einzige, was Lucien von seinem Vater geblieben war. Das allerdings besagte nichts darüber, wem die Münze vorher gehört hatte. Damals war Krieg gewesen. Galt konnte sehr gut unter den geflohenen Tschechen einen Freund oder Bekannten gehabt haben. Vielleicht hatten sie kleine Erinnerungsstücke getauscht. Damals gab es solche Dinge, unerwartete Freundschaften, die tiefer gingen als Blutsverwandtschaft und Familienzugehörigkeit.

»Na, vielen Dank jedenfalls für den Hinweis. Merkwürdig ist das schon, das muß ich sagen.« George steckte das Abzeichen seines Sohnes zu den anderen Trophäen. »Und weil du gerade hier bist – wie wär's denn, wenn du mich jetzt schnell zum Tor hinunterfährst? Geht das?«

»Ja, natürlich.« Dominics Gesicht hellte sich auf. Er machte sich gern nützlich. »Fährst du zum Revier? Dann ist die Sache also amtlich?«

»Sie ist amtlich, aber deswegen braucht sie noch lange nicht an die große Glocke gehängt zu werden.«

»Soll ich dich später unten wieder abholen?«

»Das ist nicht nötig. Ich nehme die alte Straße und parke dann meinen Wagen im Hof. Auf die Weise bin ich beweglicher.«

»Kann ich irgend etwas für dich tun?«

»Ja, aber viel Spaß wird es dir nicht machen.«

»Für dich tue ich fast alles«, erklärte Dominic großzügig.

»Schön, dann sorg dafür, daß hier alles weitergeht wie geplant und daß uns möglichst keiner in die Quere kommt. Rede mal mit Professor Penrose und frag ihn, ob es sich einrichten läßt, nach dem Mittagessen eine Vorlesung einzuschieben, selbst wenn das nicht im Programm vorgesehen ist. Hilf dem Professor, die jungen Leute im Zaum zu halten, damit nichts von dieser Geschichte hier durchsickert. Sag dem Professor, er soll Liri Palmer dazu anhalten, an allen Vorlesungen teilzunehmen. Wenn die Künstler ihm den Rükken stärken, dann haben die Vorlesungen mehr Zugkraft.«

»Und was geht auf deiner Seite inzwischen vor?« fragte Dominic nüchtern.

»Das kommt darauf an. Vielleicht gar nichts. Auf jeden Fall möchte ich nicht, daß irgend jemand von den Leuten unten am Fluß auftaucht. Vor der Grotte werde ich einen Wachtposten aufstellen. Da werden sie also sowieso nicht hineinkommen. Aber am liebsten wäre es mir, wenn hier im Haus dafür gesorgt wird, daß die jungen Leute beschäftigt sind.«

»Wir können es versuchen. Sonst noch etwas?«

»Halte Augen und Ohren offen. Ich möchte gern wissen, was man redet. Der Professor wird seinen Studenten wahrscheinlich ein Märchen auftischen müssen, daß Galt plötzlich abreisen mußte, aber das wird natürlich zu Vermutungen und Spekulationen Anlaß geben. Ich möchte wissen, was für Gerüchte verbreitet werden und von wem sie stammen. Und berichte mir auch sonst alles, was dir auffällt und was möglicherweise für uns von Interesse sein kann. Ich bin für jeden Hinweis dankbar.«

»Und wann soll ich dir berichten? Sollen wir nicht irgend etwas ausmachen?«

»Komm nach dem Mittagessen so bald wie möglich hinunter zur Grotte. Wenn ich nicht dort sein sollte, kann Price dir sagen, wo ich zu finden bin.«

*

»Da haben wir's«, sagte Duckett und schob die mit Maschine beschriebenen Blätter über den Schreibtisch. »Nichts Besonderes.«

Es war Scotts Bericht, der die Ergebnisse seiner Nachforschungen über die Vergangenheit Edward Arundales und Lucien Galts enthielt. Ein magerer, sachlicher Bericht, der nicht nüchterner hätte sein können.

Edward Arundale war der einzige Sohn einer angesehenen Akademikerfamilie. Er hatte eine Schwester, die fünf Jahre jünger war als er. Sein Vater war Historiker gewesen, seine Mutter hatte orientalische Sprachen studiert. Beide Eltern waren verstorben. Die Schule, die er besucht hatte, das College, an dem er studiert hatte, seine Würden und Auszeichnungen – alles war aufgeführt, alles klar und sauber. Er hatte eine erfolgreiche Laufbahn als Lehrer hinter sich, die ihren Kulminationspunkt in seiner Beförderung zum Direktor von Bannerets gefunden hatte. Diesen Posten hatte er fünfzehn Jahre innegehabt. Darauf folgte seine Ernennung zum Leiter von Follymead. Nach dem Krieg hatte er Audrey Lavinia Morgan geheiratet, das einzige Kind Arthur Morgans, dem Eigentümer einer Kette von Lebensmittelgeschäften, die hauptsächlich über den Süden Englands verteilt waren. Audrey Arundale war damals zwanzig Jahre alt gewesen, Arundale fünfunddreißig. Ihr Vater war wohlhabend, ein Selfmademan, der mit zwei kleinen Geschäften, die ihm sein Vater hinterlassen hatte, angefangen hatte. Sein einziger Ehrgeiz hatte allem Anschein nach darin bestanden, in den Stadtrat gewählt zu werden. Für die Tochter jedoch hatte Arthur, oder vielleicht seine Frau, ehrgeizigere Pläne. Audrey wurde auf ein erstklassiges Pensionat in Nord-London geschickt, das allerdings während der Kriegsjahre nach Schottland evakuiert worden war. Das mußte zu Audreys Zeit gewesen sein. Die Morgans hatten damals offenbar bereits die ersten Sprossen der Leiter zum gesellschaftlichen Prestige erklommen und schienen allein darauf bedacht gewesen zu sein, ihrer Tochter den nötigen Schliff mitzugeben, der für eine ›gute Partie‹ unerläßlich schien. Edward Arundale schien die Voraussetzungen, die sie von einer guten Partie verlangten, erfüllt zu haben. Audrey hatte keine Universität besucht, hatte sich auf keinem akademischen Gebiet besonders ausgezeichnet. Es war genau so, wie Felicity erzählt hatte. Audreys Ausbildung war darauf ausgerichtet gewesen, eine gute Heirat zu erlangen, nicht eine glänzende berufliche Karriere. Edward besaß die akademischen Würden, sie besaß den Charme, die Gewandtheit und den Schliff, um in Gesellschaft eine gute Figur zu machen. Alles sehr zufriedenstellend, nirgends ein Schatten. Seit Edward Arundale nach Follymead berufen worden war, hatte sich das Leben der beiden gewissermaßen in der Öffentlichkeit abgespielt, und der Öffentlichkeit entgeht selten etwas.

Das war Edward Arundale.

In der anderen Akte lag der Bericht über den jungen Lucien Galt, einen aufgeweckten, gutaussehenden, aggressiven jungen Mann, der Schmeichelei haßte und ganz in seiner Kunst aufging. Er war 1945 geboren, als Sohn von John James und Esther Galt, die in Islington einen kleinen Laden führten, in dem sie Zeitungen und Tabakwaren verkauften. Die Eltern wurden während eines Luftangriffs getötet, und die Wohlfahrt nahm sich des verwaisten Jungen an. Er wurde in einem Heim in Surrey aufgezogen. In der Schule hatte er sich durch Intelligenz und Zuverlässigkeit ausgezeichnet. Sein musikalisches Talent war schon früh zutage getreten. Er war ein Kind gewesen, das sich gut in seiner Umgebung zurechtfand und selten Schwierigkeiten gemacht hatte. Er hatte kein Interesse gezeigt, weiterhin zur Schule zu gehen, hatte damals schon seine Neigung zur Musik entdeckt. Mit fünfzehn Jahren ging er von der Schule ab und nahm eine Lehrlingsstelle in einer Autowerkstatt an. Dort arbeitete er als Mechaniker, bis er seine ersten Schallplattenerfolge hatte. Mit neunzehn Jahren wurde er praktisch innerhalb eines Monats zum Star, machte Plattenaufnahmen, eroberte Rundfunkhörer und Fernsehpublikum. Seinen größten Erfolg hatte er als Sänger und Interpret von Volksliedern. Er hatte mehrere Tourneen durch Europa hinter sich und sollte in naher Zukunft eine Tour durch Südamerika antreten. Mit seinen Pflegeeltern, die im Waisenhaus für ihn gesorgt hatten, verband ihn große Zuneigung, und er besuchte sie regelmäßig. Von seinen Kollegen wurde er oft als schwierig bezeichnet, weil er sich weigerte, gewisse Lieder zu singen, gewisse Engagements anzunehmen oder überhaupt etwas zu tun, was sich mit seinen Prinzipien nicht vereinbaren ließ.

Sonst hatten sie seinem Dossier nichts hinzuzufügen als die Tatsache, daß er stets ein silbernes Medaillon getragen hatte, das, wie er Liri Palmer erzählt hatte, von seinem Vater stammte.

»Ich kann keinen gemeinsamen Nenner zwischen den beiden entdecken«, stellte Duckett fest. »Nichts weist darauf hin, daß die beiden sich überhaupt kannten, ehe Galt hierher kam. Wie soll sich da innerhalb von vierundzwanzig Stunden eine Feindschaft entsponnen haben, die zum Mord führte?«

»Das frage ich mich auch verbissen. Wie soll es an diesem Ort, wo an die achtzig Leute untergebracht sind, überhaupt zu engerem Kontakt gekommen sein?«

»Bleibt natürlich immer noch das klassische Motiv«, meinte Duckett ironisch. *»Cherchez la femme!«*

Ihm war es mit dieser Bemerkung selbstverständlich nicht ernst. Arundales Vergangenheit war ein solches Muster an Tugend und Rechtschaffenheit, daß es geradezu lächerlich erschien, ihn mit einem Verbrechen in Verbindung zu bringen. In seinem Leben gab es offensichtlich nur eine Frau, und das war seine ebenfalls über jeden Zweifel erhabene Gattin, mit der er seit zwanzig Jahren in harmonischer Ehe lebte.

»Lassen wir ihn doch einmal ganz außer acht. Es gibt sicher noch andere, die fähig gewesen wären, den Jungen in den Fluß zu stoßen, oder?«

»Mehrere, wenn Sie mich fragen. Das Mädchen, zum Beispiel, besitzt zweifellos das nötige Feuer und die Courage. Und Meurice haßt ihn von Herzen. Beide könnten zur fraglichen Zeit mit Galt zusammen gewesen sein.«

Duckett paffte nachdenklich an seiner Pfeife und blies dicke Rauchwolken in die Luft. Schweigend trommelte er mit den Fingern auf die Schreibtischplatte.

»Ich werde Scott jedenfalls weitermachen lassen«, sagte er schließlich. »Wenn wir im Fluß irgend etwas finden«, setzte er grimmig hinzu, »werden Sie als erster davon hören. Kann Scott noch etwas für Sie tun?«

George überlegte, während er stirnrunzelnd auf die maschinenbeschriebenen Seiten starrte, die nichts über die beiden Menschen aussagten, deren Schicksal ihn beschäftigte.

»Wenn Galt jemanden brauchte, dem er sich anvertrauen

konnte«, meinte George schließlich, »dann würde ich annehmen, daß er sich an seine Pflegeeltern gewandt hat. Wenn ich nicht irre, heißen sie Stewart. Vielleicht wäre es der Mühe wert, ihnen einen Besuch abzustatten und zu sehen, ob sie uns einen Hinweis geben können. Wenn wir Glück haben, ist er zu ihnen gefahren oder hat sich wenigstens mit ihnen in Verbindung gesetzt – vorausgesetzt, er ist am Leben und in irgendwelche Schwierigkeiten verstrickt, mit denen er allein nicht fertig werden kann. Scott könnte vielleicht auch bei der Autowerkstatt mal vorbeifahren, wo der Junge gearbeitet hat. Das ist eine zweite Möglichkeit, wenn auch nur eine schwache. Außerdem wäre da noch sein Impresario. Schicken Sie doch Scott mal hin und lassen Sie ihn da herumschnüffeln. Er soll alle Bekannten von Lucien Galt aufsuchen, an die er sich gewandt haben könnte, falls er noch am Leben ist.«

»Schön, wird gemacht. Die Fahndung nach Arundale und dem Wagen können wir nicht einleiten«, setzte Duckett hinzu, »ehe wir nicht die Leiche gefunden haben. Also müssen wir uns zunächst einmal darauf konzentrieren, den Jungen aufzuspüren – tot oder lebendig.«

George Felse stand am Fluß und rauchte gedankenvoll eine Zigarette, während er dem Sergeanten zusah, der mit methodischer Genauigkeit Gipsabdrücke von den Fußspuren im Gras abnahm. Wahrscheinlich war das völlig nutzlos. Ein ganzes Stück weiter flußabwärts, gut einen Viertelkilometer von den Grenzen Follymeads entfernt, war eine Gruppe Polizeibeamter im reißenden Fluß mit Schleppnetzen an der Arbeit. Bisher jedoch hatte die konzentrierte Suche nicht mehr erbracht als einen sich ständig vergrößernden Stoß von Treibholz, zwei längst nicht mehr funktionierende Aalfallen und einen verrosteten Fahrradrahmen. An der Menge des Treibholzes und an der Größe der an Land gefischten Äste und Stämme konnte man ablesen, welch ungezähmte Kraft der Hochwasser führende Fluß besaß.

George hörte sie durch das Wäldchen kommen. Er hörte die unterdrückten, ernsten Stimmen. Natürlich, mit dieser Möglichkeit hätte er rechnen müssen, dennoch überraschte es ihn, daß Dominic jenen Punkt erreicht zu haben schien, wo er es für selbstverständlich hielt, daß jedes Privileg, das ihm gewährt wurde, sich automatisch auch auf Tossa erstreckte. ›Die anderen‹ mußten unter allen Umständen dem Fluß ferngehalten werden. Doch Tossa gehörte nicht zu den ›anderen‹. Sie gehörte zur Familie. Sie selbst allerdings schien sich nicht ganz klar darüber, ob sie dieses Recht für sich in Anspruch nehmen durfte. Als sie durch die Bäume auf die Lichtung traten, entzog sie Dominic ihre Hand und blieb zurück, schweigend und abwartend, doch sehr gespannt. Ihr Blick traf den Georges, und ermutigt trat sie näher. Unter den Büschen, die die Grotte umgaben, blieb sie stehen. Die winzigen kreuzförmigen Blüten des Flieders fielen in ihr dunkles Haar, als die Zweige sich im Wind wiegten.

»Na«, fragte George, »wie geht's?«

»Soweit ist alles in Ordnung. Zur Vorlesung hat sich die ganze Meute eingefunden, und es scheint ihnen Spaß zu machen. Ich habe dem Professor ausgerichtet, was du gesagt hast, und Mr. Marshall auch. Wie gesagt, bis jetzt scheint alles glattzugehen. Keiner hat irgendwas ausgeplaudert, und niemand scheint auch nur den geringsten Verdacht zu hegen. Der Professor entschuldigte Lucien, erklärte, er hätte plötzlich abreisen müssen, gab aber keinen bestimmten Grund an. Mit den Gerüchten hast du allerdings recht gehabt. Ein Gerücht besagt, daß Lucien sich aus dem Staub gemacht hat, weil er die Situation mit Liri nicht ertragen konnte ... Es heißt, sie folgte ihm hierher, weil sie sich an ihm rächen wollte, die Atmosphäre war gespannt, und daraufhin beschloß er, lieber Leine zu ziehen. Klingt einleuchtend und pikant, und jeder schluckt es. Damit kommt auch der Professor nicht in die Zwickmühle, denn es ist klar, daß er keine andere Wahl hatte, als Luciens Entschuldigung zu akzeptieren, auch wenn sie nicht der Wahrheit entsprach und er in Wirklichkeit nur auf und davon ging, weil er sich einer Situation gegenübersah, mit der er nicht fertig werden konnte.«

»Hm, nicht schlecht«, stimmte George zu. »Wer hat denn das Gerücht in die Welt gesetzt?«

»Ich bin ziemlich sicher, daß es von Dickie Meurice stammt. Auf diese Art und Weise kann er dir nämlich demonstrieren, daß er bemüht ist, dir zu helfen und die ganze Geschichte zu vertuschen, und gleichzeitig kann er Lucien Galt eins auswischen, für den Fall, daß er wieder auftauchen sollte.«

»Er taucht bestimmt wieder auf«, rief Tossa, die Augen voll Vertrauen auf George gerichtet. »Nicht wahr? Das Ganze ist doch nur eine dumme, verfahrene Geschichte, die schlimmer aussieht, als sie ist, nicht wahr?«

»Wir wollen es hoffen«, versetzte George. »Man soll die Hoffnung nie aufgeben. – Und was ist für heute nachmittag geplant?«

»Alles schon vorbereitet. Die nächste Vorlesung fängt um zwei Uhr fünfzehn an. Wir haben uns durch die Hintertür davongeschlichen, sobald das Mittagessen vorüber war. Keiner hat uns gesehen.«

»Gut. War Felicity heute morgen da?«

»Ja«, antwortete Tossa. »Wir saßen neben ihr. Ich glaube, sie kam überhaupt nur, weil während der Vorlesung niemand mit ihr reden kann. Sie sieht schrecklich mitgenommen und krank aus. Bei der zweiten Vorlesung wich sie uns aus. Und sobald die Vorlesungen vorüber sind, verkriecht sie sich irgendwo, wo keiner sie finden kann. Ich mache mir richtige Sorgen um sie. Aber sie will sich niemandem anvertrauen. Sie will nur in Frieden gelassen werden.«

»Behalte sie trotzdem im Auge«, mahnte George. »War Mrs. Arundale da?«

»Ja. Sie sah auch ziemlich besorgt und blaß aus«, erwiderte Dominic. »Aber sie sorgt dafür, daß die Dinge reibungslos laufen. Es muß recht scheußlich für sie sein, daß so etwas passieren mußte, und gerade jetzt, wo Mr. Arundale nicht hier ist. Sie wird froh sein, wenn er heute abend zurückkommt.«

George sagte nichts darauf. Er sah keinen Anlaß, den beiden jungen Leuten weitere Geheimnisse aufzubürden, ganz gleichgültig, wie zuverlässig und verschwiegen sie waren. Die Frage, wie man Arundales Abwesenheit erklären sollte, wenn er am Abend nicht auftauchte, konnte erörtert werden, wenn sie aktuell wurde.

Er hatte viel über Audrey Arundale nachgedacht, seit er sich am Morgen mit Duckett unterhalten hatte. *Cherchez la femme!* Gewiß. Doch er konnte sich nicht vorstellen, daß um dieser Frau willen ein Verbrechen aus Leidenschaft verübt worden sein sollte. Und doch vereinigte sie in sich alle Züge, die Männer anziehen – Schönheit, Wärme, selbst Jugend. Sie war ja erst vierzig. Nur das Temperament schien ihr zu fehlen. Vielleicht hatte sie Lucien Galt hier nicht zum erstenmal getroffen.

Nein, das war ja verrückt. Er konnte sie sich in dieser Rolle nicht vorstellen. Dennoch hörte er sich plötzlich mit beinahe grober Abruptheit fragen: »Ist euch irgend etwas aufgefallen, was darauf hindeuten könnte, daß zwischen Lucien Galt und Mrs. Arundale eine besondere Beziehung bestand?«

Dominic war zu überrascht, um auszuweichen. Er war zu bestürzt, um seinen Schrecken und sein Unbehagen zu kaschieren. Konsterniert starrte er seinen Vater an, während er vor sich wieder das Bild der beiden Hände sah, die einander berührten und in stummer Leidenschaft sekundenlang hielten. Er sah wieder Edward Arundale vor sich, der ahnungslos und selbstgefällig neben seiner Frau herschritt, während sie zu ihrer Rechten Lucien Galts Finger umschlossen hielt. Die Frage kam so unerwartet, der Zwischenfall war ihm so belanglos geworden, daß die plötzliche Frage ihm den Atem raubte. Arundale hatte doch mit der Sache überhaupt nichts zu tun.

»Ich – was um alles in der Welt hat das denn – ich meine, es war nichts, nichts von Bedeutung . . .«

»Erzähl es mir erst einmal«, forderte George ihn ruhig auf. »Dann werden wir weitersehen.«

Tossas Blick wanderte von einem zum anderen. Sie war verwirrt. Eine steile Falte stand zwischen ihren Brauen. Was immer Dominic gesehen haben mochte, sie wußte nichts davon.

»Äh, ich weiß nicht recht . . . Es war nur – am Freitag abend, als wir aus dem Salon gingen, da waren in der Galerie die Arundales und Lucien Galt vor uns. Mrs. Arundale ging in der Mitte. Die drei sprachen miteinander, wie wir auch, und Luciens Hand streifte . . .« Dominics Stimme machte nicht mit bei dieser Entstellung der Wahrheit. »Er berührte ihre Hand, und sie öffnete die ihre, und sie hielten sich an den Händen«, berichtete er widerwillig. »Aber nur für einen kurzen Augenblick.«

»Mit Wärme?«

Nach einem Moment stummen Konflikts gestand Dominic: »Ja, mit Wärme. Aber das hat gar nichts zu bedeuten«, fuhr er hastig fort. »Er wollte vielleicht nur sehen, ob er auf sie die gleiche Anziehungskraft ausübte wie auf die Gänschen, die alle für ihn schwärmen, und sie war vielleicht ein bißchen angeregt und leichtsinnig – eine zufällige Berührung –«

»Schien sie dir zufällig?« fragte George ruhig.

»Nein«, versetzte Dominic widerwillig, aber ehrlich.

»Und sie machten weiterhin Konversation, um diesen Moment zu vertuschen?« George brauchte darauf keine Antwort. Er konnte sie an Dominics gequältem Gesicht ablesen. »Hat sonst jemand den Zwischenfall gesehen?«

»Ich nicht«, sagte Tossa beinahe wie zu sich selbst.

»Ja, ich glaube schon. Ich bin fast sicher, daß Liri es gesehen hat. Sie saß in einem dunklen Alkoven in der Galerie, ganz still. Ich glaube, sie hat es gesehen.«

George war sich darüber im klaren, daß Dominic, der eine menschlich natürliche Abneigung dagegen hatte zuzugeben, daß er zwei Menschen beim Austausch von Zärtlichkeiten beobachtet hatte, den Vorfall nicht ganz so beschrieben hatte, wie er sich abgespielt hatte. Er hatte nichts von der Wärme und der Zärtlichkeit gesagt, die sicherlich im Austausch dieses kurzen Händedrucks gelegen hatten. Es war ein Punkt, an dem sich anknüpfen ließ, ein interessanter Punkt.

»Gut, mach dir jetzt kein Kopfzerbrechen. Es ist wahrscheinlich so, wie du sagst. Es wird nicht viel dahinterstecken.«

Doch Liri hatte es mitangesehen, ausgerechnet Liri. Vielleicht ging es bei dieser Geschichte gar nicht um die Frau, sondern um den Mann. *Cherchez l'homme!* Frauen neigen zu Eifersucht, und sie können gefährlich werden, wenn ihre Eifersucht herausgefordert wird.

»Kehrt jetzt lieber wieder um«, riet George, »damit ihr zur Vorlesung nicht zu spät kommt. Wenn ihr mich später sprechen wollt, ich bin in Mr. Arundales Büro.«

Sie trabten im Laufschritt davon. Tossa wandte sich noch einmal um und warf einen Blick voller Zweifel auf George. Der Fliederbusch peitschte ihr einen seiner blütenbehangenen Äste ins Gesicht, als sie sich umdrehte. Sie warf die freie Hand hoch und bog den Zweig zurück. Ein Ästchen brach, und ein Strom tiefblauer kleiner Blüten ergoß sich in ihre Hand. Dominic zog sie hinter sich her über den mit welken Blättern bedeckten Pfad.

»Davon hast du mir nichts erzählt!«

»Du hättest es mir bestimmt auch nicht erzählt, oder? Ich wollte es überhaupt nicht sehen.« Er war unglücklich. »Wie kommt Vater überhaupt auf diesen Gedanken? Das verstehe ich nicht.«

»Ich weiß auch nicht. Vielleicht meint er, Liri –«

»Was? Nur deswegen?«

»Nein, es war ja nicht nur deswegen. Liri war schon wütend auf Lucien, als sie herkam. Das kann doch eigentlich nur an einer anderen Frau gelegen haben.«

»Du meinst, sie ist ihm hierher nachgefahren, weil sie wußte, daß er und –? Nein, das glaube ich nicht. Das sieht Liri überhaupt nicht ähnlich.« Ihm war bis zu diesem Moment gar nicht bewußt geworden, was für feste Formen das Bild angenommen hatte, das er sich von Liri machte. »Wenn sie mit ihm Schluß gemacht hätte, dann wäre sie ihm bestimmt nicht gefolgt, um ihn zu bespitzeln. Das hätte sie nie getan. Damit hätte sie sich doch nur selbst gequält.« Sie hatten den Steg erreicht. Ihre eilenden Schritte hallten dumpf auf den Holzbohlen wider.

»Vielleicht wollte sie versuchen, ihn zurückzugewinnen«, versetzte Tossa, ohne nachzudenken, und schreckte sogleich vor dieser Erklärung, die soviel enthüllte, zurück. Mit übertriebener Sorgfalt wischte sie die blauen Blüten des Flieders von ihrer Bluse.

»Das muß ein sehr früher Flieder sein. Schau mal, er fällt jetzt schon, und dabei sind wir noch im April. Hast du jemals Flieder von so reinem Blau gesehen?«

Selbst da wurde sie sich noch nicht bewußt, was sie gesagt hatte. Es war nichts weiter als eine oberflächliche Feststellung, die nichts mit dem drohenden Geheimnis zu tun hatte, das wie ein Alptraum über diesem Wochenende lag. Erst als sie die offene Wiese erreichten, ging ihr blitzartig die Wahrheit auf. Abrupt blieb sie stehen und riß hart an Dominics Hand. Der drehte sich voller Überraschung um und blickte ihr fragend in die weit aufgerissenen Augen.

»Dominic ... Sie war dort! Erinnerst du dich nicht? Ich sagte noch, wie blau der Flieder ist, ganz ohne Violett ...« Sie schüttelte den Kopf, so daß die tiefblauen Blüten aus ihrem Haar zu Boden fielen. Dann bückte sie sich und streckte ihm eine der Blüten hin. »Hast du schon jemals solchen Flieder gesehen? Unten an der Einfahrt steht Flieder, und oben bei der Pagode auch, aber das ist alles weißer oder violetter Flieder, der noch nicht einmal voll blüht.

Ganz anders als der hier. Felicity hatte gestern nachmittag die gleichen Blüten im Haar. Erinnerst du dich? Sie strich sich mit den Fingern durch das Haar, und die Blüten fielen herunter.«

»Guter Gott!« rief er verblüfft. »Du hast recht. Es waren genau die gleichen Blüten. Genau die gleichen.«

»Ich habe sie hinterher aufgehoben. Es war die Farbe hier ...«

Er erinnerte sich jetzt ganz deutlich, wie Tossa ein wenig traurig die Hand gedreht hatte und die kleinen blauen Blüten hatte zu Boden flattern lassen.

»Aber sie sagte Vater doch – sie sagte uns –«

»Ich weiß. Sie behauptete, sie hätte sich an der Stelle, wo sich die Pfade kreuzen, von ihm getrennt. Sie behauptete, sie hätte ihn dort verlassen und wäre über die Steinbrücke zurückgekommen – sie wüßte nicht, wohin er danach gegangen wäre. Das ist alles nicht wahr«, sagte Tossa mit unerschütterlicher Überzeugung und sehr ruhig. »Ehe sie uns nämlich begegnete, stand sie unter dem Fliederbaum. Sie war mit ihm zusammen unten am Fluß. Sie weiß, was geschehen ist.«

Sie suchten das Mädchen in der Bibliothek, in den Salons, in der Galerie, doch sie war nirgends zu finden. Schließlich blieb ihnen nichts anderes übrig, als sich zur Nachmittagsvorlesung zu begeben, ohne mit ihr gesprochen zu haben; und im letzten Moment, unmittelbar bevor die Vorlesung begann, schlüpfte Felicity in den Saal und ließ sich unauffällig in einer Ecke nieder, bleichen Gesichts, in den Augen einen gehetzten Ausdruck. Doch das bedeutete wenigstens, daß sie sie nach der Vorlesung würden abfangen können, ehe sie ihnen wieder entwischte.

»Felicity, komm in die kleine Bibliothek. Wir möchten mit dir reden.«

Der Ton war ruhig und freundlich, doch Felicity überhörte nicht die Bestimmtheit, die darin lag. Vielleicht hatte sie nur darauf gewartet, daß jemand ihr die Last abnehmen würde. Vielleicht war das Verlangen, die Bürde loszuwerden, gar stärker als die Angst. Sie folgte ihnen schweigend, machte keinen Versuch, ihnen zu entwischen. In einem ruhigen Winkel in der kleinen Bibliothek ließen sie sich nieder. Von ferne hörten sie die munteren Stimmen der anderen, die sich zum Tee versammelten. Sie konnten sicher sein, daß sie hier nicht gestört werden würden.

Tossa ließ eine Handvoll welker Fliederblüten in den Schoß des Mädchens rieseln.

»Die haben wir heute nachmittag gefunden. Wir wollten sie dir eigentlich schon vor der Vorlesung zeigen, aber du warst nirgends zu sehen. Das sind die gleichen Blüten wie die, die du gestern nachmittag, als wir dich trafen, im Haar hattest. Wir wissen jetzt, wo du gewesen bist. Du bist nicht nur bis zum Blutahorn mit Lucien gegangen. Du warst mit ihm in der Grotte, nicht wahr?«

In einem letzten Aufwallen von Protest und Verzweiflung blickte sich Felicity hilfesuchend um. Dann sank sie in sich zusammen und saß still, die Augen auf die Blüten geheftet. Sie machte keinen Versuch zu leugnen.

»Du mußt uns ganz offen erzählen, was du weißt, Felicity. Das siehst du doch ein, nicht wahr? Es hat jetzt keinen Sinn mehr, uns vormachen zu wollen, daß du nichts weißt. Wir wissen, daß du dort warst.«

Felicitys Starrheit schmolz plötzlich, und das Mädchen begann unkontrolliert zu zittern. Sie krampfte die schmalen Hände im Schoß zusammen, bis die Knöchel bleich und blutlos hervortraten.

»Ja«, flüsterte sie, und das Wort kam aus ihrem Mund wie ein Stöhnen des Schmerzes. Flehentlich blickte sie zu Tossa auf und fragte mit dünner Stimme: »Was wird mit Leuten gemacht, die der Anstiftung schuldig sind? Zum Mord, meine ich. Angenommen, jemand bringt einen anderen dazu, einen Mord zu begehen, ohne es zu wollen?« Ihr Gesicht bebte und zuckte, doch mit eisernem Willen gewann sie ihre Beherrschung wieder. Sie würde nicht weinen. Was hatte das jetzt für einen Sinn? »Oder angenommen, er wollte es im Grunde, glaubte aber nicht, daß es wirklich geschehen könnte? Was machen sie mit solchen Leuten? Wissen Sie das?«

Sie sahen einander über ihren Kopf hinweg an, tief erschüttert.

»Ich glaube«, meinte Dominic behutsam, »wir gehen lieber ins Büro und warten dort auf meinen Vater. Du mußt ihm alles erzählen. Wir haben nichts zu sagen, aber wir bleiben bei dir, wenn du willst. Geh du mit Tossa voraus, ich suche ihn inzwischen.«

6

»Erzähl uns einfach, was geschehen ist«, forderte George das Mädchen freundlich auf. »Du weißt, wie es sich abgespielt hat, und niemand hat ein Interesse daran, dir Fallen zu stellen oder dich zu zwingen, etwas zu sagen, was du nicht sagen willst. Erzähl uns in deinen Worten, was geschehen ist, und hab keine Angst, daß wir es nicht verstehen werden. Ja, Tossa bleibt bei dir. Du brauchst dich nicht zu fürchten. Du wirst dich viel besser fühlen, wenn du dir alles von der Seele geredet hast. Laß dir ruhig Zeit. Wir werden dich nicht unterbrechen.«

Sie saßen alle zusammen im Büro Edward Arundales. Die Tür war geschlossen, alles war still. Niemand konnte sie stören.

Felicity kauerte zusammengesunken in einem Sessel, die Hände ineinander verkrampft. Tossa saß neben ihr, den Arm um die Rückenlehne des Sessels gelegt. Niemand hätte vermutet, daß Tossa soviel Geduld und Verständnis besaß, am allerwenigsten Tossa selbst. Doch bisher hatte ja niemand ihre Geduld und ihr Verständnis gebraucht.

Dominic saß stumm und zurückgezogen in einer Ecke. Er wollte möglichst unbemerkt bleiben.

»Lucien verließ gestern nachmittag allein das Haus, um einen Spaziergang durch den Park zu machen«, begann George sanft, »Und du gingst ein wenig später hinaus, um nach den Schwänen zu sehen. Du bemerktest ihn und bist ihm nachgelaufen, um ihn einzuholen. Tossa und Dominic haben euch beide zusammen zum Steg hinuntergehen sehen. Jetzt erzähl weiter.«

»Ganz so war es nicht«, widersprach Felicity mit dünner, aber harter und klarer Stimme. Jetzt, da sie sprechen mußte, wollte sie sich in jeder Einzelheit an die Wahrheit halten. In ihrer Stimme lag sogar ein kaum wahrnehmbarer Unterton des Widerwillens gegen Georges Rücksichtnahme. Sie richtete sich kerzengerade auf und blickte ihm in die Augen. Auch als sie zu sprechen begann, senkte sie die Lider nicht. »Die Schwäne waren mir vollkommen egal. Sicher, da unten ist ein Schwanennest, aber ich hatte nicht die geringste Absicht, nach den Tieren zu sehen. Ich bin ganz einfach Lucien nachgelaufen. Ich habe gesehen, wie er hinausging, und dann rannte ich hinter ihm her. Ich wollte mit ihm zusammen sein. Ich wollte ihn richtig kennenlernen, und ich wollte, daß er mich auch kennenlernen sollte. Ich habe ihn lieb. Ich habe ihn immer schon lieb gehabt, sogar ehe ich ihm persönlich begegnete. Und sobald ich ihn sah, wußte ich, daß das Liebe sein mußte. Ich wußte, daß ich die Richtige für ihn war, und deshalb ging ich schnurstracks auf mein Ziel los. Ich war überzeugt, daß er das gleiche wie ich empfinden mußte.«

Mit bemühter Ruhe saßen sie alle da. In ihren Gesichtern zuckte kein Muskel, kein unterdrückter Laut verriet, ob sie Belustigung oder Überraschung fühlten. Doch Felicity kannte die Erwachsenen, selbst jene, die ihr nur um wenige Jahre voraus waren. Schwache Röte stieg ihr in die Wangen. Sie blickte George trotzig in die Augen.

»Die Leute denken alle, daß man mit fünfzehn Jahren tiefer Gefühle nicht fähig ist«, erklärte sie mit Würde. »Aber sie vergessen Mädchen wie Julia. Es ist nicht nur eine Sache des Alters. Und Frauen sind überhaupt immer viel reifer und viel eher fertig als Männer. Sie erkennen wahre Liebe viel eher, wenn sie ihnen begegnet. Lucien hatte keine Ahnung, wie bedeutsam das war, was uns geschah. Er wollte wahrscheinlich in diesem Moment überhaupt keinen anderen Menschen sehen. Es war klar, daß er mich nicht wollte. Er schickte mich nicht weg, er ging einfach weiter, ohne von mir Notiz zu nehmen. Wir gingen den Pfad entlang, auf der anderen Seite des Flusses, und kamen zu dem eisernen Tor. Er stieß es auf und ging hinunter zur Grotte. Dort setzte er sich auf die Bank und schaute auf den Fluß. Ich setzte mich neben ihn und versuchte ... Ich gab mir solche Mühe, ihm begreiflich zu machen – ich wollte, daß er mich verstand. Aber er war genau wie alle anderen. Er betrachtete mich nur als ein kleines, dummes Schulmädchen.«

Wie es vorauszusehen gewesen war, dachte George ein wenig traurig. Und doch war dort unten etwas geschehen, was nicht vorauszusehen gewesen war. Sie wußte es, und sie kämpfte sich Schritt für Schritt näher an das Ereignis heran. Er drängte sie nicht. Er wußte, es konnte nicht mehr lange dauern, ehe sie zum Kernpunkt kam. Nur eine Viertelstunde später waren Tossa und Dominic ihr auf dem Weg zurück zum Haus begegnet.

Zum erstenmal spielte er ernsthaft mit dem Gedanken, daß Felicity Lucien Galt mit eigener Hand getötet haben könnte. Sie mußte gekränkt und verletzt gewesen sein, bitter vor Enttäuschung, und der in seine eigenen Gedanken versunkene junge Mann, der am Ufer des Flusses entlangwanderte, ohne auch nur einen Gedanken an das Mädchen zu verschwenden, das nur auf ein Wort der Zuneigung von ihm wartete, war gewiß auf einen tätlichen Angriff nicht gefaßt gewesen. All die Fragen, von denen ihm Dominic berichtet hatte, über Anstiftung zum Mord, all diese Fragen konnten durch einen Verteidigungsmechanismus ausgelöst sein, mit dem das Mädchen die gräßliche Erinnerung an die wahren Tatsachen abzuwehren suchte. Diese Möglichkeit wäre ihm plausibel erschienen, wenn es sich um ein anderes Mädchen als Felicity gehandelt hätte. Felicity stellte keine leeren Fragen, warf nicht mit Ausdrücken wie ›Anstiftung zum Mord‹ herum, ohne nur zu gut zu wissen, was sie zu bedeuten hatten. Nein, es hatte keinen Sinn, Spekulationen anzustellen. Felicity hatte Lucien nicht ins Wasser gestoßen.

»Ich erklärte ihm«, fuhr sie fort, »daß ich kein Kind bin, daß er nichts damit erreichen könnte, wenn er mich wegschickte. Ich sagte ihm ganz unverblümt, daß ich ihn liebte, und daß er es sich lieber zweimal überlegen sollte, ehe er etwas wegwarf, was sich ihm vielleicht nie wieder bieten würde. Und dann sagte ich, daß ich es ihm beweisen würde. Ich würde alles tun, was er wollte. Er brauchte es nur zu sagen.«

Mit einem Schimmer der Überraschung blickte sie auf ihre verschränkten Hände nieder, deren Verkrampfung plötzlich schmerzhaft war. Sie lockerte ihre Finger ein wenig. Zu Anfang blieben sie ruhig, doch dann begannen sie zu zittern. Wieder schloß sie sie fester ineinander, um sie stillzuhalten.

»Und er wurde plötzlich wütend auf mich«, sagte sie mit klarer, tonloser Stimme. »Es kam ganz überraschend. Er war richtig böse. ›Na, schön‹, fuhr er mich an, ›dann beweis mir deine Liebe mal. Wenn du bereit bist, alles für mich zu tun, dann kannst du folgendes machen. Such Mrs. Arundale und sag ihr, wo ich bin. Sag ihr, daß ich sie allein sprechen muß. Ich muß‹, rief er. ›Richte ihr aus, sie soll so rasch wie möglich hierher kommen, ich warte auf sie. Und sag ihr, daß ich sie liebhabe.‹ Das alles sagte er.«

In dem Schweigen, das ihren Worten folgte, lag Schock, und es schwang eine furchtsame Ahnung dessen in ihm, was noch folgen würde. Lucien Galts Reaktion war brutal gewesen, doch sie hatten mit einer Reaktion dieser Art gerechnet. Und doch hing etwas in der Luft, das sie ahnen ließ, daß sich hier die Wege verschlangen, daß ihr Ziel, wenn sie es erreichten, weit entfernt sein würde von dem Punkt, auf den zuzusteuern sie geglaubt hatten.

Das leise metallische Einschnappen des Türschlosses brach das Schweigen. Das ferne Gelächter und Stimmengewirr, das durch die offene Tür hereindrang, veranlaßte sie, die Köpfe zu drehen.

Audrey Arundale stand auf der Schwelle. Sie blickte verwirrt von einem zum anderen.

»Entschuldigen Sie«, sagte sie. »Ich wußte nicht, daß Sie nicht allein sind. Ich komme später wieder.«

Sie machte Anstalten, sich zurückzuziehen, als George sie mit einem Wort aufhielt. Sie hatte natürlich ihren Namen gehört. Welchen Sinn hatte es da noch, sie auszuschließen? Sie hatte ein Recht, das zu hören, was Felicity zu berichten hatte. Vielleicht würde es sich sogar als nützlich erweisen, sie hier zu haben, um zu beobachten, welchen Eindruck ihre Gegenwart auf Felicity hatte und welchen Eindruck Felicitys Erzählung auf sie ausübte.

»Bleiben Sie, Mrs. Arundale. Ich glaube, Sie sollten sich das mit uns anhören.«

»Wenn Sie meinen«, versetzte sie ein wenig erstaunt.

Dann schloß sie geräuschlos die Tür und ließ sich in einem Sessel nieder, den Dominic eilends für sie zurechtgerückt hatte. Felicity hatte ihr nur einen langen, undeutbaren Blick zugeworfen und sich dann wieder in die stumme Betrachtung ihrer Hände vertieft.

»Ich wäre Ihnen allerdings dankbar, wenn Sie keine Zwischenbemerkungen machen würden, solange Felicity spricht.«

»Natürlich«, versicherte Audrey. »Ich werde mich ganz still verhalten.«

Ihre Stimme klang schwach und ein wenig klagend, als wäre die Last der Ereignisse zu schwer für sie. Doch ihr Verhalten war wie immer sanft und ruhig. Wenn unter diesem kühlen, hilflosen Charme sich etwas Stärkeres und ungleich Leidenschaftlicheres verbarg, so hatte sie es unter absoluter Kontrolle.

»Erzähl weiter, Felicity. Tut mir leid, daß wir dich unterbrochen haben.«

»Das macht nichts«, erwiderte sie düster. »Ich kann den Faden nicht verlieren. Ich wünschte, ich könnte es. Ja, also das war es, was Lucien zu mir sagte. Es war schrecklich grausam und böse. Ich war so verletzt, daß ich aus lauter Trotz sagte, ich würde es tun. Und dann rannte ich davon. Ich rannte durch das Tor und schob den Riegel vor und lief hinauf zum Haus. Da traf ich dann Miss Barber und Mr. Felse.« Sie blickte flüchtig zu Tossa hin. »Onkel Edward und Tante Audrey saßen noch beim Kaffee in ihrem Wohnzimmer. Ich richtete ihnen Luciens Botschaft aus.«

Noch immer schwang ein Schatten der Rachsucht in der dünnen Stimme der Verzweiflung und der Reue. Die anderen verstanden zuerst nicht recht, was sie gesagt hatte. Sie sah die Frage in ihren Augen und gab geduldig einen vollen Bericht.

»Wort für Wort, genauso, wie er es mir aufgetragen hatte, wiederholte ich vor beiden, was er gesagt hatte. ›Tante Audrey‹, sagte ich, ›Lucien sitzt unten in der Grotte am Fluß. Er sagt, er muß unbedingt mit dir allein reden. Würdest du bitte so bald wie möglich zu ihm hinuntergehen? Er wartet auf dich. Und ich soll dir ausrichten, daß er dich liebhat.‹«

Totenstille hüllte sie ein, als sie begriffen. Dann hoben sich Audrey Arundales schmale, langfingrige Hände zu einer hilflosen Geste des Protests und des Schmerzes. Ihr Kopf neigte sich in den Nacken, und sie bewegte lautlos die Lippen, als wollte sie sprechen, obwohl ihre Kehle wie zugeschnürt war. George warf ihr einen scharfen Blick zu und runzelte warnend die Stirn. Sogleich fand sie ihre gelassene Ruhe wieder, befreite sich mit einem tiefen Seufzen von der inneren Spannung und sah ihre Nichte nur mit einem Ausdruck des Kummers und des Mitleids an.

»Ich verstehe«, meinte George in völlig unpersönlichem Ton.

Es war zu vermuten, daß Felicity sie hatte schockieren wollen; vielleicht nicht bewußt, aber unbewußt, um die Last ihrer eigenen Angst zu erleichtern, um die Bestätigung zu finden, daß die Krise, die sie durchmachte, wirklich ernst und schrecklich war, selbst am Maßstab der Erwachsenen gemessen, nicht nur eine Bagatelle aus kindlichem Trotz geboren, die für niemanden als sie selbst die geringste Bedeutung hatte. Das hätte ihre Verzweiflung nur verstärkt, da sie hätte erkennen müssen, daß sie grundlos war.

Nun, dachte George traurig, darüber hätte sie sich keine Sorgen zu machen brauchen. Was Lucien ihr angetan hatte, war grausam und verletzend gewesen, und was sie daraufhin getan hatte, war der Heldin einer Tragödie würdig.

»Und dann?« fragte er im gleichen unpersönlichen Ton.

»Sie saßen beide ganz starr da und starrten mich an. Es war schrecklich still. Sie können es sich gar nicht vorstellen, wie still es war. Und dann drehten sich beide um, ganz langsam, und starrten einander an. Onkel Edward stand auf und stellte ungeheuer vorsichtig seine Kaffeetasse nieder, als ob sie voll wäre und er Angst hätte, er könnte etwas vergießen. Aber sie war leer. Er dankte mir und sagte, ich könnte gehen. Es war komisch, wissen Sie. Ich ging hinaus und schloß die Tür.«

»Aber du wußtest«, bemerkte George, »was du getan hattest?«

»Ja, ich wußte, was ich getan hatte. Ich hatte es sogar mit Absicht getan, wenn ich es auch gleich bereute. Als ich es gesagt hatte, konnte ich es nicht wieder ungeschehen machen. Das geht nicht. Wenn es einmal getan ist, dann ist es zu spät. Ich wollte mich irgendwo verstecken. Ich stieg hinauf zum Dachboden, wo ich nicht hören und sehen konnte, was unten am Fluß geschah. Ich blieb bis zum Tee dort und hoffte, daß nichts passieren würde, daß alles so sein würde wie immer. Aber Lucien kam nicht. Und da wurde mir klar, daß ich etwas Furchtbares angerichtet hatte, aber ich konnte es keinem Menschen sagen. Ich hatte Angst.«

Sie hob die Lider und blickte George ins Gesicht. Er sah die Furcht in ihnen.

»Ich bin daran schuld«, sagte sie, »daß Lucien tot ist und Onkel Edward auf der Flucht.«

Audrey stieß einen halb unterdrückten Ruf des Entsetzens aus. Ihre Augen waren flehentlich auf George gerichtet. Woher konnte das Kind wissen, daß Edward verschwunden war? Niemand außer George, Henry Marshall und Audrey selbst hatten davon gewußt. Und jetzt hatte Felicity diese Worte ausgesprochen, so bestimmt, als gäbe es an den Tatsachen nichts zu rütteln. George schüttelte kaum merklich den Kopf, und sie klammerte sich an diesen Strohhalm der Beruhigung. Natürlich, Felicity zog nur eine Schlußfolgerung, die ihr selbstverständlich erschien. Sie wußte nichts. Müde lehnte sich Audrey zurück.

»Wir wissen noch gar nicht«, bemerkte George mit der Stimme der Vernunft, »ob überhaupt jemand tot ist, ob überhaupt jemand Anlaß hatte zu fliehen. Es kann sich leicht herausstellen, daß wir uns alle ohne Grund Sorgen gemacht haben. Das gilt für dich genauso wie für uns. Ganz gleich, was du getan hast, ganz gleich, was deiner Meinung nach darauf folgte, laß dich vorläufig nicht zu überstürzten Schlüssen verleiten. Wir wollen erst einmal abwarten. Mr. Arundale wird heute abend von seiner Reise nach Birmingham zurückerwartet. Erst wenn er nicht wie üblich pünktlich nach Hause kommt, können wir überhaupt die Vermutung aussprechen, daß er, wie du es formuliert hast, auf der Flucht ist. Wer weiß? Vielleicht sitzt du morgen beim Frühstück ganz unversehens Lucien gegegenüber.«

Er schien, fand Dominic, seine Worte mit Sorgfalt zu wählen. Es war nicht ganz sicher, ob er es um Felicitys willen oder um Audreys willen tat; oder vielleicht für beide, auf verschiedene Art.

Felicity blickte ihn voller Zweifel an. Sie schien zu fürchten, er könnte ihr nicht glauben oder nähme ihren Bericht auf die leichte Schulter. Doch wenn er auch trocken, vernünftig und ruhig sprach, so war sein Gesicht ernst und ohne eine Spur von Skepsis. Er musterte sie ohne einen Zug der herablassenden Nachsicht, die sie so haßte. Sie glaubte, daß sie am Tod eines Menschen schuldig geworden war, und er erkannte die Gültigkeit und die Feierlichkeit dieses Glaubens an.

Er wollte sie nur daran erinnern, daß das Böse nicht immer sein Ziel findet. Ganz unerwartet begann Felicity zu weinen. Bis jetzt hatte sie dafür weder die Zeit noch die Energie aufbringen können. Sie sagte undeutlich: »Wollen – wollen Sie mich sonst noch etwas fragen?«

»Jetzt nicht. Aber später möchte ich gern noch einmal mit dir sprechen. Ich schlage vor, daß ihr drei die nächste Vorlesung schwänzt und dafür in der kleinen Bibliothek zusammen eine Tasse

Tee trinkt. Und vor dem Abendessen kommst du noch einmal zu mir, Felicity. Sagen wir um sieben. Ich danke dir, daß du mir das alles erzählt hast. Aber jetzt denk vorläufig nicht mehr daran. Heute abend können wir gemeinsam über die Sache beraten und nachdenken.«

»Ich gehe schon und hole uns Tee«, verkündete Dominic, der sein Stichwort selten verpaßte. »Sonst räumen sie draußen alles auf, ehe wir kommen. Ich sehe euch nachher in der Bibliothek.«

Felicity trocknete ihre Tränen und ging gemeinsam mit Tossa zur Tür. Bevor sie hinausging, wandte sie George ihr bleiches, müdes Gesicht zu. Ein Schimmer der Dankbarkeit und der Bewunderung stand in ihren großen Augen. Und auf ihre Lippen stahl sich ein schwaches Lächeln, das ihre Züge erhellte, wie ein Sonnenstrahl eine trübe Winterlandschaft.

»Vielen Dank«, sagte sie, »daß Sie mir geglaubt haben.«

»Aber Sie glauben ihr nicht«, meinte Audrey Arundale müde, »nicht wahr?«

»Ich bemühe mich immer, die Dinge aus allen Perspektiven zu sehen.«

George sah, wie ihr Blick zum Zigarettenetui wanderte, das auf dem Schreibtisch lag. Er beugte sich zu ihr und bot ihr eine seiner eigenen Zigaretten an.

»Ich bin froh, daß Sie zufällig hereinkamen. Das erspart mir eine Menge Erklärungen. Und ich danke Ihnen, daß Sie das Kind seine Geschichte auf seine Weise haben erzählen lassen. Jetzt möchte ich gern einmal Ihre Version von dem Zwischenfall hören.«

»Sie scheinen davon überzeugt, daß dieser Zwischenfall stattfand?«

Sie neigte den Kopf zum Feuerzeug hinunter, das er ihr entgegenhielt, und zog hastig an der Zigarette.

»O ja, davon bin ich überzeugt. Ihre Anwesenheit störte Felicity nicht. Ich bin überzeugt davon, daß es sich so abspielte, wie sie es beschrieb.«

»Ich hatte das Gefühl«, meinte Audrey traurig und lehnte sich in ihrem Sessel zurück, »daß sie meine Anwesenheit beinahe genoß. Es ist Ihnen doch sicher nicht entgangen, wie sehr sie mich haßt.«

»Glauben Sie? Wenn Sie irgend etwas an dieser Geschichte richtigstellen wollen, dann ist jetzt der Moment dazu. Ich höre mir gern Ihren Bericht über die Sache an.«

»Es ist seltsam«, meinte sie, »so gar nicht in der Lage zu sein, zu erraten oder zu vermuten, was Sie über mich denken.«

Er hätte ihr sagen können, was er dachte. Sie schien ihm doppelt so wirklich und doppelt so lebendig wie gestern; vielleicht weil sie einen Tag weiter vom Schatten und von der Stütze Edward Arundales entfernt war.

»Wollen Sie irgend etwas richtigstellen?« fragte George noch einmal.

»An den Tatsachen gibt es nichts richtigzustellen, aber an der Interpretation. Es ist wahr, sie überraschte uns plötzlich und sprudelte diesen – diesen Unsinn hervor. Es spielte sich alles so ab, wie sie berichtete. Edward und ich waren natürlich vollkommen perplex. Aber unsere Bestürzung war allein dem Verhalten Felicitys zuzuschreiben, dem neuen Einblick in ihre Persönlichkeit, den sie uns gegeben hatte. Wenn Lucien Galt ihr tatsächlich auftrug, mir eine Botschaft auszurichten, dann war der Wortlaut gewiß anders. Vielleicht bat er sie wirklich, mich zu holen – ich bin schließlich für den Lehrgang hier in gewisser Hinsicht verantwortlich. Ich habe den Stein ins Rollen gebracht. Möglich, daß er Fragen hatte, die er mit mir besprechen wollte. Doch wenn er sie bat, mich zu holen, dann bestimmt nicht in diesen Worten. Ich muß leider gestehen, daß ich glaube, Felicity hat sich aus Zorn auf den jungen Mann die ganze Geschichte nur ausgedacht.«

»Nur aus Zorn auf den jungen Mann?« fragte George. »Oder auch auf Sie?«

»Da muß ich raten. Natürlich kann ihr Zorn auch gegen mich gerichtet gewesen sein. Doch mir scheint eher, daß Mr. Galt der Anlaß war. Wenn Sie miterlebt hätten, wie sehr sie sich am Freitag abend um ihn bemühte, wenn Sie mitangesehen hätten, mit welcher Geduld er ihre Schwärmerei ertrug, dann würden Sie das begreifen. Doch Gelegenheit und Anlaß sind zwei verschiedene Dinge. Mr. Felse, diese Sache bleibt doch unter uns, nicht wahr? Dann muß ich Ihnen erklären, daß uns Felicity schon seit einiger Zeit vor recht schwierige Probleme stellt. Ihre Feindseligkeit richtet sich vor allem gegen mich. Ich wußte das schon seit langem. Doch der Auftritt gestern war schockierend. Edward beherrschte sich bewundernswert. Er schickte das Kind hinaus, weil wir besprechen mußten, was mit Felicity zu tun war. Sylvia schickt sie in den Ferien immer zu uns, doch obwohl wir uns größte Mühe gegeben haben, scheint das Experiment fehlgeschlagen zu sein. Bis zum gestrigen Nachmittag haben wir uns nie ganz klargemacht, was für ein katastrophaler Fehlschlag es war. Wir überlegten, ob wir Sylvia nicht dazu raten sollten, Felicity für ein Jahr ins Ausland zu schicken, um zu sehen, ob eine neue Umgebung und neue Freunde nicht eine günstige Auswirkung auf das Kind haben würden. Doch wir hatten nicht viel Zeit, darüber zu sprechen, weil Edward kurz vor drei abfahren mußte, um nach –«

Sie brach ab und warf in einer Bewegung der Qual und der Verzweiflung den Kopf in den Nacken, bei dem Gedanken daran, daß Edward ja sein Reiseziel nie erreicht, daß er seine Verpflichtungen abgesagt hatte, um eine Reise anzutreten, von der nur er wußte, wohin sie führte.

»Ich verstehe das alles nicht«, sagte sie.

»Sie können mir wohl nicht mit Gewißheit sagen«, meinte George, »ob Felicitys Botschaft an Sie ein Fünkchen Wahrheit enthielt? Sie gingen wohl nicht interessehalber zur Grotte hinunter, um nachzusehen, ob Lucien Galt dort wirklich auf Sie wartete?«

»Nein, ich ging nicht hinunter. Ich war ganz außer mir. Der Gedanke kam mir gar nicht. Außerdem hätte das doch bedeutet, daß ich vor ihr kapitulierte, finden Sie nicht? Ich persönlich bin überzeugt davon, daß sie sich das alles ausgedacht hat.«

»Und Ihr Gatte ging auch nicht zur Grotte hinunter?«

»Natürlich nicht! Wir blieben im Wohnzimmer und berieten uns darüber, was wir mit Felicity machen sollten. Sein Wagen stand schon abfahrbereit im Hof.«

»Aber Sie haben ihn nicht wegfahren sehen?«

Das Wohnzimmer, das die Arundales hatten, lag im vorderen Teil des Hauses. Von dort aus konnte man die Auffahrt nicht übersehen.

»Nein, ich sah ihn nicht wegfahren. Aber wir wissen doch, daß er abgefahren ist . . .«

»Wir wissen, daß er nicht nach Birmingham gefahren ist. Zumindest hat er nicht an den beiden Zusammenkünften teilgenommen, bei denen er sprechen sollte.«

In einer Geste hoffnungsloser Verwirrung preßte sie die Hände gegen die Stirn.

»Aber ich kann nicht glauben, daß er zum Fluß hinunterging. Ich kann einfach nicht glauben, daß er Felicitys Worten auch nur die geringste Bedeutung beimaß. Hätte er da nicht zuerst mit mir gesprochen? Hätte er da nicht zuerst mich gefragt, wenn er Felicitys Anspielungen für bare Münze genommen hätte? Wenn er auch nur den kleinsten Zweifel gehabt hätte? Ich glaube nicht daran, daß er die Sache auch nur für den Bruchteil einer Sekunde ernst nahm, daß er auch nur das geringste Bedürfnis verspürte, der Sache nachzugehen.«

»Ich weiß Ihre Offenheit zu schätzen. Aber Sie können aus persönlichem Wissen nicht behaupten«, beharrte er, »daß er nicht hinuntergegangen ist?«

»Beweisen kann ich es nicht, nein. Ich weiß nur, daß es mir völlig ausgeschlossen erscheint.«

»Aber er hat seine Pläne geändert, hat seine Verpflichtungen abgesagt. Und er hat es, soviel wir wissen, unmittelbar nach diesem Zwischenfall getan.«

Das war keine Frage. Sie hatte keine Antwort darauf, nicht einmal Protest.

»Natürlich kann er dafür andere, einleuchtende Gründe gehabt haben. Wenn er heute abend zurückkehrt, wird er zweifellos alle unsere Fragen selbst beantworten können. Sie müssen aber verstehen, daß ich Ihnen im Licht der Umstände, die sich herausgeschält haben, einige Fragen stellen muß, die sich nicht vermeiden lassen.«

»Ja«, antwortete sie mit müdem Widerwillen. »Das verstehe ich.«

»Seit wann kennen Sie Lucien Galt?«

»Seit sechs Wochen.«

»Wo lernten Sie ihn kennen?«

»Auf einer Cocktailparty, die von der Schallplattengesellschaft gegeben wurde, bei der er unter Vertrag steht. Peter Crewe war auch auf der Party. Auch ihn lernte ich dort kennen.«

»Waren Sie auch mit anderen Künstlern, die an diesem Lehrgang teilnahmen, bekannt? Ich meine, vor diesem Wochenende?«

»Ja, mit allen. Ich interessiere mich schon seit langem für Volkslieder. Ich sagte Ihnen ja schon, daß ich diejenige war, die diesen Lehrgang anregte, und ich lud natürlich jene Künstler ein, die ich kannte.«

»Hat zwischen Ihnen und Lucien Galt jemals eine Beziehung bestanden, die man als Liebesverhältnis bezeichnen könnte?«

»Nein«, sagte sie so heftig und ablehnend, daß man hätte meinen können, eine andere Frau hätte das Wort ausgesprochen.

Er sah sie unverwandt an, gefesselt und irritiert von der plötzlichen Wandlung.

»Nichts Verbotenes? Nichts, was die Auslegung rechtfertigen könnte, die Felicity offensichtlich der Botschaft gab, die der junge Mann ihr auftrug?«

»Zwischen Lucien Galt und mir hat niemals etwas stattgefunden, was ich nicht verantworten könnte und was ich verheimlichen müßte. Und wir haben ja nur Felicitys Wort für das, was er angeblich zu ihr sagte. Das wissen Sie selbst.«

Und Dominics Wort, dachte George, doch er sagte es nicht laut. Dominic konnte von Felicitys Geschichte nicht sonderlich überrascht gewesen sein nach dem Austausch leidenschaftlicher Zärtlichkeit, den er beobachtet hatte.

»Noch eine Frage. Warum haben Sie mir von dem Vorfall nicht erzählt, als Sie mir gestern von Ihrem Tun und Lassen während des Nachmittags berichteten?«

»Das war nicht richtig von mir«, gestand sie zerknirscht. »Aber ich konnte nicht darüber sprechen. Es schien mir gestern auch nicht von Belang. Man spricht nicht gern über Familienprobleme, wenn es sich vermeiden läßt. Wir allein müssen sehen, wie wir mit Felicity fertig werden. Sie ist nicht unser Kind, aber sie gehört zu unserer Familie. Ich wollte sie nicht bloßstellen – und uns auch nicht. Das tut keiner gern.«

Es klang einleuchtend und vernünftig. Lange, nachdem sie ihn verlassen hatte, saß er noch da und dachte über sie und ihre Worte nach. Sie würde zwar zu Professor Penroses Fünf-Uhr-Vorlesung zehn Minuten zu spät kommen, doch sie besaß die Gabe, sich unauffällig und still in eine Ecke zurückzuziehen, ohne den Vortragenden zu stören.

Je länger George über seine Unterhaltung mit Audrey Arundale nachdachte, desto schwerer fiel es ihm zu glauben, daß sie eine jener kühlen, verstandesbetonten Frauen war, die derartige einleuchtende und einfache Gegenargumente schlagfertig und mit sicherer Selbstverständlichkeit hervorzaubern können. Felicity hingegen besaß zweifellos den Einfallsreichtum und das Temperament, um geplante Rache zu nehmen, wenn sie sich verletzt fühlte.

Doch jedesmal, wenn sich in ihm die Überzeugung von Audreys Unschuld festsetzen wollte, tauchte vor ihm wieder das Bild der beiden Menschen auf, deren Hände einander begegneten und sich im Schutz von Audreys schwingendem Rock umschlossen hielten, während Audreys Mann in gesegneter Ahnungslosigkeit neben ihnen herschritt. Und von diesem Vorfall war es nur ein kurzer Weg zu der Überzeugung, daß Felicity die Wahrheit gesprochen hatte. An einem Motiv fehlte es dann nicht! Und wenn man das glaubte, dann mußte man zwangsläufig auch glauben, daß die beiden Männer einander dort unten am Fluß tatsächlich gegenübergestanden hatten, daß es zu einem Kampf gekommen war.

Edward Arundale hatte gegen drei Uhr telefonisch seine Verpflichtungen abgesagt, unmittelbar nachdem Felicity ihre unheilvolle Enthüllung gemacht hatte, bevor er an Stelle seiner Frau zur Grotte gegangen war, um Lucien zu treffen. Dieser eine Punkt sprach dafür, daß das Verbrechen – wenn überhaupt ein Verbrechen begangen worden war – mit Vorsatz verübt worden war. Denn warum hätte Edward Arundale seine Verpflichtungen absagen sollen, wenn er nicht zu diesem Zeitpunkt bereits bewußt an Mord und Flucht dachte?

7

»Wenn die Frage Sie inzwischen nicht langweilt«, versprach Professor Penrose und schaltete den Plattenspieler aus, »dann werden wir nach dem Essen das Problem des historischen Ursprungs noch ein wenig weiterverfolgen und festzustellen versuchen, warum einige gefeierte Ereignisse ihren Weg unmittelbar in das Volkslied gefunden haben, während andere, und manchmal einige der bittersten Vorkommnisse, zu ›harmlosen‹ Kinderliedern wurden.«

Er konnte es sich leisten, von Langeweile zu sprechen, denn er wußte ganz genau, daß sie nicht gelangweilt waren. Professor Penrose war ein Mensch, der seine Zuhörer fesseln konnte. Er schlug mit einem Knall sein Notizbuch zu, in das er während der ganzen Vorlesung nicht einen Blick geworfen hatte, und fegte sie mit wedelnden Armbewegungen hinaus wie eine Schar Hühner.

»Hinaus! Husch, husch! Schnappen Sie vor dem Abendessen noch ein bißchen frische Luft.«

Angeregt diskutierend und zufrieden schwärmten sie hinaus in den Garten und auf die Terrasse, um dort mit größter Lebhaftigkeit ihre Erörterungen fortzusetzen, die nach dem Abendessen auf disziplinierterer akademischer Ebene wieder aufgenommen werden würden.

»Ich habe immer gewußt, daß ich einen guten Marktschreier abgeben würde«, bemerkte der Professor mit leichter Ironie zu Liri Palmer gewandt, die neben ihm dem Ausgang zustrebte. »Mich hat noch nie jemand dazu ermutigen müssen auszuprobieren, wie schnell und wie lange ich reden kann.«

Sie warf ihm einen offenen Blick zu und sagte dann unerwartet: »Sie sind ein listiger alter Herr. Ich hab' Sie gern.«

Sie gab sich wie immer, selbstbeherrscht, die alleinige Bewahrerin ihrer Geheimnisse und ihrer Gedanken. Doch die Merkmale der Anstrengung und der Sorge waren zu erkennen, wenn man wußte, wie sie sich äußerten; die Unzugänglichkeit und Zurückgezogenheit, die Düsterkeit der klaren blauen Augen, die für illusorische Hoffnungen nichts übrighatten. Er mochte sie auch gern. Er mochte sie sogar sehr gern, doch er konnte ihr nicht helfen. Er konnte nur versuchen, durch seine Reden und Ausführungen die Aufmerksamkeit der anderen von ihr abzulenken, wenn sie nicht sang. Er konnte ihr nur voll Dankbarkeit zuhören, wenn sie sang.

»Noch ein Tag«, sagte er, »dann können alle heimfahren.«

»Ja«, antwortete sie mit einem flüchtigen, schattenhaften Lächeln. Dann entfernte sie sich von ihm, ging mit dem ihr eigenen anmutigen und geschmeidigen Schritt die Hintertreppe hinunter und hinaus in die Abenddämmerung. Als sie den Hof durchquert hatte, war es nicht mehr weit bis zum Wäldchen. Sie blickte einmal zurück, um sich zu vergewissern, daß sie allein war. Dann vergrub sie die Hände tief in die Taschen ihrer Wolljacke und eilte raschen Schrittes hinunter zum Fluß. Auf der anderen Seite, wo die Bäume nicht so dicht standen, war es leichter, sich unmittelbar am Ufer zu halten. Der Weg dort folgte den Windungen der Braide. Sie überschritt den Steg und eilte den blätterbedeckten Fußweg entlang, an dem jungen Blutahorn vorüber, an dem großen, eisernen Tor vorbei, hinter dem, wie sie wußte, ein Polizeibeamter postiert war, wenn er sich auch heute mittag nicht gezeigt hatte und auch jetzt verborgen blieb. Innerhalb dieser Einzäunung hatte es sowieso keinen Sinn zu suchen. Das hatte die Polizei sicherlich schon getan, und gewiß sehr gründlich. Dort würde keine Spur mehr von ihm zu finden sein.

Aus diesem Grund hatte sie ihre Suche während der kurzen Pausen, die zwischen die Vorlesungen eingeschoben wurden, dort begonnen, wo die Umzäunung endete. Sie hatte mittlerweile eine Stelle unterhalb der Steinbrücke erreicht. Zwischen diesem Punkt und der massiven Mauer, die das Gelände von Follymead einen Viertelkilometer weiter entfernt begrenzte, gab es kein Wehr mehr.

Liri hatte keine Ahnung von dem Verhalten ertrunkener Lebewesen im Wasser. Sie hatte keine Ahnung von den Strömungen und Wirbeln der Braide, von den Buchten und Windungen, wo eine Leiche möglicherweise ans Ufer getrieben werden konnte. Sie sah, daß der Fluß Hochwasser führte, daß die Wellen alles, was ihnen übergeben wurde, mit unwiderstehlicher Kraft und Schnelligkeit mit sich hinwegtragen mußten. Sie kannte nur eine Art der Suche: Sie mußte stromabwärts gehen und an den Ufern, zwischen den tief im Wasser stehenden Buchen, unter knorrigen Trauerweiden, unter dem Treibgut der Flut Ausschau halten. Und das tat sie, wie sie alles tat, mit gesammelter Konzentration.

Sie war sich im klaren darüber, daß auch die Polizei nach Lucien suchen mußte, doch in dieser Gegend hatte sie noch keine Spur von den Beamten gesehen. Sollten sie ruhig auf ihre Weise suchen, mit Hilfe ihrer Fachleute und ihres Fachwissens. Sie würde auf ihre eigene Weise suchen, ohne Kenntnisse und ohne Hilfe, sich nur auf die Kraft ihrer Augen verlassend, die nicht einen Zentimeter Boden an den Uferböschungen außer acht ließen.

Hier, so nahe der Grenze, gingen die kunstvoll ausgelegten Anlagen Follymeads in natürliche Wildnis über. Hier war die Natur wieder Alleinherrscherin, und der Fluß löste sich aus den von Menschenhand gezirkelten Windungen, um sich in ungezügeltem Strom einen geraden Weg durch das Land zu bahnen.

Sie blickte in das braune, glatte Wasser nieder und sah die wirbelnden Strudel, in denen Treibgut auf und ab tanzte. Sie war sicher, daß nichts sich hier verankern konnte. Weiter vorn wuchsen Bäume und Büsche wieder dichter, drängten sich über dem Wasser zusammen.

Sie wich von dem Fußpfad ab und folgte der Linie des Ufers. Durch Gebüsch und Dickicht bahnte sie sich ihren Weg, über dicke glitschige Grasbüschel, zwischen knorrigen Weidenbüschen hindurch. Und plötzlich fand sie sich auf einer kleinen Landzunge, vor ihr Wasser, Wasser zu ihrer Rechten und Wasser zu ihrer Linken.

Doch ehe sie den Rückzug antrat, überblickte sie mit aufmerksamem Auge das überflutete Gelände. Rechts von ihr, die Glätte des Wassers in ärgerlich hüpfende Wellen und Strudel zerreißend, lag ein umgestürzter Baum, oder vielleicht nur der kräftige Ast eines großen Baums, dessen Stamm noch fest im weichen Grund verankert war. Die Wellen zerrten an ausgebreiteten Zweigen, die wie lange, dürre Finger einen Halt zu suchen schienen.

Sie spähte in die Tiefe des brodelnden Wassers und des schmutzig braunen Schaums und glaubte, im ständigen Wechsel weiß aufleuchtender Schaumwellen eine helle Stelle zu entdecken, deren Lage sich nicht veränderte, die nur im Strom der Braide ein wenig schwankte und auf und ab wogte.

So oft schon hatte sie geglaubt, etwas entdeckt zu haben, daß sie nichts empfand außer dem Drang, sich zu vergewissern. Vorsichtig setzte sie den Fuß auf den zerklüfteten Baumstamm und stieß hart dagegen. Der Stamm erzitterte nicht einmal. Unbeweglich und tief war er im Schlamm verankert. Sie stieg über einen widerborstig aufragenden Zweig hinweg und tastete sich auf der rauhen Borke vorwärts, während sie sich an den tiefhängenden Ästen der Buchen festhielt. Als sie zwei, drei Meter zurückgelegt hatte, verjüngte sich der Stamm und gab ein wenig nach unter ihrem Gewicht. Doch noch immer lag er fest. Das Wasser rauschte und gurgelte jetzt unmittelbar unter ihren Füßen. Sie blickte gebannt hinunter.

Noch ein Meter und sie würde die helle Stelle erreicht haben, die sie angelockt hatte. Der Stamm unter ihr bog sich, Wasser ergoß sich über ihre Füße, eiskalt und zischend, und sank zurück in den Strom. Sie wagte sich nicht weiter vor. Doch sie brauchte es gar nicht. Vorsichtig bückte sie sich hinunter, hielt sich am dünnen, biegsamen Ende eines Astes fest und blickte lange und aufmerksam auf das Ding, das da im Wasser gefangen lag.

Sie mußte die Geräusche gehört haben, die das rhythmische Rauschen des Stromes störten. Doch sie mußte sich zu sehr auf ihre Aufgabe konzentriert haben, um sie bewußt wahrzunehmen. Sie war erstaunt und erschrocken, als sie, sich umdrehend, um zurückzukehren, unvermittelt Dickie Meurice ins Gesicht blickte.

Er stand etwa anderthalb Meter von ihr entfernt auf dem Baumstamm und grinste, offensichtlich erfreut darüber, daß es ihm gelungen war, ihr bis hierher zu folgen, ohne entdeckt worden zu sein. Er mußte ihr schon vom Haus aus gefolgt sein, hatte sich wahrscheinlich im Schatten eines Torbogens versteckt, als sie sich, ehe sie in das Wäldchen geeilt war, umgedreht hatte, um sich zu vergewissern, daß niemand sie bemerkt hatte. Doch das war jetzt gleichgültig. Alles war gleichgültig. Sollte er ruhig kommen, sollte er ruhig sehen.

»Ach du!« sagte sie mit tonloser, unpersönlicher Stimme. »Das hätte ich mir denken können.«

»Genau! Wer sonst sorgt sich so um dich? Ich dachte, du könntest vielleicht Hilfe brauchen . . ., falls du irgend etwas finden solltest.«

»Wie recht du hast«, versetzte sie und ging ihm entgegen, langsam und vorsichtig, wohl wissend, daß er nicht an ihr vorüber konnte, daß er sich nicht einmal, wenn sie ihn allein hier ließ, so weit hinauswagen würde wie sie. »Ich brauche tatsächlich Hilfe. Ich brauche jemanden, der hier bleibt, während ich hinaufgehe und Alarm schlage.«

Er glaubte ihr nicht. Reglos blieb er auf dem Baumstamm stehen, klammerte sich an einen Buchenast und starrte sie voller Zweifel und Skepsis an. Sie lachte hart und schrill, während sie stetig näher kam, bis sie direkt vor ihm stand und ihn zwang zurückzuweichen. Er spähte über ihre Schulter und sah das im Wasser treibende, schlaffe Weiß. Er stieß einen kleinen erstickten Laut aus und tastete sich vorsichtig Schritt für Schritt nach rückwärts zu dem feuchten Boden unter den Bäumen.

»Ja«, sagte sie hart. »Das ist eine Hand, die du da eben gesehen hast. Mit Fingern.«

Das triefend nasse Gras gab unter ihren Füßen nach, als sie vom Baumstamm sprang. Wasser sickerte in ihren Schuh, doch sie merkte es gar nicht.

»Was ist denn los mit dir? Begreifst du nicht? Hast du Angst vor einem Toten? Er ist dort. Ich habe ihn gefunden.«

Unter den tiefhängenden Zweigen der Buchen und den vom Wasser gepeitschten Ästen des umgestürzten Baums hing, schlaff und schwankend im Spiel der Wellen, die weiße Hand des Toten.

»Bleib hier«, befahl sie kurz und eilte davon. »Ich laufe hinauf zum Haus und sage Inspektor Felse Bescheid.«

Er packte sie am Arm.

»Von wegen! Ich bleibe nicht hier. Ich komme mit.«

»Sei nicht albern«, zischte ihn Liri über die Schulter hinweg an und riß sich von ihm los. »Du bleibst hier und paßt auf, damit wir nachher die Stelle wiederfinden. Ich will nicht noch einmal zu suchen anfangen müssen. Außerdem besteht immer die Möglichkeit, daß die Strömung ihn losreißt. Dann kannst du es uns wenigstens sagen. Und wenn jemand hier in die Nähe kommt, dann verscheuche ihn. Ich bin gleich wieder da.«

Sie war ihm entwischt, noch ehe er sie aufhalten konnte. Wie ein Junge rannte sie gebückt unter tiefhängenden Zweigen hindurch, sprang über kleine Pfützen und Grasbüschel und entschwand schnell seinem Blick.

So zwingend war ihr Befehl, daß er einige Minuten lang an der Stelle stehenblieb, wo sie ihn postiert hatte, den Blick auf die weiß leuchtende Stelle im Braun der Wellen gerichtet. Er konnte das flammende Blau ihrer Augen nicht vergessen, die gespannten Linien ihrer Züge, die Erregung, die von ihr ausgegangen war. Er hatte sie niemals verstanden, und er würde sie niemals verstehen. Ein Teil seiner selbst, den er noch nicht kannte, ein beinahe altjüngferlicher Respekt für das, was sich gehörte, war schockiert von ihrer Reaktion. Hatte sie nicht eben ihren ertrunkenen Geliebten in den Wassern der Braide gefunden? War das nicht seine Hand, die da leblos in der Strömung hin und her gerissen wurde?

Plötzlich stieg der Wunsch in ihm auf, sie verstehen zu können. Seine angeborene Neugier war wieder erwacht, der Bann ihrer Persönlichkeit war gebrochen. Es war ein Zwang, der ihn stets trieb, Geheimnissen nachzuspüren, immer mit dem Hintergedanken, daß er davon in irgendeiner Weise profitieren könnte. Er warf einen widerwilligen und doch begierigen Blick auf das schwankende weiße Ding im Wasser, das er bewachen sollte, und entschied dann, daß das völlig unnötig war.

Dickie Meurice konnte flink sein wie ein Hase, wenn es sein mußte. Er brachte den hindernisreichen Pfad in rascherem Lauf hinter sich als Liri. Als er den Rand des Wäldchens erreicht hatte, blieb er einen Moment stehen, um Atem zu holen. Liri war weit vor ihm, hastete den Hang hinauf, der zum Haus führte. Er hielt sich im Schatten der Bäume, anstatt ihr auf dem kürzesten Weg zu folgen, und wartete, bis sie zur Treppe gelangte, die sich zur Südterrasse emporschwang. Sie stieg die Treppe nicht hinauf. Dickie Meurice grinste voller Befriedigung, als er das sah. Sie hatte etwas vor, sonst hätte sie zweifellos den kürzesten und direkten Weg eingeschlagen. Statt dessen eilte sie um den Flügel des Hauses herum, um durch den Hof ins Innere zu gelangen. Dickie wartete, bis sie aus seinem Gesichtsfeld verschwunden war. Dann löste er sich aus dem Schutz der Bäume und rannte in Sprintergeschwindigkeit über die freie Wiese und durch die große Tür hinein ins Haus.

Der Gong zum Abendessen war noch nicht ertönt, doch schon hatte sich alles im Erdgeschoß versammelt. Aus der Galerie und den Bibliotheksräumen konnte er das Summen der Stimmen vernehmen, laut und vergnügt. Geräuschlos schlich er sich durch stille Korridore, bis er die Hintertreppe erreichte, die von der Tür zum Hof aus emporführte. Dort stieg er rasch hinauf und lehnte sich erwartungsvoll über das Geländer und blickte durch den Schacht in die Tiefe. Jedes Geräusch von unten mußte klar zu ihm heraufdringen. Er würde hören, wenn sie unten eintrat. Sie würde den stillen Vorraum unter ihm durchqueren müssen.

Die Treppe war alt und führte in engen Windungen nach oben. Sie bildete einen idealen Geräuschkanal. Jeder Laut von unten würde um so deutlicher zu hören sein, da der Boden mit Steinplatten gefliest war. Er blieb an einer Stelle stehen, an der er von unten nicht gesehen werden konnte. Vorsichtig beugte er sich über das Geländer aus massiver Eiche.

Unter sich konnte er die Fliesen des Vorraums sehen, durch den früher Domestiken und Lieferanten das Haus betreten hatten. Jetzt waren seine Wände mit Gobelins behangen, ein paar Topfpflanzen standen neben weiß gestrichenen schmiedeeisernen Stühlen und in einer Ecke unter der Treppe hatte man zwei Münzfernsprecher anbringen lassen, die zwar von einer halbrunden Wand umschlossen, jedoch nach oben hin nicht abgedeckt waren. Jedes Gespräch drang durch den Treppenschacht deutlich nach oben. Keiner der Architekten, die den Umbau Follymeads vorgenommen hatten, schien mit der Möglichkeit gerechnet zu haben, daß sich auf der Treppe ein Lauscher postieren könnte, um die Unterhaltungen anderer anzuhören.

Der harte, schnelle Klang von Liris Schritten, die auf den Fliesen widerhallten, stieg durch den Treppenschacht nach oben. Der Rhythmus ihrer Schritte veränderte sich nicht, als sie näher kam. Er sah ihre Gestalt unter sich, als sie den Vorraum durchquerte, den dunkelbraunen Kopf hoch erhoben. Ohne einen Moment des Zögerns steuerte sie auf das Telefon zu.

Er befand sich fast unmittelbar über ihr. Obwohl er sie nicht sehen konnte, vernahm er jedes Geräusch, das Klirren der Münzen, die sie einwarf, das Surren der Wählscheibe. Zweimal surrte es. Einmal lang, einmal kurz. Sie hatte die Nummer des Amts gewählt. Also wollte sie ein Ferngespräch anmelden. Doch das hatte er erwartet. Und das bedeutete, daß sie die Nummer angeben mußte. Erfreulicher hätten sich die Dinge gar nicht entwickeln können.

»Ich möchte ein Gespräch nach London anmelden, bitte. Valence 35 81. Hier ist Belwardine 640.«

Jedes Wort kam klar und unmißverständlich. Wieder fielen klirrend Münzen in den Zahlschlitz des Apparats. Dann war es eine Weile still, und in die Stille hinein hallte der Gong zum Abendessen. Das war das Signal für die ganze hungrige Wochenendgesellschaft, sich im großen Speisesaal zu versammeln, der sich wie die anderen Gemeinschaftsräume im Erdgeschoß befand.

Meurice brauchte seinen Lauscherposten auf der Treppe nicht zu verlassen. Niemand würde ihn hier stören. Doch das Gewirr angeregter Stimmen, das dem Dröhnen des Gongs folgte, als die Gäste dem Speisesaal zustrebten, übertönte Liris erste Worte, als die Verbindung mit dem Gesprächspartner in London, wer immer er sein mochte, hergestellt war. Er lauschte angestrengt, doch erst als der Lärm verklang, konnte er verstehen, was Liri sagte.

»Das ist jetzt vollkommen unwichtig«, hörte er sie klar und deutlich sagen. Ihre Stimme war leise, beinahe verstohlen, doch brüsk vor Ungeduld und Spannung. »Dazu ist keine Zeit ...« Und dann wurden ihre Worte vom laut grölenden Gesang der Rossignol-Zwillinge verschluckt, die ihm eine Ewigkeit zu brauchen schienen, um den Speisesaal zu erreichen.

»... und verschwinde auf dem schnellsten Weg«, hörte er als nächstes. »Sie haben die Leiche gefunden.«

Nach diesen Worten folgte langes Schweigen, während die unbekannte Stimme am anderen Ende der Leitung auf sie einredete. Und dann klang wieder lauter Gesang auf. Das war Andrew Callum, der mit einem halben Dutzend anderer zusammen voller Inbrunst eine Ballade sang. Ein Wortschwall von Liri ging in der jammervollen Klage um den heldenhaften Douglas Kelly unter.

»Ach verdammt noch mal!« hörte er dann im verhallenden Klang der Ballade. »Ich habe es dir doch gesagt. Vergiß das alles und verschwinde.«

Knallend landete der Hörer auf der Gabel, und gleich darauf hörte er wieder das Klappern ihrer Absätze auf den Fliesen, als sie davoneilte.

Er wirbelte herum und raste, drei Stufen auf einmal nehmend, die Treppe hinab. In großen Sprüngen hetzte er hinaus und jagte über die Wiese zurück in das Wäldchen, zurück zum Fluß. Die schlaffe weiße Hand wogte wie zuvor im Spiel der Wellen auf und ab.

Dickie Meurice suchte sich ein trockenes Plätzchen und wartete. Er war sicher, daß er nicht lange würde warten müssen.

»Ich wünschte, ich hätte es nicht getan«, sagte Felicity wie so mancher andere vor ihr mit der gleichen Hoffnungslosigkeit. »Wenn ich gewußt hätte –« Hier brach sie ab, schob nachdenklich die Unterlippe vor und beschloß dann, lieber zu schweigen. Was für Fehler sie auch haben mochte, sie hatte plötzlich in sich eine seltene und zwingende Liebe zur Wahrheit entdeckt. »Ich hätte es trotzdem getan«, gestand sie ehrlich. »So, wie mir zumute war. Auch wenn ich gewußt hätte, was daraus entstehen würde.«

»Das weiß bis jetzt noch keiner von uns«, erinnerte George sie nüchtern.

Er hatte einen Stuhl für sie zurechtgerückt, so daß das Licht ihr nicht direkt ins Gesicht schien, so daß kein allzu direkter Blick sie aus dem Konzept bringen würde. Und sie hatte den Stuhl prompt so gedreht, daß sie ihm besser in die Augen sehen konnte.

»Nein«, gab sie zu, »aber wir wissen, womit wir rechnen müssen. Ich wußte es sogar an dem Nachmittag schon, oder ich hätte es wissen können, wenn ich nur gewollt hätte.«

»Ich bezweifle«, versetzte George, ihre Aufrichtigkeit anerkennend und erwidernd, »daß du mit einem so durchschlagenden Erfolg gerechnet hast.«

Sie blickte hastig auf bei dieser Bemerkung, ein wenig verblüfft, und dachte einen Moment über seine Worte nach. Der schwache Schimmer eines Lächelns leuchtete kurz in ihren Augen auf und erlosch wieder.

»Sie wollen mir doch nicht einreden, daß ich mir nichts vorzuwerfen habe, oder?«

»Nein, das will ich nicht. Aber ich will dir klarmachen, daß jeder Mensch in seinem Leben einmal etwas Ähnliches durchmacht. Die meisten von uns sind entweder zu ungeschickt oder zu ängstlich, die Gelegenheit zur Rache beim Schopf zu packen. Sie haben Glück. Du hattest Pech. Du hattest die richtige Sprengladung in der Hand und brauchtest sie nur zu zünden. Doch ganz gleichgültig, ob unsere

Rache gelingt oder nicht, wir sind schuldig. Du bist längst nicht der einzige Mensch auf der Welt, Felicity, der etwas zu bereuen hat.« Er merkte, wie sehr sie seine Worte beschäftigten, daß sie bereit war, mit einem Gegenargument zu kontern, und hielt es für besser, das für den Augenblick abzubiegen. »Jetzt laß mich dir erst einmal einige Fragen stellen, dann können wir diskutieren.«

»Na schön«, stimmte sie zu. »Aber ich habe Ihnen alles erzählt, was ich weiß.«

»Ja, ich möchte noch einmal auf eine Einzelheit zurückkommen, die du mir berichtet hast. Du sagtest, du hättest Lucien unten am Fluß verlassen und wärst weggelaufen und hättest das Tor hinter dir verriegelt. Meintest du das wörtlich, oder wolltest du damit nur sagen, daß du das Tor hinter dir zugezogen hast?«

Sie blickte ihn aufmerksam an, von ihren eigenen Problemen abgelenkt.

»Ja, ich habe den Riegel vorgeschoben. Natürlich. Warum? Ist das wichtig?«

»Es ist ein Detail. Jede Kleinigkeit hilft. Der Riegel war also am Tor?«

Sie nickte mit Nachdruck.

»Den konnte man so leicht nicht übersehen. Das Ding ist so lang wie mein Arm.« Das war natürlich eine Übertreibung. »Der Riegel ist schon lange nicht mehr fest. Die Schrauben müssen alle herausgefallen sein. Er hängt ganz einfach lose in dem Halter. Man kann ihn leicht herausziehen.«

»Aha. Und Lucien ist dir nicht nachgelaufen? Er versuchte nicht, dich aufzuhalten?«

»Nein«, erwiderte sie bedrückt. »Warum hätte er mich aufhalten sollen? Er wußte ja nicht, was ich tun würde. Er machte sich nichts aus mir. Es war ihm egal, was ich tat. Warum hätte er sich auch um mich kümmern sollen? Er hat sich nicht einmal umgedreht. Er blieb auf der Steinbank sitzen und war bestimmt heilfroh, daß er mich los war. Ich muß ihm furchtbar auf die Nerven gefallen sein, sonst hätte er bestimmt nicht so reagiert.«

»Ich vermute«, meinte George, »daß er von Natur aus kein geduldiger Mensch ist.«

»Vielleicht nicht. Und ich kannte ihn ja eigentlich gar nicht richtig, oder?« sagte sie trübe. »Und er kannte mich nicht.« Sie blickte George ernsthaft ins Gesicht und fragte: »Was soll ich nur tun?«

Von draußen hallte das Dröhnen des Gongs herein, doch sie hörten es nicht.

»Du mußt einfach damit leben«, erwiderte George schlicht, »und versuchen, damit fertig zu werden. Ich kann dich nicht von deiner Schuld freisprechen, und du würdest es mir nicht danken, wenn ich es versuchte. Ich kann dich nicht anklagen, und du kannst keine Buße tun, wenn es das ist, was du suchst. Nein, du mußt in Zukunft die Erinnerung mit dir tragen, wie wir anderen auch, und mußt lernen, mit dir selbst und deinen Fehlern und Schwächen zu leben. Das ist der einzige Weg, neue, größere Fehlschläge zu vermeiden.«

»Und wenn ich an seinem Tod schuld bin?« fragte sie flüsternd, in den Augen einen Ausdruck, der aus Angst und Vertrauen zu ihm gemischt war.

»Ganz gleichgültig, was geschieht, du bist an seinem Tod nicht schuldig. Du hast keine Macht über das Leben der beiden gehabt, über ihre guten und ihre schlechten Eigenschaften, über die Dinge, die sie getan haben und die sie gedacht haben. Wenn der Vorfall von gestern nachmittag zu einem tragischen Ende führte, dann hatten die beiden selbst dazu den Keim gelegt. Gewiß, deine Rolle in der Tragödie war bitter genug, doch du warst nur der zündende Funke in einem Feuer, das schon schwelte. Nimm nicht mehr auf dich, als du mußt, Felicity. Du wirst es schwer genug finden, deinen Teil der Schuld zu tragen.«

Nach einem kurzen Schweigen sagte sie mit leiser Stimme: »Danke. Sie haben mich wenigstens nicht wie ein Kind behandelt.«

»Du bist kein Kind. Aber du bist auch noch nicht erwachsen, noch nicht ganz. Aber du bist jetzt der Reife sehr viel näher als gestern, als ich dir zum erstenmal begegnete.«

Ihre Lippen preßten sich in einem schmerzlichen Lächeln zusammen. »Kann ich denn gar nichts Nützliches tun?« fragte sie.

»Lebe«, sagte George, »lebe ohne nachzudenken. Das ist für dich im Moment das beste. Und glaub ja nicht, daß das nicht nützlich ist. So, und jetzt marsch zum Abendessen.«

»Muß ich wirklich?« fragte sie schüchtern. »Ich habe gar keinen Hunger.«

»Der kommt beim Essen. Du willst doch nicht krank werden? Das wäre ganz und gar nicht nützlich. Und du wirst gebraucht. Vergiß nicht, daß du hier im Haus deine Pflichten hast.«

»Na schön«, meinte sie grimmig und steuerte auf die Tür zu. Einen Moment lang schien sich die Last des Hauses drückend auf sie niederzusenken. Sie drehte sich mit einem fast flehentlichen Ausdruck zu ihm um, ohne selbst zu wissen, was sie von ihm erwartete.

»Es wäre irgendwie alles gar nicht so schlimm«, sagte sie mit einem jammervollen Unterton in der Stimme, »wenn ich nur nicht so verflixt langweilig und unscheinbar wäre!«

»Unscheinbar«, echote George ungläubig. »Unscheinbar?« wiederholte er protestierend. »Ja, hast du dich denn noch nie im Spiegel angesehen, mein Kind? Unscheinbar! Komm einmal her.«

Er nahm sie bei den Schultern und drehte sie herum. Dann schob er sie durch das Zimmer zum offenen Kamin, über dem ein großer venezianischer Spiegel hing. Er hing so hoch, daß er aus der Nähe nur ihr Gesicht aufnahm. Er faßte Felicity unter das Kinn und beugte ihren Kopf leicht in den Nacken.

»Du kleiner Dummkopf, sieh dich doch einmal an. Was, um Himmels willen, verlangst du denn noch? Meinst du denn, man müßte so rosig und lebhaft sein wie eine Geranie, damit andere einen bemerken? Was ist denn dabei, wenn du nicht die gleiche Haut wie Milch und Blut hast wie deine Tante? Was macht es schon, daß dein Haar nicht blond ist? Es können doch nicht alle Menschen gleich aussehen! Dein Haar, dieses feine, hellbraune Haar gehört zu deinem Gesicht. Unscheinbar, sagst du? Daß ich nicht lache. Ich habe selten ein Gesicht gesehen, das so klar und fein gezeichnet war wie deines. Du bist noch nicht fertig, Felicity, aber die Anzeichen sind da. Und wenn du sie nicht siehst, mußt du blind sein. Du wirst eine Schönheit, und du wirst auch noch schön sein, wenn du achtzig bist. Es ist nicht allein der Teint, der ein Gesicht schön macht, es ist die Form und der Ausdruck. Diese beiden Dinge sind viel wichtiger. Und du besitzt sie beide.«

Felicity starrte verklärt und überrascht ihr Spiegelbild an, die Hände folgten der Linie ihrer Backenknochen, die George eben angedeutet hatte. Ihre Lippen bewegten sich kaum merklich und formten ungläubig das Wort ›schön‹.

Das Geräusch eilender Schritte, das plötzlich vom Korridor hereindrang, das dringliche Klopfen an der Tür konnten ihre Benommenheit nicht durchdringen. Selbst als sich die Tür öffnete und Liri Palmer mit erregtem Gesicht und blitzenden Augen hereinkam, gefolgt von Dominic, drehte sich Felicity nur stumm um wie ein Traumwesen, dem die Wirklichkeit nichts anhaben kann.

»Können Sie einen Moment mitkommen?« Liris blaue Augen hefteten sich voller Dringlichkeit auf George. »Ich muß Ihnen etwas zeigen.« Nur Felicitys Anwesenheit hinderte sie daran, unverblümt zur Sache zu kommen. »Es tut mir leid, wenn ich störe, aber es ist wichtig.«

Ihre Stimme klang ruhig, doch in ihren Augen lag Ungeduld.

»Felicity wollte sowieso gerade zum Abendessen gehen«, bemerkte George und schob sie mit einem sanften Stoß zur Tür.

Sie gehorchte ohne Widerspruch wie eine Schlafwandlerin. Liri und Dominic traten zur Seite, um sie vorbeizulassen. Einen Moment lang blieb sie stehen und drehte sich um. In ihren Augen spiegelte sich noch immer der Schimmer der Verklärung über die Entdeckung ihrer Schönheit.

»Danke«, sagte sie zu George. »Ich werde mir Mühe geben – ich werde tun, was Sie gesagt haben.«

»Gute Nacht«, erwiderte George.

»Gute Nacht«, echote Felicity und wanderte aus dem Zimmer, während ihre Fingerspitzen immer wieder ungläubig die Linien der Backenknochen nachzeichneten, die George schön genannt hatte. Schön!

Sobald sie verschwunden war, kamen die drei anderen ins Zimmer und schlossen sorgsam die Tür hinter sich. George hätte wissen müssen, daß, wo Dominic war, Tossa nicht weit sein konnte.

»Nun?«

»Ich habe die Leiche gefunden!« erklärte Liri unumwunden.

Natürlich, etwas anderes hätte es gar nicht sein können. Er hatte es an ihrer beherrschten, stummen Erregung gesehen. Die Befürchtungen der letzten Stunden würden also nicht, wie er gehofft hatte, wie eine Seifenblase platzen. Sie hatten die Leiche gefunden, sie standen einem Verbrechen gegenüber. Und Follymead und sein Ruf waren gefährdet. George blickte hinaus in die Abenddämmerung, dann auf die Uhr und griff schließlich in die Schreibtischschublade, um seine Taschenlampe herauszuholen.

»Wo ist er?«

»Unterhalb der Steinbrücke. Ich führe Sie hin.«

»Wir sind Liri begegnet«, berichtete Dominic, »und sie hat uns Bescheid gesagt. Ich hoffe, das ist in Ordnung? Du wirst sowieso jemanden brauchen, der dir helfen kann.«

»Natürlich, schon gut. Ist jetzt jemand unten am Fluß, um aufzupassen?«

»Dickie Meurice«, versetzte Liri, und ihre Stimme verlor plötzlich die kühle Ruhe, da sie die Verantwortung abgegeben hatte. Ihre Knie zitterten ein wenig. »Er war nicht mit mir zusammen. Er tauchte zufällig auf. Ich sagte ihm, er sollte unten auf uns warten.«

»Gut. Tossa, lauf du hinunter zum Steg und hol Lockyer. Sag ihm, er soll ein paar Seile mitbringen. Und eine Axt oder ein Beil.«

»Wird gemacht«, versicherte Tossa voller Erregung und hastete schon davon.

»Kommt«, forderte George die beiden anderen auf. »Gehen Sie voraus, Liri.«

Sie folgten ihr durch die große Tür hinaus auf die Terrasse, die Treppe hinunter und über die Wiese zum steinernen Bogen der Brücke.

Es kostete sie eine halbe Stunde harter Arbeit, ihn an Land zu ziehen. Während all der Zeit wurde kaum ein Wort gesprochen. Nur kurze Anweisungen und Fragen, die zur Durchführung der Arbeit nötig waren, flogen hin und her. Wenn sie versucht hätten, das Treibholz, das ihn gefangenhielt, mit der Axt wegzuschlagen, so wäre er ihnen entglitten. Wenn man ihn aus der Umklammerung des gefallenen Baumes und der Äste gelöst hätte, dann hätten die Wellen sich sogleich seiner bemächtigt und ihn davongetragen.

Es war Dominic, der leichteste unter den anwesenden Männern, der barfuß hinauskletterte auf den schwingenden Wipfel des umgestürzten Baumes und dort ein Seil um die Schultern schlang, die sich dicht unter der Wasseroberfläche befanden. Der triefnasse Tweed der Jacke war braun wie das Wasser der Braide. Das Geäst unter Dominic sank ins Wasser, wenn er sich zu weit vorwagte. Die eiskalten Wellen sprudelten zu seinen Füßen und drohten, ihn aus dem Gleichgewicht zu reißen. Er dachte an nichts, während er arbeitete. Alle seine Sinne konzentrierten sich auf das, was seine Hände taten.

»Gut! Komm zurück.«

George streckte seinem Sohn helfend die Hand entgegen. Lockyer zog leicht an dem Seil. Der Arm, das einzige, was sie von dem Toten sehen konnten, hob sich leicht und schlaff, wie der Arm eines Schlafenden. Doch der Körper löste sich nicht aus seiner Verankerung im Geäst des Baumes.

George blickte aufmerksam zu dem Astgewirr hinüber und stellte fest, daß einer der Zweige sich in den Kleidern des Toten festgekrallt hatte.

»Okay«, rief er. »Dann holen wir ihn eben mit dem Zweig heraus, wenn wir ihn nicht losreißen können. Meurice, geben Sie mir die Axt.«

Dickie Meurice reichte ihm voll Eifer das Werkzeug. Nicht um alles in der Welt hätte er seinen Posten hier aufgegeben.

»Und das andere Seil.«

Über der Wiese hing noch der Widerschein des Tages, doch hier, unter den Bäumen, mußten sie ihre Augen sogar anstrengen, um einander zu sehen. Die Mädchen hielten sich im Hintergrund, wo der Boden trocken war. Ihre Gesichter leuchteten wie zwei bleiche Ovale im dunklen Grün, das sie umgab. Niemand hatte den Versuch gemacht, sie wegzuschicken. Was hatte es für einen Sinn, Liri zu verbannen, die den Toten gefunden hatte? Sie wäre sowieso nicht gegangen. Sie stand schweigend und angespannt im Schutz der Bäume. Ihre Ruhe war undurchdringlich.

Diesmal tastete sich George selbst auf dem Stamm hinaus in den Fluß. Er brauchte nicht so weit hinauszugehen, daß es gefährlich geworden wäre. Er befestigte den Strick an einer Gabel des Astes, der den Toten gefangenhielt, und warf dann das Ende des Seils Dominic zu.

»Helfen Sie ihm, Meurice. Wenn wir ihn loskriegen können, wird das Wasser stark drücken.«

Er schlug den Ast unterhalb der Gabel ab, wo er das Seil festgemacht hatte.

»Stemmt euch fest in den Boden. Gleich ist es soweit.«

Sie hatten das erste ominöse Knacken des Holzes gehört und waren bereit. Der große Ast bäumte sich plötzlich auf und schnellte vorwärts wie etwas Lebendiges. Einen Moment lang stieß er den Körper des Toten aus dem Wasser und ließ ihn dann wieder zurückfallen in schmutzig braunen Schaum. Dann riß sich der Ast aus seiner Verankerung und wäre sogleich zur Strommitte getrieben worden, hätte nicht das Seil ihn gehalten. Langsam, Zentimeter um Zentimeter, wurde der Körper des Toten immer näher ans Ufer gezogen.

George kletterte zurück und sprang vom Baumstamm herunter. Er half ihnen ziehen und den Toten aus dem Gewirr der Äste befreien. Während sie bis zu den Knöcheln im Wasser standen, hoben sie den Toten aus den Wellen und legten ihn auf trockenem Boden nieder, der mit den welken Herbstblättern des letzten Jahres und den späten Anemonen dieses Frühlings bestreut war.

Der schlaffe, formlose Schatten, der einmal ein Mensch gewesen war, ruhte flach auf der Erde. Nasse Haarsträhnen, braun und schmutzig vom Wasser des Flusses, klebten in der bleichen Stirn.

»Gib mir mal die Lampe«, sagte George unvermittelt mit Schärfe.

Der Lichtkegel sprang aus der Finsternis auf und brachte Leben in die Welt des Zwielichtes. Der große Körper lag ausgestreckt, so schwer vom Wasser, das es beinahe aussah, als versänke er vor ihren Augen langsam in den Boden. Ein großflächiges Gesicht mit markanten Zügen starrte sie an.

Tossa stieß einen einzigen halb erstickten Schrei aus. Liri Palmer gab keinen Laut von sich. Dickie Meurice sog mit einem vernehmbaren Zischen den Atem ein.

»Aber das ist ja gar nicht –«, stammelte Lockyer.

»Nein,« bestätigte George grimmig und starrte in die Lichtpfütze zu seinen Füßen. »Nein, das ist nicht Lucien Galt. Das ist Edward Arundale.«

8

»Vielleicht«, meinte Lockyer nach einer langen Weile des Schweigens, »sind sie beide im Fluß ertrunken.«

»Glauben Sie?« George knipste die Taschenlampe aus. Der dunkle Abend umhüllte sie wie ein Mantel. »Und wer hat Arundales Wagen weggefahren? Der stand nämlich im Hof. Arundale hatte seinen Koffer und seine Bücher schon darin verstaut. Um vier Uhr war der Wagen nicht mehr da. Und außer den beiden Männern ist niemand verschwunden. O nein, sie sind nicht beide im Fluß ertrunken.«

»Bestimmt nicht«, ließ sich unvermittelt die leise Stimme von Dickie Meurice vernehmen, in der ein Unterton der Boshaftigkeit und der Schadenfreude schwang. »Ehe Liri nämlich zu Ihnen ging, um Ihnen mitzuteilen, daß sie den hier gefunden hat, telefonierte sie mit dem anderen.«

Er hatte seine Sensation, und sie rief genau die Wirkung hervor, die er sich erhofft hatte. Nur Liri ließ die Enthüllung ohne ein Wort an sich abgleiten. Sie machte jedoch eine hastige Bewegung, und das befriedigte ihn ebensosehr, als wenn sie sich zu einem Wort der Verteidigung oder des Protestes hätte hinreißen lassen. Ganz gleichgültig, mit welch steinerner Ruhe sie später das Verhör über sich ergehen lassen würde, er wußte, daß er sie getroffen und verletzt hatte. Er hatte ihr Gelegenheit geboten, sich mit ihm auf guten Fuß zu stellen, doch sie hatte sein Angebot mit gerümpfter Nase ausgeschlagen.

»Woher wissen Sie das«, fragte George, »wenn Sie hier am Fluß waren, um aufzupassen?«

»Ich bin nicht hier geblieben. Ich hatte so ein Gefühl, daß sie irgendwas vorhatte. Deshalb wartete ich, bis sie genügend Vorsprung hatte, und dann folgte ich ihr. Wenn sie keine Heimlichkeiten vorgehabt hätte, dann wäre sie auf dem kürzesten Weg über die Südterrasse ins Haus gelaufen. Aber das tat sie nicht. Sie ging um den Seitenflügel herum und kam durch den Hof. Ich rannte über die Südterrasse ins Haus und von dort aus zur Hintertreppe. Ich war vor ihr dort und konnte genau beobachten, was sie tat. Sie ging schnurstracks zum Telefon und ließ sich mit London verbinden.«

»Mein lieber Dickie«, sagte Liri ganz sanft, so als wäre ihr das alles völlig gleichgültig. »Du fällst nie aus der Rolle. Wo warst du denn? Hast du dich in der Zelle nebenan versteckt?«

»In Gegenwart der Polizei«, versetzte er, »würde ich mich an deiner Stelle lieber nicht über den berühmten Lauscher an der Wand lustig machen. Bei der Polizei ist das nämlich gang und gäbe und gehört zum Geschäft. Ich kann beweisen, daß ich alles sehr klar und deutlich hören konnte. Ich kann jedes Wort, das ich gehört habe, wiederholen. Einschließlich der Telefonnummer.«

»Und einschließlich eines Namens?« fragte George trocken.

»Nein, einen Namen habe ich nicht gehört. Aber die Nummer war Valence 35 81. Es läßt sich ja leicht genug feststellen, wer der Teilnehmer ist. Würde mich nicht wundern, wenn sich herausstellen sollte, daß das die Nummer von Luciens Londoner Wohnung ist. Das wäre logischerweise der Ort, wo sie zuerst versuchen würde, ihn zu erreichen, selbst wenn sie nicht wußte, wo er war – aber vielleicht wußte sie es sogar.«

»Und warum haben Sie mir das nicht gleich erzählt? Sobald wir hier ankamen? Statt dessen haben Sie sich so verhalten, als hätten Sie die ganze Zeit hier gestanden und gewartet und hätten uns nichts mitzuteilen.«

»Weil ich vorher nicht recht begreifen konnte, was der Anruf überhaupt zu bedeuten hatte. Erst als sich herausstellte, wen wir da aus dem Fluß gefischt hatten, wurde mir klar, was gespielt wurde.«

»Sie wußten also gar nicht, wessen Nummer das war, die Sie hörten? Und Sie wußten auch nicht, mit wem Miss Palmer sprach?«

»Nein, zu diesem Zeitpunkt noch nicht. Jetzt natürlich auch noch nicht, wenn man's ganz genau nimmt. Aber hören Sie sich einmal an, was sie zu sagen hatte, dann können Sie sich selbst ein Urteil bilden. Leider konnte ich nicht alles hören, weil aus der Galerie immer wieder Lärm kam. Nachdem die Verbindung hergestellt war, sagte sie: ›Das ist jetzt vollkommen unwichtig. Dazu ist keine Zeit.‹ Und etwas später hörte ich: ›. . . und verschwinde auf dem schnellsten Weg. Sie haben die Leiche gefunden . . .‹ Dann war es eine Weile still. Offenbar sprach die Person am anderen Ende der Leitung. Liri wurde ungeduldig und rief: ›Ach verdammt noch mal! Ich habe es dir doch gesagt. Vergiß das alles und verschwinde.‹«

»Das war alles?«

»Ist es nicht genug? Ich hatte ja keine Ahnung, wessen Leiche sie gefunden hatte, aber sie wußte es. Sie stand ganz draußen auf dem Baumstamm, als ich hier auftauchte. Sie muß sich den Toten genau angesehen haben. Vielleicht wußte sie von Anfang an, welcher von beiden im Fluß endete. Vielleicht hat sie sogar selbst die Hand im Spiel gehabt oder hat Lucien geholfen, sich hinterher aus dem Staub zu machen. ›Bleib du hier‹, sagte sie zu mir, ›und paß auf ihn auf. Ich laufe zum Haus und sage Mr. Felse Bescheid.‹ Eines muß man Liri lassen, schlagfertig ist sie. Sie konnte ihre Entdeckung nicht verheimlichen, weil ich leider im falschen Moment auftauchte. Aber sie konnte noch immer den Mörder warnen, ehe sie Alarm schlug, und das tat sie auch. Mich wollte sie inzwischen hier aktionsunfähig machen. Doch damit hatte sie Pech. Ich habe gleich Lunte gerochen.«

Er lächelte sein berühmtes Lächeln, das seine Wirkung auf sein Publikum niemals verfehlte.

»Aber Sie brauchen sich ja sowieso nicht auf mein Wort allein zu verlassen. Fragen Sie doch Liri. Oder erkundigen Sie sich nach der Telefonistin, die die Verbindung mit London herstellte.«

»Alles zu seiner Zeit«, versetzte George ungerührt. »Wir werden schon die nötigen Fragen stellen, aber nicht hier. Ich wäre allen Anwesenden dankbar, wenn sie die Sache für sich behalten würden, wie wir das bis jetzt ja auch getan haben. Lockyer, bleiben Sie bei dem Toten. Ich gehe hinauf und telefoniere. Sie alle kommen mit zurück ins Haus.«

Im Gänsemarsch eilten sie den Pfad durch den Wald entlang, George an der Spitze mit eingeschalteter Taschenlampe, um ihnen zu leuchten. Dominic und Tossa, die den Schluß bildeten, hielten einander an den Händen. Sie flüsterte ihm zu, daß er sofort hinaufgehen müßte, um sich umzuziehen. Dominic, von ihrer Sorge gerührt, drückte ihre Hand und nickte.

»Kommen Sie mit mir ins Büro«, sagte George zu Liri, als sie die Treppe zur Terrasse hinaufstiegen. »Ich muß mit Ihnen sprechen.«

»Natürlich«, versetzte Liri.

Ihre Stimme klang jetzt seltsam unbefangen, noch immer ein wenig kühl und beherrscht, doch beinahe erleichtert. George hatte Verständnis dafür. Sie hatten den Toten gefunden, sie hatten konkretes Beweismaterial, wenn es sich auch größtenteils um Indizienbeweise handelte; doch sie hatte getan, was sie konnte, ihr war jetzt die Verantwortung aus den Händen genommen.

»Aber das Sprechen werde ich Ihnen überlassen müssen«, meinte sie sanft. »Denn ich habe nichts zu sagen.«

»So stehen die Aktien also«, stellte Duckett fest. »Hm, wir können auf jeden Fall die Fahndung nach dem Wagen einleiten und alle Hebel in Bewegung setzen, um ihn zu finden. Das ist kein Problem. Was den Jungen angeht – nun, da bin ich nicht so zuversichtlich. Seine Wohnung wird zwar überwacht, aber wenn das Mädchen ihn dort erreicht hat, dann ist der Vogel natürlich längst ausgeflogen. Einen Appell an die Öffentlichkeit möchte ich vorläufig vermeiden. Das bringt uns nichts ein. Es könnte noch immer eine andere Erklärung geben.« Doch seine Stimme verriet, daß er das bezweifelte. »Es ist wohl ziemlich sicher, daß er den Wagen genommen hat?«

»Ich würde sagen, es ist völlig sicher«, bestätigte George. »Er wußte genau wie alle anderen, die hier waren, daß Arundale vor heute abend nicht zurückerwartet wurde. Wenn er daher den Wagen nahm, konnte er mit einem guten Vorsprung rechnen.«

»Hm, und jetzt, wo sie ihn hat wissen lassen, daß die Leiche gefunden ist ... Sie sagen, daß sie darüber keinerlei Angaben gemacht hat?«

»Nein, sie hüllt sich in Schweigen. Sie hat getan, was sie konnte, um ihm zu helfen. Jetzt ist ihr gleichgültig, was mit ihr geschieht.«

»Sie glauben aber nicht, daß sie die Sache mit Galt zusammen ausheckte oder daß sie ihm nach begangener Tat half?«

»Nein, bestimmt nicht. Wenn das der Fall gewesen wäre, dann hätte sie sich bestimmt nicht auf eigene Faust auf die Suche nach der Leiche gemacht. Sie hätte überhaupt nichts getan und zu Gott gebetet, daß wir die Leiche nicht finden würden. Nach dem, was Meurice uns zu berichten hatte, hat sie schon den ganzen Tag am Fluß gesucht. Nein, sie erwartete nicht, daß sie Arundale finden würde. Sie rechnete damit, Lucien zu finden. Deshalb ist sie jetzt so ruhig, beinahe glücklich. Er mag in Schwierigkeiten stecken, doch wenigstens ist er am Leben.«

»Ja, aber warum weigert sie sich dann zu sprechen?«

»Dafür gibt es meiner Ansicht nach zwei Gründe. Erstens, sie weiß selbst nichts und ist nicht sicher, was ich weiß. Sie fürchtet offenbar, wenn sie den Mund aufmacht und mir irgend etwas erzählt, was ihr belanglos und unwichtig erscheinen mag, daß sie mir damit unversehens ein Beweisstück liefern könnte, das ich verwerten kann. Und zweitens – wenn sie sich weigert zu sprechen, zieht sie vielleicht unseren Verdacht auf sich und kann damit die allgemeine Aufmerksamkeit ein wenig von Lucien ablenken.«

»Ich dachte, sie haßt ihn?« meinte Duckett.

»Das dachte sie auch. Aber jetzt weiß sie, daß es nicht zutrifft, und wir wissen es auch. Noch eines übrigens – er hat ganz gewiß einen gültigen Paß, weil er in drei Wochen zu einer Tournee durch Südamerika abreisen sollte. Und da es ihr offenbar gelang, ihn in seiner Wohnung zu erreichen, hat er sicherlich nicht vergessen, seinen Paß einzustecken. Ich würde sogar annehmen, daß er in erster Linie wegen des Passes in seine Wohnung zurückgekehrt ist. Vielleicht auch, um sich Bargeld zu verschaffen.«

»Sie glauben also, daß er auf jeden Fall das Land verlassen wollte?«

»Ja.«

»Gut, dann müssen wir also die Flughäfen überwachen lassen. Die Häfen auch, doch daß er per Schiff verschwinden wird, scheint mir wenig wahrscheinlich. Wohin soll der Sanitätswagen kommen? Ich möchte nicht die Auffahrt benutzen. Da wird er bestimmt gesehen.«

»Lassen Sie den Wagen am Haupttor vorbeifahren bis zu der Brücke, die jenseits der Grenze von Follymead über den Fluß führt. Auf der anderen Seite der Brücke führt ein altes Tor in den Park, und von dort ist es nicht mehr weit bis zu der Stelle, wo wir den Toten gefunden haben. Lockyer wartet unten, und ich fahre jetzt auch dorthin zurück. Der Arzt kann den Toten gleich mitnehmen.«

»Ist er ertrunken?«

»Kaum. Sein Schädel ist verformt. Ich habe ihn nicht allzu genau untersucht. Es waren zu viele Zuschauer da, und der Arzt kann das sowieso besser. Aber meiner Meinung nach wurde er niedergeschlagen.«

»Die Verletzung könnte nicht von einem Sturz stammen?«

»Möglich. Warten wir ab, was die Untersuchung ergibt. Ich bin auf jeden Fall der Meinung, daß Arundale der Angreifer war. Und daß er verloren hat. Er war mit seiner Frau seit zwanzig Jahren verheiratet, und zwischen den beiden hat es offenbar bisher niemals einen Schatten gegeben.«

»Solche Dinge sollen vorkommen«, stellte Duckett trocken fest.

»Stimmt, aber ich wünschte trotzdem, es wäre nicht dazu gekommen.«

»Ja. – Und die Gäste fahren morgen alle ab?«

»Ja. Nach dem Tee, von fünf bis halb sechs findet ein Schlußkonzert statt, und dann erfolgt der allgemeine Aufbruch. So lange können wir noch dichthalten, und mir ist es lieber so.«

»Schön, halten Sie den Finger drauf. Ich werde hier mein Teil tun.« Ducketts schwere Atemzüge kamen wie ein Röcheln durch den Hörer. »Arundale! Lieber Himmel, George, der Bursche war unantastbar.«

»Denken Sie lieber an mich«, versetzte George mißmutig. »Ich muß der Witwe noch die traurige Nachricht beibringen.«

Schwatzend und singend strömten die jungen Leute um Viertel vor zehn aus der Vorlesung und strebten dem kleinen Salon zu, um dort ihre Diskussionen fortzusetzen. Mit jedem Abend waren die Unterhaltungen angeregter, interessierter und lebhafter geworden. Professor Penrose mußte sich selbst übertroffen haben, obwohl ihm weder Liri Palmer noch Dickie Meurice Hilfestellung hatten geben können.

Als Audrey Arundale durch die Galerie kam, wartete George auf sie. Er sah, wie sie einen Moment vor der offenen Tür zum kleinen Salon stehenblieb, als müßte sie sich wappnen und sammeln, um ihrer Rolle als Gastgeberin gerecht zu werden.

»Mrs. Arundale!«

Sie drehte sich um und sah ihn. Sie schien beinahe froh darüber zu sein. Was immer er mit ihr besprechen wollte, es würde leichter zu ertragen sein, als sich unter die Gäste zu mischen und belanglose Konversation zu machen. Doch sie wußte natürlich nicht, was er von ihr wollte.

»Haben Sie ein paar Minuten Zeit? Ich habe Ihnen eine Mitteilung zu machen.«

»Natürlich. Sollen wir ins Büro gehen?«

Es ist niemals leicht, einem anderen Menschen die Nachricht von einem persönlichen Verlust zu überbringen. Und es ist viel ärger, den Empfänger der Nachricht mit schonenden Worten hinzuhalten, als direkt zur Sache zu kommen.

George war eben erst vom Fluß zurückgekehrt, nachdem er den Transport des Toten, der von einem Sanitätswagen der Polizei abgeholt worden war, beaufsichtigt hatte. Er war sehr müde. Alles, was er an diesem Abend noch hatte tun können, war getan. Jede Ermittlung, die er zu dieser späten Stunde noch hatte einleiten können, war eingeleitet. An allen Flughäfen waren Kriminalbeamte postiert, um nach Lucien Galt Ausschau zu halten. Die Nummer und eine Beschreibung des gestohlenen Volkswagens waren an alle Polizeireviere durchgegeben worden. Sie hatten jetzt einen toten Punkt erreicht, wo es nichts weiter zu tun gab, als eine Pause einzulegen und Atem zu schöpfen.

George und Audrey blickten einander über den Schreibtisch hinweg an. Beide waren erschöpft und abgespannt.

»Mrs. Arundale, Ihnen ist sicherlich klar, daß wir von dem Moment an, als ich zugezogen wurde, damit gerechnet haben, einen Toten zu finden. Sie wissen, daß wir den Fluß nach einer Leiche abgesucht haben. Ich fürchte, was ich Ihnen mitzuteilen habe, wird ein schwerer Schlag für Sie sein. Wir haben heute abend den Toten gefunden. Vor anderthalb Stunden haben wir ihn aus dem Fluß gezogen.«

Sie umkrallte mit den Fingern die Armlehne ihres Sessels und stand auf. Ihre Augen waren weit aufgerissen und starr, unverwandt auf sein Gesicht geheftet. Sie brachte kein Wort hervor. Sie wartete, und ihm blieb nichts anderes übrig, als ihr die Wahrheit zu sagen.

»Es war nicht Lucien Galt, wie wir erwartet hatten. Es war Ihr Mann. Es tut mir sehr leid.«

Ihre Lippen bewegten sich, sagten ganz automatisch: »Ich verstehe.« Doch sonst gab sie keinen Laut von sich. Nur der schwache Hauch ihres Atems war durch die Stille zu hören. Sie wandte wie hilfesuchend den Kopf und streckte wieder den Arm aus, als suchte sie ihren Mann, der ihr immer Stütze und Halt gewesen war. Doch Edward war nicht da, und er würde nie wieder an ihrer Seite sein, würde ihr nie wieder sagen können, was sie tun sollte. Sie war allein.

Er sah, wie das Blut aus ihrem Gesicht wich und sie schwankte, als sie den stützenden Arm ihres Mannes nicht fand. Und dann brach sie zusammen. Er sprang von seinem Stuhl auf und streckte die Arme aus, um sie aufzufangen.

George fuhr durch einen Regenschauer zurück nach Comerford. Vor seinen Augen hatte er noch immer das Gesicht Audrey Arundales. Als sie zu sich gekommen war, hatte sie sich für die Schwäche entschuldigt und sich geweigert, irgendwelche Hilfe anzunehmen.

»Es geht mir schon wieder ganz gut!«

Wie oft er das gehört hatte – hastig, beharrlich und trotzig –, gerade von Menschen, denen es ganz und gar nicht gutging, denen es einfach peinlich und unangenehm war, ein Mittelpunkt allgemeiner Aufregung und allgemeinen Mitleids zu sein. Wenn man ihren Wünschen zuwiderhandelte, führte man damit manchmal gerade den totalen Zusammenbruch herbei, den man hatte vermeiden wollen. Außerdem hatte er in Audrey eine Art der Erleichterung, eine Art der Entspannung entdeckt, die ihm sagte, daß sie Widerstandskraft besaß. Wenn man mit entsetzlicher Ungewißheit hat leben müssen, dann erscheint selbst die Endgültigkeit des Todes beinahe als Erleichterung.

Nun wußte sie es wenigstens. Und was konnte er für sie tun? Er konnte den Toten nicht wieder zum Leben erwecken. Er konnte in seinem gegenwärtigen Zustand nicht einmal schätzen, wie weit sie schuldig oder unschuldig war.

»Tut mir leid, wenn ich Sie geweckt habe«, sagte Duckett am nächsten Morgen, »aber ich habe einen Zwischenbericht vom Arzt für Sie.«

»Schon?« George war plötzlich hellwach. »Das nenne ich rasche Arbeit.«

»Er ist nicht ertrunken. Kein Wasser in den Lungen. Er war schon tot, ehe er in den Fluß geworfen wurde.«

»Und die Kopfwunde?«

»Ein Schädelbruch. Soviel dem Bericht zu entnehmen ist, hatte er eine anomal dünne Schädeldecke. Irgend jemand hat viel zu fest zugeschlagen. Der Schlag kam schräg von hinten, hat ihn auf der linken Seite des Hinterkopfes getroffen. Er muß sofort tot gewesen sein.«

»Und die Waffe? Kann er uns darüber irgend etwas sagen? Welche Form? Was für Material? Er muß die ganze Nacht auf gewesen sein«, meinte George schuldbewußt.

»Stimmt, er war die ganze Nacht auf. Er möchte gern wissen, warum Sie Ihre Leichen zur Abwechslung nicht mal zu einer zivilisierten Stunde aufstöbern. Er kann Ihnen noch keine gültigen Einzelheiten angeben, aber ich habe ihn gebeten, doch wenigstens eine Vermutung zu wagen. Und da haben wir's: In der Wunde fanden sich Rostspuren. Er meint, der Gegenstand, der den Kopf des Toten traf, muß aus Eisen gewesen sein und schmal, höchstens einen Zentimeter dick und vielleicht fünf Zentimeter breit. Die Ränder waren abgeplattet. Das Ding drang sehr tief ein. Der Angreifer muß also mit ziemlicher Wucht zugeschlagen haben. Der Doktor meint, das Ding könnte ziemlich lang gewesen sein, fünfzig bis sechzig Zentimeter, vielleicht sogar länger. Etwas in der Art einer flachen Eisenstange oder einer sehr großen Feile. Klingt das akzeptabel?«

»Sehr akzeptabel. Jetzt habe ich eine Bitte an Sie. Können Sie mir einen Froschmann zur Verfügung stellen und ihn noch im Lauf des Morgens nach Follymead schicken? Je eher, desto besser.«

»Ich kann's versuchen. Wohin soll er kommen?«

»Lassen Sie ihn auf dem gleichen Weg herbringen wie gestern abend den Sanitätswagen. Ich werde Lockyer an der Grenzmauer postieren.«

»Gut, wird erledigt. Und noch etwas, was für Sie von Interesse sein dürfte. Arundales Volkswagen ist gefunden worden. Er stand vor einer Parkuhr in Mayfair, abgeschlossen und offensichtlich unberührt. Alles intakt. Galt ist damit nach London gefahren. George. Von dort aus ging er in seine Wohnung, das hat der Anruf des Mädchens bewiesen. Doch er kann nicht lange dort gewesen sein. Bis jetzt ist er nicht gesehen worden. Und wir können nicht damit rechnen, daß er noch einmal in seine Wohnung zurückkehren wird.

Er ist gewarnt. Was glauben Sie denn, wo er als nächstes auftauchen wird?«

»Wahrscheinlich in Rio«, versetzte George lakonisch.

»Oh, und noch etwas, George –«

»Ja?«

»Die Blutproben, die Sie im Labor abgegeben haben. Arundale hatte AB. Ihre Proben gehören der Gruppe A an. Vielleicht stammen sie von Galt. Seine Blutgruppe wissen wir nicht. Auf jeden Fall stammen sie nicht von Arundale.«

Ducketts Froschmann war ein drahtiger junger Bursche, der schon des öfteren in dieser Gegend gearbeitet hatte. Er stand am Ufer, an der Stelle, wo aller Wahrscheinlichkeit nach Edward Arundale in den Fluß gestürzt war, und blickte hinunter in das schwarze Wasser oberhalb des dritten Wehrs. Er wußte, daß das Wasser unter der Oberfläche eiskalt sein würde.

»Eine Suppe«, stellte er verächtlich fest. »Wie soll ich denn da was sehen?«

»Das ist Ihr Problem. Wir haben mit Haken und Netzen zu fischen versucht, aber hier ist das Wasser tief, tiefer als es den Anschein hat.«

»Man sollte meinen, daß alles, was hier hineinfällt, fortgespült wird. Der Fluß ist hier ganz schön reißend.«

»Das dachten wir auch. Deshalb suchten wir viel weiter flußabwärts nach ihm. Viel zu weit unten, wie sich herausstellte. Aber das, wonach wir jetzt suchen, war ein schwerer Gegenstand, der wie ein Stein auf den Grund gesunken sein muß.«

»Hm«, meinte der Taucher und streckte nachdenklich eine Zehenspitze ins Wasser. »Wonach soll ich eigentlich suchen? Es wäre vielleicht ganz gut, wenn ich das wüßte.«

George erklärte es ihm.

Die dunklen, von einem Netz feiner Fältchen umgebenen Augen in dem scharfgeschnittenen Gesicht blickten nachdenklich und abwägend, während der Taucher aufmerksam lauschte.

»Wenn das Ding hier ’reingefallen ist, dann ist es noch da. Keine Frage. Haben Sie eine Ahnung, wie der Grund aussieht?«

»Schlammig.«

»Na schön, dann wollen wir mal.«

Es war etwa halb elf Uhr, als er sich ins Wasser hinunterließ und unter der wogenden, reißenden Oberfläche untertauchte. Oben im Haus war die erste Vorlesung des Tages noch in vollem Gang, und selbst wenn die Hörer um elf Uhr zur Kaffeepause freigelassen wurden, würden sie nicht genug Zeit haben, sich bis zum Fluß hinunter zu verirren. Man brauchte also eine Störung nicht zu befürchten. George hatte zwar damit gerechnet, daß sich zwei Zuschauer einfinden würden, doch Tossa und Dominic schienen ihre Pflicht zu tun.

Es standen also nur Polizeibeamte am Ufer des Flusses, als der Taucher zum drittenmal den Kopf durch die Wellen emporreckte.

George hatte darauf bestanden, ihn durch ein Seil zu sichern. Er wollte auf jeden Fall einen Unfall vermeiden, und wenn die Braide auch ein kleiner Fluß war, so besaß sie doch gefährliche Strömungen und Wirbel, die beim jetzigen Stand des Hochwassers sogar für einen Fachmann eine Bedrohung darstellen konnten.

Der Taucher, schwarz und glänzend, zog sich mit der Geschmeidigkeit einer Eidechse an Land und schob seine Maske aus dem Gesicht.

»Ich hab's gefunden. War schon halb im Schlamm versunken da unten. Ich hab auch noch was anderes entdeckt, das ich mir gern noch mal ansehen würde. Aber hier ist das, was Sie gesucht haben.«

Er band es von dem Seil los, das um seinen Körper lag, und hielt es hoch.

Felicity hatte nicht übertrieben. Der Riegel war gut acht bis zehn Zentimeter länger als ihr Unterarm. Und der Arzt hatte nicht schlecht geschätzt. Der Riegel war anderthalb Zentimeter dick und etwa fünf Zentimeter breit. An seinem Ende waren noch Spuren des letzten Anstrichs zu sehen, und wahrscheinlich würde man dort auch Blutspuren entdecken. Das andere Ende besaß einen riesigen, verschnörkelten Griff, der mit einem geschmiedeten Geranke aus Blättern verziert war. Als Felicity zornig und gekränkt Lucien verlassen hatte, da hatte der Riegel noch in seinem Halter gehangen, und sie hatte ihn hinter sich zugestoßen und war hinaufgeeilt zum Haus, um die Bombe zu zünden, die Follymead in Stücke reißen sollte. Der Riegel hatte in seinem Halter gehangen und auf die

Hand gewartet, die ihn als nächste aufschieben würde, die ihn herauszog und zur Waffe machte. Bäume schirmten das hohe eiserne Tor zu beiden Seiten ab. Das ahnungslose Opfer hatte nichts sehen können.

»Das ist es«, sagte George. »Der Riegel. Die ideale Waffe.« Der Riegel besaß ein ansehnliches Gewicht, doch für einen Erwachsenen war er nicht zu schwer. »Damit hätten wir wieder eine Lücke geschlossen. Vielen Dank.«

»Ich gehe noch einmal hinunter. Vielleicht ist es ganz umsonst, aber weil wir gerade dabei sind, möchte ich mich doch vergewissern.«

Er ließ sich wieder die Uferböschung hinuntergleiten und versank im Wasser.

»Die Sache scheint mir jetzt ziemlich klar zu sein«, meinte Lockyer, während sie wartend am Ufer standen, wo der Riegel im feuchten Gras las. »Arundale befand sich in einem Schockzustand und rannte hierher, ohne sich zu überlegen, was er tun würde. Und als er das Tor aufriegelte, merkte er, daß der Riegel locker saß. Ganz impulsiv riß er ihn heraus. Man könnte fast sagen, daß erst das ihn auf den Gedanken brachte, den anderen zu töten.«

»Und dann?« fragte George. »Vergessen Sie nicht, daß es Arundale war, der niedergeschlagen wurde und im Fluß landete.«

»Er hatte es mit einem viel jüngeren Mann aufgenommen, der viel besser in Form war als er. Es kam zu einem Kampf, und während des Handgemenges riß der andere den Riegel an sich, schlug damit auf Arundale ein und tötete ihn.«

»Notwehr. Ja, das ist möglich. Als er sah, was er angerichtet hatte, geriet er in Panik, warf den Toten in den Fluß und floh. Eine natürliche Reaktion.«

»Besonders wenn man bedenkt, daß er vielleicht gar nicht mit einem Urteil wegen Totschlags davongekommen wäre, wenn man sein Verhältnis mit Mrs. Arundale in Betracht gezogen hätte.«

»Auch wenn man angegriffen wird«, meinte George nachdenklich, »hat man nicht einfach das Recht, den Gegner zu töten. Er tat recht daran, seinem Gegner die Waffe zu entwinden, aber er hatte kein Recht, nun auf seinen entwaffneten Gegner blindlings einzuschlagen. Da – er ist wieder da.«

Der Taucher durchbrach im aufspritzenden Wasser die Oberfläche, und sie halfen ihm, an Land zu kriechen. Auch diesmal hatte er vom Grund des Flusses etwas mitgebracht. Er hielt es in der Hand. Er schob die Maske zurück und sog gierig die frische Luft ein. Dann hielt er seinen Fund triumphierend hoch.

»Sehen Sie sich das mal an. Mit Ihrem Fall hat das vielleicht nichts zu tun, aber da unten im Schlamm hat das Ding auch nichts zu suchen. Es kann noch nicht lange unten gelegen haben.«

Es war ein schwarzer Spazierstock mit einem getriebenen Metallknauf. Der Schaft war lang, für einen hochgewachsenen Menschen bestimmt. Er war oben ziemlich dick und verjüngte sich nach unten zu einer silbernen Spitze. Der Taucher wog den Stock in der Hand. Er war nicht besonders schwer.

»Ich würde sagen, wenn das Ding sich nicht zufällig in den Boden gebohrt hätte, dann wäre es weggetrieben worden. Ich bin an den Knauf gestoßen, als ich den Riegel für Sie suchte. Was ist das für Holz – Ebenholz?«

»Sieht so aus.« George nahm ihm den Stock aus der Hand und drehte ihn hin und her. Mit dem Daumen rieb er mehrmals über den Metallknauf, der unter der Reibung merklich heller wurde. »Das ist Silber. Sieht so aus, als stammte der Stock aus dem Haus.«

Er zog sein Taschentuch heraus und wand es um den Knauf, an dem feuchte, zusammengerollte Blätter hafteten. Abdrücke würden sich von dem Knauf zwar nicht abnehmen lassen, nachdem er da unten im Schmutz gelegen hatte, doch George handelte ganz automatisch. Er hielt den Knauf leicht mit der einen Hand umschlossen, die andere um den Schaft des Stockes gelegt, als er ein leichtes Spiel zwischen Knauf und Stock spürte, so als hätte sich der Griff ein wenig gelockert. Vorsichtig umschloß er den Griff fester mit den Fingern und versuchte, ihn zu drehen. Der Knauf drehte sich nicht, doch er kam ein Stück weiter aus dem Schaft des Stocks heraus.

»Moment mal! Sehen Sie sich das mal an!«

Er zog Schaft und Knauf auseinander. Zentimeter um Zentimeter glitt eine lange, feine Klinge aus dem Holzschaft, bis er sie ganz herausgezogen hatte und vor sich hinhielt.

»Guter Gott!« rief Lockyer fasziniert. »Was ist denn das?«

»Keine Ahnung, wie man so etwas nennt. Aber die Dinger waren mal eine Zeitlang sehr populär.«

»Ich bin doch ein toller Hecht«, stellte der Taucher grinsend fest, während er voller Bewunderung auf den Stock und auf die lange Klinge starrte. »Wenn ich was anfasse, dann aber richtig. Sie wollten nur eine Waffe, aber ich hab' gleich zwei gefunden.«

»Ja, aber«, stammelte Lockyer verblüfft. »Wenn Arundale das Ding mit hier herunter gebracht hat . . .«

Sie sahen einander über die dünne Klinge hinweg an, die im Sonnenlicht aufblitzte. Lockyers Theorie war sang- und klanglos in sich zusammengefallen. Der Mann, der daran gedacht hatte, seine Verpflichtungen für das Wochenende abzusagen, hatte ebenfalls nicht vergessen, sich mit einer Waffe zu versehen. Und nicht einmal ein Mann, der entschlossen ist zu töten, braucht einen eisernen Riegel in der Linken, wenn er in der Rechten einen Degen hat.

9

»Das ist doch der Stock aus der Sammlung in der Galerie«, rief Marshall, als er den Spazierstock sah. »Er hängt zusammen mit den anderen Waffen und Kuriositäten dort an der Wand. Die Cothercotts hatten eine recht umfangreiche Sammlung solcher Dinge. Wie ist der Stock denn in den Fluß gekommen?«

Es war eine dumme Frage, und er erkannte es, sobald er sie gestellt hatte. Gern hätte er sie wieder zurückgenommen, doch dazu war es zu spät. Wer wußte besser als der Leiter von Follymead, wo er eine Waffe finden konnte, wenn er eine brauchte?

Die schön geformte, tödliche Waffe lag zwischen ihnen auf dem Schreibtisch, eine Erinnerung an leichtsinnige, junge Draufgänger aus dem achtzehnten Jahrhundert. Die Klinge war bis zum Ende in den Schaft hineingeschoben worden, ehe die Waffe in den Fluß geworfen worden war. An ihrer Spitze ließen sich feine, vertikale Rillen entdecken. Sie konnte sehr gut noch Blutspuren tragen, wenn dies die Waffe war, die jene Verletzungen verursacht hatte, aus denen das Blut stammte, das nicht Arundales Blut war. Wieder eine Aufgabe für den Spurensicherungsdienst.

»Hing der Stock am Freitag abend, als die Führung durch das Haus stattfand, noch an Ort und Stelle?« erkundigte sich George.

»Das kann ich nicht sagen. Ich habe nicht darauf geachtet. Vielleicht ist es jemand anderem aufgefallen. Ich habe meine Gruppe nicht besonders auf den Stock aufmerksam gemacht. Es gibt hier so viele sehenswerte Dinge.«

»Und ein Fremder hätte natürlich nicht die geringste Ahnung gehabt, was es mit dem harmlosen Spazierstock auf sich hatte, wenn es ihm nicht erklärt worden ist.«

»Nein, wahrscheinlich nicht.«

Das war ein neuer Beweis dafür, daß die Bewohner von Follymead selbst diese Krise verursacht hatten. Sehr unglücklich und sehr bedrückt verließ Henry Marshall das Büro, um sich seinen Pflichten zu widmen. Ihm lag der Fortbestand der Schule am Herzen, ihm lag die Musik am Herzen, ihm lag die Cothercottsche Sammlung von Tasteninstrumenten am Herzen. Wer würde sie pflegen und hegen, wenn das College geschlossen werden sollte? Sie gehörten nicht in ein Museum. Sie lebten, und sie brauchten Leben um sich.

Es war ein Viertel vor zwölf. Erst um halb eins würde die Vorlesung vorüber sein, und die Meute junger Leute würde aus dem kleinen Salon stürzen, um lärmend und hungrig in den Speisesaal zu eilen.

George hielt es für das beste, den Spazierstock gleich aus dem Haus zu entfernen, solange noch alles ruhig war. Sollten sich die Kollegen vom Spurensicherungsdienst damit abplagen. Er wollte inzwischen einen Teil der zeitraubenden, aber unumgänglichen Routinearbeit erledigen, die auf dem Schreibtisch in Edward Arundales Büro auf ihn wartete.

Er wickelte den Stock in Seidenpapier und brachte ihn hinunter zu Lockyer, der in einem stillen Eckchen einer Wagenremise eine Zigarette rauchte. Die alte Remise war durch eine Baumreihe vom Haus abgeschirmt. Es bestand also keine Gefahr, gesehen zu werden. Lockyer hatte sein Motorrad hinter der Remise abgestellt. Der Spazierstock würde in zwanzig Minuten in Comerford sein.

George kehrte in das Büro des Collegeleiters zurück und begann eine nach der anderen die Schubladen des Schreibtisches herauszuziehen. Er rechnete nicht damit, irgend etwas von Bedeutung zu finden, doch er mußte sich vergewissern. Das gehörte zur Routine.

Seltsam, dachte er, wie die Auffindung dieser zweiten Waffe mit einem Schlag die plausible Theorie Lockyers zunichte gemacht hatte. Es hätte sich alles genauso abgespielt haben können, wie es Lockyer beschrieben hatte. Der gehörnte Ehemann wollte den Geliebten seiner Frau zur Rede stellen, fand durch reinen Zufall die Waffe, die ihm den Gedanken eingab, den Nebenbuhler zu töten, und stürzte sich auf den Rivalen. Im Kampf gewann der Jüngere, Beweglichere die Oberhand, entwand dem Angreifer die Waffe und schlug ihn damit nieder. Als ihm bewußt wurde, was er getan hatte, geriet er in Panik, warf den Toten und die Mordwaffe in den Fluß und floh mit dem startbereiten Wagen des Opfers nach London, wo er den Wagen stehenließ. Eine perfekte Theorie. Ein Glied paßte in das andere. Doch die Auffindung des Stockes warf ein ganz neues Licht auf die Angelegenheit. Lockyers Theorie war nicht mehr gültig.

Er hatte noch nicht herausgefunden, ob das Instrument am Freitag abend noch an seinem Platz an der Wand gehangen hatte. Vielleicht würde ihm Dominic da helfen können. Doch wann immer es verschwunden war, eines war sicher, Lucien Galt hatte es nicht mit sich in die Grotte genommen. Felicity war von dem Moment an, als er das Haus verlassen hatte, mit ihm zusammen gewesen. Sie hatte sich unten am Fluß von ihm getrennt. Wenn er den Stock bei sich gehabt hätte, dann hätte sie das gewiß erwähnt. Es sprach ja auch nichts dafür, daß Lucien Galt zu diesem Zeitpunkt an Gefahr oder Gewalttätigkeit überhaupt gedacht hatte. Nein, Lucien hatte die Waffe nicht mitgenommen.

Doch wenn Arundale sie an sich genommen hatte – und wenn das der Fall war, dann war das ein Beweis mehr dafür, daß er vorgehabt hatte zu töten –, was hatte er dann mit dem schweren eisernen Riegel gewollt? Und wenn Arundale den Riegel nicht aus dem Halter gezogen hatte, wer hatte es dann getan? Lucien, um sich gegen Arundale zur Wehr setzen zu können? Kaum eine angemessene Abwehrwaffe, wenn man einer achtzig Zentimeter langen Stahlklinge gegenüberstand. Aber besser vielleicht als gar nichts. Doch gegen diese Theorie gab es eine ganze Menge einzuwenden. Eine Waffe zuviel, und die Glieder der Beweiskette paßten nicht mehr ineinander.

Es hatte keinen Sinn, sich darüber den Kopf zu zerbrechen. Jetzt wollte er sich erst einmal auf die Papiere hier konzentrieren, die in peinlicher Ordnung und Systematik in Schubladen und Ordnern aufbewahrt wurden.

Er fand einen lückenlosen Bericht über die Entstehung des Colleges, ausgeschnittene Presseberichte, Fotografien, ein Verzeichnis aller Kurse, die hier stattgefunden hatten und die geplant waren, eine Aufstellung der Konzerte, Vorträge und Vorlesungen. Es war beeindruckend in seiner Gesamtheit.

Seine Frau mußte er abgöttisch geliebt haben. Auch dafür waren überall Anzeichen vorhanden. Vielleicht war es eine besitzergreifende Liebe gewesen, die Liebe eines Mannes, der seine Frau als einen Teil seiner selbst betrachtete, der ihm gehörte und keinem anderen. Doch das war nichts Unnatürliches. Seine Gefühle und seine Leidenschaft waren echt gewesen. Die letzte Schublade des Schreibtisches enthielt einen ganzen Stoß von Fotografien, die alle Audrey Arundale zeigten. George sah sich eine nach der anderen an, sah eine Audrey, die vor seinen Augen immer jünger wurde, die sich in die nervöse, unsichere junge Ehefrau verwandelte, in die künstlich strahlende Braut, das lebhafte junge Mädchen im ersten Ballkleid, das Schulmädchen ...

Hier, in dieser Schublade, die nur persönlichen Dingen gehörte, hatte Edward Arundale Stück für Stück die ganze Geschichte einer Liebe zusammengetragen, der Leidenschaft eines Mannes, dem jede andere Leidenschaft fremd war.

Hier stand sie, im langen Kleid, für irgendein großes Ereignis zurechtgemacht, sehr schön und sehr herb. Und hier bei irgendeinem gesellschaftlichen Anlaß in Bannerets, anmutig und lächelnd, in freundlicher Unterhaltung mit den Eltern der Schüler ihres Mannes.

Es war unmöglich, sich vorzustellen, daß Audrey nicht wußte, daß sie allgemein als schön galt; es war gleichermaßen unmöglich, sich vorzustellen, daß sie wußte, was das bedeutete, welche Macht es ihr verlieh oder hätte verleihen können.

Aus den vielen Fotografien blickte ihm immer das gleiche Gesicht entgegen, lächelnd und schön, doch innerlich ohne Anteilnahme. Und hilflos und verwundbar. Seltsam, daß das Auge der Kamera das entdecken konnte. Wenn es jemals eine Frau gegeben hatte, die Traurigkeit kannte, hier war sie – erfolgreich, einflußreich, beneidet und bewundert; und immer wirkte sie verloren, hilflos, einsam.

Er war jetzt zu den Aufnahmen gekommen, die sie in ihrer Jugend zeigten. Hier war die Zwanzigjährige mit dem Verlobungsring am Finger. Dann folgte eine andere Aufnahme, die sie mit Arundale zusammen in einem Restaurant zeigte. Und dann, ganz ohne Übergang, das Bild des Schulmädchens. Es waren drei Aufnahmen, mit einem rosafarbenen Band zusammengehalten, die letzten der Sammlung, offenbar während des ersten Jahres seiner Bekanntschaft mit ihr gemacht.

Das erste Bild zeigte sie in ihrer Schuluniform. Wie alt mochte sie gewesen sein? Sechzehn? Gewiß nicht älter, und schon eine Schönheit. Ja, vielleicht war sie niemals wieder so strahlend und schön gewesen. Sie war ein schlankes, anmutiges Mädchen gewesen. Keine Spur von Ungelenkheit oder kindlicher Unreife. Es war beinahe, als läge eine Aura der Fraulichkeit um sie, als wäre sie sich ihrer Weiblichkeit bewußt und stolz darauf. Sie mußte den anderen Mädchen, die von ihren reichen Eltern in die exklusive Schule geschickt worden waren, ein Dorn im Auge gewesen sein.

Auf keinem der anderen Fotos konnte George die gleiche glühende Lebendigkeit entdecken.

Er drehte die Aufnahme um und las den verwischten Stempel des Fotografen. ›Castle Studio, E. McLeod, A. R. P. S., Auchterarne 356‹.

Ja, natürlich. Das mußte zu der Zeit gewesen sein, als die Schule wegen der Bombenangriffe nach Schottland verlegt worden war.

Auf dem zweiten der drei Bilder war Audrey im Tennisdreß zu sehen, lachend, mit dem Racket in der Hand. Auf der Rückseite fand sich der gleiche Stempel. Die Fotografie mußte ungefähr um die gleiche Zeit aufgenommen worden sein. Und das dritte . . .

Das dritte Bild zeigte Audrey in einem weißen Tanzkleid mit kleinen Puffärmeln und einem sparsamen Ausschnitt, wie sich das für eine höhere Tochter des vornehmen Pensionats gehörte. Sie schien von der gleichen undefinierbaren Aura des Glücks und der Lebensfreude umfangen. Vielleicht wurde der Eindruck nur durch ihre Jugend hervorgerufen, doch George schien es mehr zu sein, eine Art strahlender Erfüllung, die selten ist bei einer Sechzehnjährigen.

Mr. McLeod mußte ein guter Fotograf gewesen sein, der nichts davon gehalten hatte, die Linien des Gesichts zu retuschieren, dem es nicht auf das Detail der Kleidung und des Hintergrunds angekommen war. Die Linien verwischten sich am Ansatz ihres Kleides, so daß nur das Gesicht klar und ausdrucksvoll heraustrat. George legte die Aufnahme zu den beiden anderen und wollte gerade das Band wieder zuknöpfen, als ihm plötzlich einfiel, was er an einem Kettchen um ihren Hals hatte hängen sehen.

Mit rascher Hand nahm er das Bild noch einmal auf und starrte ungläubig darauf nieder. Die Gravierung war unscharf, doch sie war zu erkennen. Diese Aufnahme war vor vierundzwanzig Jahren gemacht worden. Der Heilige in der Rüstung trat damals noch schärfer hervor. Die verwischten Konturen der Fotografie machten ihn dem, was er heute war, nur ähnlicher. Der Adler auf seinem Schild war schwach erkennbar. Heilige haben ihre Symbole. Der heilige Wenzeslaus besaß seine Rüstung und den Schild mit dem Adler – Symbole, die ihn von allen anderen Heiligen des Kalenders unterschieden.

Es war unmöglich, daß im kleinen Kreis dieser wenigen Menschen zwei lebten, die ein solches Medaillon besaßen. Dieses hier war dasselbe Medaillon, das Lucien Galt getragen hatte. Er hatte es von Audrey bekommen.

Doch Audrey hatte behauptet, daß sie Lucien Galt erst seit sechs Wochen kannte. Liri andererseits hatte erklärt, er hätte das Medaillon schon damals getragen, als sie ihm zum erstenmal begegnet war. Und das war vor zwei Jahren gewesen. Wenn man Liri glauben durfte, dann hatte Lucien ihr erzählt, daß er es von seinem Vater erhalten hätte. Doch dieses Bild besagte klar und unmißverständlich, daß das Medaillon Audrey gehört hatte und daß sie es ihm gegeben haben mußte. Wer log?

Oder, dachte George ganz plötzlich, log vielleicht keine von ihnen?

Er mußte sich eine Straßenkarte holen, um festzustellen, wo dieses Auchterarne lag. In Stirlingshire. Er hatte mit der Polizei in Stirling niemals persönlich zu tun gehabt, doch über die Kollegen dort konnte er am schnellsten erfahren, was er wissen wollte. Die Schule war während des Krieges wahrscheinlich in einem der alten Herrenhäuser untergebracht worden, denen man in Schottland so häufig begegnet. In dieser Gegend hatten sich in den Kriegsjahren die Widerstandskämpfer und Flüchtlinge aus aller Herren Länder zusammengeschart, vom skandinavischen Holzhacker bis zum polnischen Pionier. Auch die Armee mußte dort gewesen sein, dachte er, als er den Hörer abhob, um sich mit der Polizei in Stirling verbinden zu lassen. Kunterbunt gemischte Einheiten hatten dort auf ihren Fronteinsatz gewartet. Auch die Luftstreitkräfte waren vertreten gewesen, wo sich in jenen Tagen die Jungen, die Idealisten zusammengefunden hatten – in jenen Tagen, als das Leben so einfach gewesen war, als man nur ein Ziel kannte, als jeder wußte, wohin er ging, auch wenn der Weg oft kurz war.

»Tut mir leid«, sagte die Telefonistin nach einigen Minuten Wartezeit. »Ich kann die Verbindung nicht sofort herstellen. Ich rufe zurück.«

»Ja, bitte.«

Er hörte die jungen Leute, die aus dem Salon strömten, und gleich darauf kündigte der Gong an, daß es Zeit zum Mittagessen war. Marshall hatte es sich zur Gewohnheit gemacht, ihm ein Tablett schicken zu lassen, sobald die hungrigen Gäste alle im Speisesaal versammelt waren. Jetzt würde es nicht mehr lange dauern. Heute abend würden sie sich in die vier Windrichtungen zerstreuen, mit angenehmen Erinnerungen hoffentlich, und die Zurückbleibenden konnten endlich das Versteckspiel aufgeben.

George stellte die Fotografie Audrey Arundales vor sich auf und wartete. Während er unverwandt die Aufnahme anstarrte, fragte er sich, ob Edward Arundale sie jemals so zu Gesicht bekommen hatte.

Zehn Minuten später schrillte das Telefon. Eifrig riß er den Hörer ans Ohr in der Erwartung, daß die Verbindung mit Schottland endlich hergestellt war. Doch die Stimme, die freundlich und behäbig an sein Ohr klang, war die Chefinspektor Ducketts.

»George? Wir haben es doch noch geschafft. Lucien Galt ist vor einer halben Stunde am Londoner Flughafen aufgegriffen worden.«

»Gar keine Sache«, erklärte Duckett eine Minute später voller Zufriedenheit. »Er kam in einem Taxi und ging zum Schalter, als wäre überhaupt nichts geschehen. War natürlich das Gescheiteste, was er tun konnte. Aber er war nicht schnell genug. Gestern hätte er noch ohne weiteres das Land verlassen können.«

»Ich möchte wissen, warum er das nicht getan hat«, wunderte sich George. »Unerfahrenheit?«

»Geld. Man braucht schon ein bißchen Zeit, wenn man dreitausend Pfund in bar mitnehmen will.«

»Soviel hatte er bei sich?«

»Ja, in seinem Koffer. Offenbar alles, was er im Moment flüssigmachen konnte. Er besaß einen Flugschein nach Buenos Aires. Man wartet am Flughafen auf uns. Ich habe Price und Rapier schon losgeschickt, um ihn abzuholen. Zunächst einmal natürlich nur wegen Autodiebstahls.«

»Wie reagierte er denn, als man ihn aufforderte mitzukommen?« fragte George.

Er hatte oft mitangesehen, wie seine Kollegen von hinten auf einen Ahnungslosen zugegangen waren und ihm auf die Schulter getippt hatten. Und er hatte sich ein recht klares Bild von diesem jungen Mann gemacht, den er nie gesehen hatte – stolz bis zur Arroganz, impulsiv, an Achtung und Schmeichelei gewöhnt, auch wenn er sie zu verachten glaubte.

»Er war ganz ruhig. Soviel ich gehört habe, sah er sich zuerst einmal um, vielleicht um festzustellen, ob sich ihm eine Chance bot zu entkommen, doch er sah gleich, daß nichts zu machen war, und folgte den Beamten ohne Aufsehen. Er hatte wirklich keine Chancen, und ich kann mir vorstellen, daß er nicht darauf erpicht war, einen völlig nutzlosen Auftritt zu inszenieren. Es ist Ihr Fall, George. Sie kennen die Leute, die in die Geschichte verwickelt sind, Sie sind über die letzten Entwicklungen auf dem laufenden. Machen Sie einen Vorschlag, ich werde mich dazu äußern.«

Jetzt lag also die ganze Verantwortung bei George. Er hatte eine Entscheidung zu treffen, aber es war ihm ein wenig zu früh. Er hatte einen Verdacht, doch lieber hätte er sich vorher Gewißheit verschafft. Doch nun mußte er es eben riskieren, obwohl er ganz und gar keine Spielernatur war.

»Gut, ich will Ihnen sagen, was mir am liebsten wäre. Lassen Sie ihn hierher nach Follymead bringen. Ich werde auf ihn warten, und ich nehme die Verantwortung für ihn auf mich.«

Duckett ließ sich das schweigend durch den Kopf gehen.

»Gut«, sagte er schließlich, »ich werde es veranlassen. Und wie sollen ihn unsere Leute anfassen? Sollen sie versuchen, ein Geständnis aus ihm herauszuholen oder sollen sie ihn in Frieden lassen?«

»Sie sollen gar nichts tun. Wenn er reden will, sollen sie ihn nicht entmutigen, sie sollen ihn aber auch nicht drängen. Wir wollen ihn ruhig ein bißchen schmoren lassen. Aber wie gesagt, wenn er reden will, sollen sie ihn reden lassen. Es könnte interessant sein.«

»Sie glauben also, er wird reden?«

»Es würde mich nicht wundern.«

»Augenblick, George, bleiben Sie am Apparat. Eben kommt Phillips aus dem Labor herein ...«

»Ja?«

»Die Blutspuren auf der Klinge des Degens gehören der Gruppe A an.«

»Gut, vielen Dank. Abdrücke keine, was?«

»Keine. Was können Sie denn erwarten, nachdem das Ding stundenlang im Wasser lag? Außerdem ist der Knauf so fein getrieben, daß er alle Abdrücke verzerren und brechen würde.«

Als das Telefon zum zweitenmal klingelte, sprang George aus seinem Sessel. Er war sicher, daß es diesmal seine Verbindung mit Schottland sein mußte. Doch es war Scott, der sich aus London meldete.

»Wurde allmählich Zeit«, brummte George. »Was hat Sie denn so lange aufgehalten?«

»Umzugslustige Leute vor allem«, versetzte Scott ganz ungerührt. »In dem Waisenhaus hatte ich Pech. Die alten Hauseltern, diese Stewarts, sind vor einem Monat in den Ruhestand versetzt worden. Jetzt führt ein Ehepaar namens Smith das Heim. Die kennen natürlich die Leute, die früher im Heim untergebracht waren, nur noch dem Namen nach. Und kein Mensch dort weiß irgend etwas über dieses Medaillon.«

»Haben Sie versucht, die Stewarts ausfindig zu machen? Sie müssen doch irgendwo in der Nähe von London leben. Londoner verlassen im Alter ihre Stadt nicht.«

»Ja, und ich habe sie sogar gefunden. Sie wohnen in einem kleinen

Haus in Esher, alles sehr hübsch und sehr gemütlich. Aber leider scheinen die Leutchen jetzt auch mehr Zeit zu haben als früher. Als ich bei ihnen anklopfte, erfuhr ich, daß sie auf Urlaub nach Italien gefahren sind. Kann ich ihnen nicht mal verübeln. Sie werden nächste Woche zurückerwartet, aber das hilft uns natürlich jetzt herzlich wenig. Daraufhin suchte ich die Werkstatt auf, wo der Junge früher gearbeitet hat. Sie ist in Highbury. Der Eigentümer, ein gewisser Purley, ist ein anständiger Bursche, altmodisch und väterlich. Sie wissen schon. Hat ein gutes kleines Geschäft.«

»Erinnerte er sich an Galt?«

»Natürlich. Er lobte den jungen Mann über den grünen Klee. Muß ein fleißiger Junge gewesen sein. Für Autos hatte er fast soviel übrig wie für Gitarren. Und wissen Sie, daß er praktisch noch ein Kind war, als er in der Werkstatt zu arbeiten anfing? Das ist die einzige Perle, die ich herausgefischt habe. Purley hatte für die jungen Burschen, die er anstellte, immer auch persönliches Interesse, und außerdem ist er ein sehr pedantischer Mensch, wenn es um Vorschrift und Gesetz geht. Sie wissen doch, daß Minderjährige ihren Geburtsschein vorlegen müssen, wenn sie eine Stellung annehmen?«

»Natürlich. Na und?«

»In diesem Fall war es kein Geburtsschein, es war eine Adoptionsurkunde.«

Er hatte es gewußt. Er hatte es die ganze Zeit gewußt. Er hatte es immer gewußt, und dies war die einzige Tatsache, der er niemals Erwähnung getan, die er immer verheimlicht hatte. Bei Interviews mit der Presse oder dem Rundfunk hatte er immer ganz unbefangen von seiner Kindheit im Waisenhaus gesprochen und nie einen Hehl daraus gemacht, daß er regelmäßig dorthin zurückkehrte, um seine Pflegeeltern zu besuchen.

Doch nie hatte er irgendeinem Menschen erzählt, nicht einmal Liri Palmer, daß John und Esther Galt nur seine Adoptiveltern waren. Das war eine Wunde, die er lieber nicht berührte.

Weil er Angst hatte, daß sie schmerzen würde?

Eine Viertelstunde später klingelte das Telefon zum drittenmal, und diesmal meldete sich wirklich das Polizeirevier in Stirling. Die

Fragen, die er den Kollegen hatte stellen wollen, waren inzwischen beinahe belanglos geworden, doch er bat trotzdem darum, Ermittlungen anzustellen. Es würde einige Zeit dauern, die Einzelheiten aus den Archiven auszugraben, Namen, Todesdaten und so weiter, doch Behörden heben ja alle Dokumente für die Ewigkeit auf. Er würde erfahren, was er wissen wollte, wenn auch vielleicht nicht rechtzeitig genug, um den Fall zu vereinfachen.

Und jetzt blieb nichts mehr zu tun. Er konnte die Hände in den Schoß legen und auf das Eintreffen Lucien Galts warten.

Im Fond des Polizeiwagens, der mit siebzig Stundenkilometer die Straße entlangrollte, saß Lucien Galt, verschlossen und unzugänglich wie ein versperrtes Haus, doch wie ein versperrtes Haus, durch dessen Fensterläden jemand hinausspähte. Er hatte kaum ein Wort gesprochen, seit die beiden hochgewachsenen Beamten in Zivil ihn am Flughafen angesprochen und in einen Nebenraum geführt hatten. Wenn er auch nur die geringste Hoffnung gehabt hätte, daß es ihm gelingen könnte zu entwischen, dann hätte er es riskiert. Doch sie behielten ihn ständig im Auge und gaben ihm keine Gelegenheit zur Flucht. Es hatte keinen Sinn, jetzt zurückzublicken und sich für die Fehler zu verfluchen, die man begangen hatte. Er mußte mit dieser Situation hier fertig werden. Alles andere war jetzt gleichgültig.

Er war entsetzlich müde, und das war das schlimmste an der Sache. Er mußte nachdenken, klar und sorgfältig, und er war nicht in der Verfassung dazu. Doch er würde es versuchen.

»Ich will Ihnen erzählen, wie es war«, sagte er, abrupt das Schweigen brechend, mit dem er sich selbst umgeben hatte.

Die Augen des Beamten neben ihm richteten sich auf ihn. Das gebräunte Gesicht verriet keine Regung.

»Sie meinen, wie Sie den Wagen wegfuhren?« fragte Sergeant Rapier gelassen.

»Gut, gut. Ich habe den Wagen weggefahren, wenn Sie das unbedingt hören wollen.«

»Ich will gar nichts hören, was Sie nicht freiwillig sagen wollen. Wir haben Sie nicht aufgefordert, eine Aussage zu machen.«

»Das weiß ich. Aber ich möchte jetzt eine machen. Sie können sie mitschreiben, wenn Sie wollen. Wenn nicht, dann können Sie mir wenigstens zuhören. Ich bin es müde, immer davonzulaufen. Ich will reinen Tisch machen.«

»Wenn Sie sich aussprechen wollen«, versetzte Rapier philosophisch, »kann Sie natürlich keiner daran hindern. Doch ich muß Sie daran erinnern, daß Sie vor zwei Zeugen sprechen, ganz gleich, ob Ihr Bericht aufgenommen wird oder nicht, und daß alles, was Sie sagen, gegen Sie verwendet werden kann. Vielleicht wäre es besser, wenn Sie sich das alles noch einmal durch den Kopf gehen lassen würden und mit Ihrer Aussage warten, bis wir in Comerbourne sind. Dort können Sie sich alles von der Seele reden.«

»Ich habe nachgedacht«, entgegnete Lucien. »Es wäre besser gewesen, wenn ich meinen Kopf benutzt hätte, ehe ich davonlief. Was hat es mir eingebracht? Ich habe wahrscheinlich sowieso keine große Chance gehabt davonzukommen, und nicht einmal die konnte ich nutzen. Wenn ich jetzt spreche, kann dadurch die Sache nicht mehr verschlimmert werden. Im Gegenteil. Denn ich habe natürlich niemals die Absicht gehabt, ihn zu töten. Wenn ich nicht so ein Pech gehabt hätte, dann wäre er jetzt am Leben.«

In dem folgenden, schweren Schweigen beobachtete Lucien, wie seine beiden Begleiter im Spiegel einen bedeutsamen Blick austauschten, der wachsam und gespannt war.

»Ich wußte gar nicht«, bemerkte Rapier milde, »daß irgend jemand von Mord oder Totschlag gesprochen hat.«

»Lieber Himmel!« rief Lucien in einem Aufflammen nervöser Ungeduld, »machen wir uns doch nichts vor. Sie haben mich doch am Flughafen nicht aufgehalten, weil ich den Wagen weggefahren habe! Wegen so einer Kleinigkeit flüchtet man doch nicht nach Südamerika! Sie wissen ebensogut wie ich, daß Mr. Arundale tot ist, und wenn Sie nicht so gut wie sicher wären, daß ich ihn getötet habe, dann würden Sie mich jetzt nicht nach Comerbourne zurückbringen. Wozu also dieses Theater?«

»Haben wir Ihnen irgendwelche Fragen über Mr. Arundales Tod gestellt, Sir? Nicht, daß ich mich erinnere.«

»Sie brauchen mir keine Fragen zu stellen. Ich will es Ihnen ja erzählen. Ich kann es allein nicht mehr ertragen.«

»Wir leben in einem freien Land«, stellte Rapier ruhig fest.

»Aber bis jetzt stehen Sie nicht einmal unter Anklage. Ich an Ihrer Stelle wäre nicht so erpicht darauf, eine Aussage zu machen.«

»Doch wenn ich es tue, dann werden Sie sie zu Protokoll nehmen? Im Grunde ist mir das zwar gleichgültig, aber ich will die Sache endlich hinter mich bringen. Ich bin so verdammt müde und erschöpft.«

»Also gut, Sir, wie Sie wollen. Aber Sie vergessen nicht, daß ich Sie gewarnt habe.«

Und plötzlich hatte der Sergeant sein Notizbuch auf dem Schoß und den Kugelschreiber in der Hand.

Wahrscheinlich hat er schon erkannt, daß ich ein geborener Oppositionsgeist bin, dachte Lucien mit leichter Bitterkeit. Wenn diese Leute das zu tun scheinen, was man von ihnen wünscht, dann muß man mit aller Macht dagegenreden, und sie werden auf ihrem Standpunkt beharren.

»Selbstverständlich, das werde ich nicht vergessen. Aber ich möchte jetzt endlich reinen Tisch machen. Es hätte nie dazu kommen sollen. Es war so unnötig.«

Nervös befeuchtete er seine Lippen. Was wußten sie? Es war wahrscheinlich klüger, davon auszugehen, daß sie das meiste schon wußten. Felicity hatte sicherlich ihr Herz ausgeschüttet, nachdem ihr klar geworden war, was sie angerichtet hatte.

»Ich war unten am Fluß«, begann er und fröstelte, als könnte er die Kälte des Wassers spüren. »Die kleine Cope, die Nichte des Collegeleiters, war mir gefolgt. Sie hängte sich von Anfang an an meinen Rockzipfel, von dem Moment an, als ich in Follymead ankam, und ich konnte sie einfach nicht loswerden. Ich war selbst nicht gerade in bester Stimmung, weil ich mich mit meiner Freundin zerkracht hatte – sie war auch da – und mir alles hoffnungslos verfahren erschien. Ich wollte mich irgendwo allein verkriechen und nachdenken. Doch dieses dumme kleine Ding schwänzelte dauernd um mich herum und hielt mir Vorträge über die Liebe, obwohl sie keine Ahnung hatte, wovon sie eigentlich redete. Ich ließ es eine ganze Weile über mich ergehen, aber dann riß mir der Geduldsfaden. Ich wollte sie endlich abschütteln, und dazu war mir jedes Mittel recht. Jetzt tut es mir leid. Es muß das Grausamste gewesen sein, was ich jemals getan habe. Ich trug ihr auf, ihrer Tante – Mrs.

Arundale – etwas von mir auszurichten. Ich formulierte es so, als bestünde zwischen Mrs. Arundale und mir eine persönliche Beziehung. Das war natürlich nicht der Fall. Ich hatte Mrs. Arundale erst vor kurzem kennengelernt. Aber ich wußte, daß Felicity sowieso auf ihre Tante eifersüchtig war, und deshalb tat ich es. Die Kleine war entsetzlich verletzt. Sie lief davon und ließ mich endlich allein. Das war alles, was ich gewollt hatte. Ich hätte nie geglaubt, daß sie schnurstracks zu ihren Verwandten gehen würde, um vor beiden – oder vielleicht auch nur vor ihm – meine Worte zu wiederholen. Ich hatte Felicity ausrichten lassen, daß ich auf Mrs. Arundale wartete, weil ich mit ihr sprechen wollte. Sie kam natürlich nicht. Aber ihr Mann kam.«

Die Hand des Sergeanten huschte über das Papier. Er nahm alles wortgetreu auf. Hin und wieder streifte er den jungen Mann mit einem forschenden Blick.

»Das muß ein rechter Schock gewesen sein, da Sie doch Mrs. Arundale erwarteten«, bemerkte er teilnehmend.

»Ich erwartete gar niemanden. Ich sagte Ihnen doch, daß es mir nur darum ging, die kleine Cope zu verscheuchen. Ich hätte mir nicht träumen lassen, daß sie es fertigbringen würde – aber das habe ich mir selbst zuzuschreiben!« Lucien zitterte. Es war Nervosität, die ihm wie Kälte durch die Glieder rann. »Er stand ganz unversehens vor mir. Ich achtete gar nicht auf meine Umgebung. Ich war nur froh, daß ich endlich allein war, und da tauchte er plötzlich zwischen den Bäumen auf – mit diesem Ding in der Hand.«

Ein Gähnen, das sich nicht unterdrücken ließ, folgte dem Frösteln der Nervosität. Er drückte die Hand auf den Mund und schüttelte sich heftig. Er war noch nicht durch das Dickicht hindurch, er mußte klaren Kopf behalten.

»Dieses Ding ...?« wiederholte Rapier.

»Sie wissen vielleicht nichts davon. Es ist ein schwarzer Spazierstock mit einem silbernen Griff. Er hängt in der Galerie von Follymead. Die kleine Cope zeigte ihn uns, als wir am Freitag abend nach unserer Ankunft das Haus besichtigten. Im Inneren des Holzschaftes steckt ein Degen. Als ich das Ding in Arundales Hand sah, erkannte ich es natürlich sofort, aber ich hätte nie geglaubt ... Er zog die Klinge heraus und stürzte sich auf mich. Er sagte keinen Ton, sondern rannte ganz einfach mit der gezogenen Klinge auf mich zu. Ich versuchte, mit ihm zu reden, doch mir blieb kaum Zeit, und ich bezweifle, daß er mich überhaupt hörte. Er sah eiskalt aus und starr, wie im Schock. Ich konnte es noch immer nicht glauben. Beinahe hätte er mich erwischt, weil ich so perplex war. Doch dann ging mir auf, daß es ihm ernst war, daß er mich töten wollte. Ich sprang auf die andere Seite des Felsenaufbaus und rannte zu den Bäumen. Ich hoffte, daß es mir gelingen würde, vor ihm zum Tor zu gelangen und ihm zu entwischen. Doch er sah, was ich vorhatte und rannte genauso schnell zurück wie ich. Ich hatte meine Hand schon am Riegel, da stürzte er sich auf mich. Ich drehte mich um und hob den Arm, um ihn abzuwehren. Die Spitze der Klinge riß mir die Finger auf ...« Er streckte die Finger, und Rapier konnte die schlecht verheilten Wunden sehen, die auf vier Fingern Narben hinterlassen hatten. »Der Riegel war halb aus dem Halter gefallen. Ich merkte, daß er nicht fest saß und zog ihn ganz heraus.«

Wieder preßte er beide Hände vor den Mund und versuchte das Gähnen zu unterdrücken. Seltsam, wie man reagierte, wenn der Moment gekommen war. Geistig war man ganz ruhig, doch körperlich war man völlig erschöpft. Er dehnte die Pause aus, in der Hoffnung, daß ihm der Beamte eine Frage stellen würde, die ihm den Weg weisen würde; doch Rapier wartete höflich, den Kugelschreiber gezückt, und sagte kein Wort.

»Aber ich mußte vom Tor weg, um seinem Angriff zu entgehen. Und dann stand er plötzlich zwischen mir und dem Tor, und selbst wenn ich eine bessere Waffe als den Riegel zur Hand gehabt hätte, hätte ich gegen die Reichweite, die er mit dem langen Degen besaß, nichts ausrichten können. Er trieb mich wieder zum Fluß hinunter, und ich konnte nur versuchen, seinen Angriffen auszuweichen. Doch dann konnte ich nicht weiter zurückweichen, ich wäre in den Fluß gestürzt. Ich mußte versuchen, auf ihn loszugehen. Ich weiß nicht genau, was eigentlich geschah. Wir kämpften, und ich schlug auf ihn ein. Er stürzte zu Boden. Ich wußte gar nicht, ob ich ihn schwer verletzt hatte oder nicht. Ich hatte nur einen Gedanken. Ich wollte den Degen an mich bringen, solange er benommen war. Doch nach ein paar Minuten, als er sich immer noch nicht rührte, bekam ich es mit der Angst zu tun. Ich ging zu ihm hin und sah ihn mir näher an.

Sein Kopf war eingedrückt, aber er blutete nicht. Er atmete nicht, und da wußte ich, daß ich ihn getötet hatte. Und das alles wegen nichts und wieder nichts. Das hatte ich nicht gewollt, ich kannte ihn ja kaum . . . Was hätten Sie denn in so einer Situation getan?« fragte er verzweifelt.

»In einem solchen Fall«, erwiderte Rapier, der die Frage wörtlich nahm, »wäre es das einzig Richtige gewesen, alles so zu lassen, wie es war, die Polizei zu benachrichtigen und die ganze Geschichte zu erzählen.«

»Und wie viele Menschen gibt es, die das Richtige tun, wenn sie ganz unversehens vor so einem Dilemma stehen? Versuchen Sie's mal. Ich möchte wetten, daß Sie genauso reagieren würden wie ich. Für Arundale konnte ich nichts mehr tun. Ich konnte ihm nicht helfen. Er war tot. Ich zog ihn ans Ufer und schleuderte ihn so weit ich konnte hinaus in die Strömung. Ich sah, wie er flußabwärts in den Ästen eines Baumes hängenblieb. Plötzlich fiel mir ein, daß Arundale ja um diese Zeit nach Birmingham hätte fahren sollen. Ich wußte, daß sein Wagen startbereit im Hof stand. Da setzte ich mich kurzerhand hinter das Lenkrad und fuhr davon. Ich wußte, daß er vor Sonntag abend nicht zurückerwartet wurde. Doch sonntags sind die Banken geschlossen, man kann kein Geld abheben. Deshalb mußte ich warten. Wenn das nicht gewesen wäre, hätten Sie mich nicht gefaßt.«

»Und woher wußten Sie«, erkundigte sich der Sergeant milde, »daß wir über seinen Tod Ermittlungen anstellten? Sie sagten doch eben, daß er vor gestern abend nicht zurückerwartet wurde, und wenn er einen Tag länger ausgeblieben wäre, hätte sich doch bestimmt niemand übermäßige Sorgen gemacht, oder? Hat Ihnen vielleicht jemand einen Tip gegeben? Haben Sie vielleicht erfahren, daß die Leiche gefunden wurde?«

Lucien nahm die Hände von seinem von Erschöpfung gezeichneten Gesicht und blickte dem Beamten direkt in die Augen.

»Nein, wieso? Ich war fest überzeugt, daß ich nichts zu befürchten hatte, bis Sie mich im Flughafen überraschten. Danach war mir natürlich klar, daß Sie ihn gefunden haben mußten. Sonst hätten Sie ja nicht wissen können, daß der Wagen gestohlen worden war.

Und was Sie vorhin noch nicht wußten«, setzte er müde hinzu, »das wissen Sie jetzt. Haben Sie alles?«

»Ja, Mr. Galt, ich habe alles.«

»Gut! Ich möchte das nicht noch einmal wiederholen müssen.«

»Das kann ich verstehen«, meinte Rapier teilnehmend.

»Und ich möchte nicht, daß sonst jemand belästigt wird«, sagte Lucien und lehnte sich mit einem Seufzer in die Wagenecke. »Niemand außer mir hatte etwas mit der Sache zu tun. Ich hatte persönlich nichts gegen den Mann, kannte ihn kaum, aber ich habe ihn getötet.«

»Natürlich, Mr. Galt«, stimmte Rapier zu, den Blick auf das stille, dunkle Gesicht gerichtet. »Natürlich, daran haben Sie keinen Zweifel gelassen.«

10

Audrey Arundale verließ ihre Zurückgezogenheit, um an diesem letzten Tag des Lehrgangs am Nachmittagstee teilzunehmen. Sie trug Schwarz, doch wie viele hellhäutige Frauen mit blondem Haar trug sie häufig Schwarz, so daß es nicht sonderlich auffiel. Sie war bleich. Ihre Augen blickten ein wenig unzugänglich und waren von bläulichen Schatten umgeben, die sie größer und leuchtender erscheinen ließen. Doch nichts an ihrer Erscheinung gab zu Kommentaren oder Neugier Anlaß. Sie gab sich so wie immer, vielleicht ein wenig ferner, und die Glaswand, die sie vom Rest der Welt abschirmte, selbst während sie sprach und körperlich zugegen war, war so dünn, daß andere sie gar nicht bemerkten.

Sie ging wieder ihren täglichen Pflichten nach und hatte einige Anrufe zu erledigen. Auf ihrem Weg in den kleinen Salon machte sie einen Moment im Büro von Henry Marshall halt. Der junge Mann blickte von seinem Schreibtisch auf, als sie eintrat, und sprang eilig auf.

»Mrs. Arundale, ich hatte keine Ahnung ... Sie wollen doch nicht am Tee teilnehmen?«

»Doch, das muß ich. Es geht mir ganz ordentlich, wirklich. Sie brauchen sich meinetwegen keine Sorgen zu machen. Ich wollte nur fragen, ob ich Ihnen irgend etwas helfen kann? Es tut mir so leid, daß plötzlich die ganze Verantwortung auf Ihnen lastet.«

»Sie brauchen sich um die Verwaltungsangelegenheiten nicht zu kümmern. Das ist meine Aufgabe.«

»Ich weiß«, erwiderte sie, »und ich weiß auch, wie tüchtig Sie sind. Ich hoffe ... ich hoffe ... man wird Ihnen den Posten übertragen, Henry.«

»Danke«, sagte er unbehaglich. Bis zu diesem Moment war ihm der Gedanke, daß ihr Verlust seine Chance war, gar nicht gekommen. »Ich glaube, es ist alles in Ordnung. Ein Glück, daß wir für die nächsten Tage keine besonderen Veranstaltungen geplant hatten. Die Polizei hat mir ihre Zusage gegeben, daß die Presse erst morgen informiert wird, und ich hoffe, daß sich vorläufig nur die lokale Presse für die Sache interessieren wird.«

»Aber es wird doch eine Leichenschau stattfinden, nicht wahr?« fragte sie.

»Ja, soviel ich weiß am Mittwoch morgen. Doch Inspektor Felse sagte mir, daß es nur eine Formalität sei und daß die Polizei einen Aufschub beantragen werde. Das wird der Öffentlichkeit Zeit geben, uns ein wenig zu vergessen.«

»Und sich neuen Sensationen zuzuwenden«, fügte sie mit einem schattenhaften Lächeln hinzu. »Ja ... Und was machen wir mit dem Abonnementkonzert, das für den Montag nächster Woche angesetzt ist? Es ist so schwierig, eine Veranstaltung dieser Art abzusagen, wenn alle Karten schon verkauft sind. Den Künstlern gegenüber ist es auch nicht fair ...«

»Ich halte es für das beste, wenn wir das Konzert veranstalten. Bis dahin ist eine ganze Woche vergangen. Die Leute, denen Follymead ein Begriff ist, werden wissen, was hier geschehen ist, und ich glaube, es wird ihnen eine Beruhigung sein zu sehen, daß alles seinen Gang geht. Ich bin sicher, daß der Aufsichtsrat mir da zustimmen wird.«

»Gut«, meinte Audrey. »Ich bin froh, daß Sie auch dieser Auffassung sind. Ich finde, wir sollten unsere Verpflichtungen einhalten. Edward hätte das gewiß von uns erwartet. Ich bin so froh, daß Sie hier sind und sich um die Dinge kümmern können, Henry. Ich sehe schon, Sie brauchen mich gar nicht. So, und jetzt gehe ich. Ich möchte vor dem Tee noch ein Wort mit Inspektor Felse sprechen.«

Er eilte zur Tür und öffnete sie für sie. Besorgt forschte er in ihrem Gesicht. Doch er sah nichts als bleiche Ruhe.

»Bitte übernehmen Sie sich nicht. Unsere Gäste amüsieren sich. Und es ist ja auch bald vorüber. Sie haben doch nicht vor, das Schlußkonzert zu besuchen, oder?«

»Doch. Ich muß. Das wäre Edwards Wunsch gewesen.«

Sie schritt den Korridor entlang zum Privatbüro ihres verstorbenen Mannes. George Felse saß hinter dem Schreibtisch, den Kopf in die Hände gestützt. Vor ihm, gegen ein Buch gelehnt, stand die Fotografie, die die junge Audrey im Ballkleid zeigte.

Als die Frau eintrat, wanderte Georges Blick von dem sechzehnjährigen Mädchen zu der Frau, und er spürte förmlich den Flügelschlag der Zeit; und sie, die das Bild nicht sehen konnte, verstand den Blick der Verwunderung und der Traurigkeit in seinen Augen nicht.

»Mr. Felse, ich hoffe, ich habe nicht etwas getan, was ich nicht hätte tun sollen, doch es erschien mir als die einzige Lösung. Ich habe Felicity im Vertrauen mitgeteilt, daß ihr Onkel tot ist, und ich habe ihre Mutter angerufen und ihr gesagt, daß ich das Kind mit dem Zug um halb sechs Uhr nach Hause schicken werde. Wilson wird sie zum Bahnhof hinunterfahren. Haben Sie dagegen etwas einzuwenden? Ich weiß, daß Sie sie später wahrscheinlich noch einmal brauchen werden, aber Mrs. Copes Adresse steht ja hier im Buch, und Felicity wird gewiß jederzeit zu Ihrer Verfügung stehen.«

»Ich bin froh, daß Sie das getan haben«, erwiderte George. »Es ist wirklich die beste Lösung. Sie können sich darauf verlassen, daß wir sie so schonend wie möglich behandeln werden. Vielleicht erweist es sich sogar als unnötig, sie überhaupt in den Fall zu verwickeln. Wenn es sich vermeiden läßt, werden wir es auf jeden Fall tun.«

»Ich weiß. Sie hat mir erzählt – sie sagte mir, wie freundlich und verständnisvoll Sie ihr gegenüber waren. Sie – wir haben einander nie verstanden, das weiß ich. Das bedrückt mich sehr.«

»Es bedrückt auch Felicity«, erklärte George ruhig.

»Ja . . . Es scheint, daß wir kaum einen Schritt tun können, ohne die Freiheiten eines anderen Menschen zu verletzen. Ich habe Mrs. Cope vorgeschlagen, Felicity für einige Zeit ins Ausland zu schikken. Vielleicht sogar auf eine Schule. Eine neue Umgebung, neue Freunde ...«

»Das wäre das beste für sie. Und ich glaube, daß sie davon jetzt wirklich profitieren würde.«

»Ja, das glaube ich auch. Ich danke Ihnen. Ich bin froh, daß Sie mit mir übereinstimmen.«

Sie schloß die Tür behutsam hinter sich und schritt zum Salon, aus dem ihr Stimmengewirr und Gelächter entgegenschlugen. Dort half sie, den Tee auszuschenken, machte Konversation, war ganz die gewandte Gastgeberin von Follymead, stets durch einen unsichtbaren und undurchdringlichen Schleier von der Wirklichkeit getrennt.

Felicity kam um Viertel vor fünf aus ihrem Zimmer. Sie trug ihren Mantel über dem Arm und in der freien Hand einen Koffer. Lauschend neigte sie den Kopf in Richtung zum kleinen Salon, doch dann beschloß sie, nicht hineinzugehen. Statt dessen blickte sie sich in den Nischen der Galerie nach einem stillen Winkel um, und dort, ganz allein in einem Alkoven, in dem eine gepolsterte Bank stand, saß Liri Palmer.

»Hallo!« sagte Felicity. »Ich wollte Sie eben suchen, aber ich hatte ein bißchen Angst. Macht es Ihnen etwas aus, wenn ich mich zu Ihnen setze? Ich habe noch zehn Minuten Zeit, dann muß ich weg.«

»Du fährst weg?«

»Meine Tante hat mich nach Hause geschickt.« Felicity stellte ihren Koffer nieder und ließ sich neben Liri auf die Polster fallen. »Sie meint wahrscheinlich, Kinder müßten von Verbrechen und anderen unerfreulichen Dingen möglichst ferngehalten werden, und hält es deshalb für das beste, die kleine Felicity in sichere Gefilde zu verfrachten. Immer korrekt, immer konventionell – das ist meine Tante Audrey.« Sie blickte von der Seite auf das klare, stille Profil und das schöne Haar, um das sie Liri immer beneidet hatte. »Sie wissen doch, daß mein Onkel tot ist, nicht wahr?« Ihre Stimme war leise und ruhig, bewußt ausdruckslos, doch ihr Gesicht war blaß und trug einen feierlich ernsten Ausdruck.

»Ich habe ihn gefunden«, erwiderte Liri. »Woher weißt du das?«

»Tante Audrey hat es mir gesagt. Sie wußte, daß ich sowieso schon bis zum Hals in der Sache drinsteckte, deshalb erzählte sie mir, was geschehen ist. Dafür bin ich ihr dankbar. Es ist schrecklich, wenn man immer nur Bruchstücke erfährt – zuviel, aber nicht genug. Und am Ende erfährt man womöglich alles durch die Zeitung. Jetzt weiß ich wenigstens, wo ich stehe, wenn es mir auch nicht gerade angenehm ist.«

»Das geht den meisten Menschen so«, meinte Liri.

»Ja, wahrscheinlich. Aber Sie haben wenigstens nichts getan.«

»Und du?«

»Das wollte ich Ihnen erzählen. Sehen Sie, das, was Sie wissen, ist nicht das, was ich weiß. Und ich habe heute erst von Dickie Meurice erfahren, daß Sie und Lucien – Sie waren verlobt, nicht wahr? Ich wollte Ihnen sagen, daß ich davon keine Ahnung hatte. Wenn ich es gewußt hätte, dann hätte ich gar nicht erst versucht, ihn auf mich aufmerksam zu machen, und dann wäre das alles nicht geschehen. Für Sie ändert das allerdings nicht viel, denn er hat Sie jasoundso hintergangen.« Der Satz klang seltsam aus ihrem Mund, doch vollkommen unaffektiert. Was immer Felicity jetzt beschäftigen mochte, sie wollte weder sich noch anderen etwas vormachen. »Er war der Geliebte von Tante Audrey. Das wissen Sie wohl?«

Liri starrte vor sich hin.

»Er hat dreimal seine Verabredungen mit mir abgesagt. Immer hatte er eine gute Ausrede, und immer tat er es per Telefon. Es ist leichter, jemanden am Telefon zu belügen. Zweimal schluckte ich es anstandslos. Beim drittenmal war ich deprimiert. Ich wollte mich selbst ein bißchen aufmuntern und ging zum Essen in ein kleines Restaurant, in dem wir öfters zusammen gegessen hatten. Lucien hatte mir gesagt, er müßte zu einer Probe. Aber das stimmte nicht. Er saß mit ihr in dem Restaurant. Sie glühten beide vor Wonne und unterhielten sich so angeregt, als hätten sie sich tausend Dinge zu sagen. Er hatte seine Hand auf die ihre gelegt, ganz offen, auf dem Tisch. Sie haben mich nicht gesehen. Sie bemerkten ihre Umwelt überhaupt nicht. Ich störte sie nicht. Ich wartete, bis er das nächstemal zu mir kam und sagte ihm ins Gesicht, daß er mich mit einer anderen Frau betrogen hätte. Er erklärte, es steckte gar nichts dahinter, ich hätte mich getäuscht. Aber ich wußte Bescheid. Wir wurden beide wütend, und damit war Schluß.« Sie setzte sich unvermittelt auf und schüttelte sich in einem Anflug von Zorn und Verwunderung. »Warum erzähl' ich dir das alles?«

»Ich weiß auch nicht«, sagte Felicity demütig. »Vielleicht bin ich plötzlich erwachsen geworden.«

»Später dachte ich lange darüber nach und sagte mir, daß ich ihn so nicht gehen lassen konnte. Ich wollte wenigstens versuchen, zwischen uns reinen Tisch zu machen. Deshalb kam ich nach Follymead. Ich wußte, daß er hier auftreten sollte. Ich wollte mich mit ihm versöhnen, wenn das noch ging. Und der erste Mensch, den ich sah, als ich hier ankam, war die Frau, die ich mit ihm zusammen in unserem Restaurant gesehen hatte. Da wußte ich, warum Lucien dieses Engagement angenommen hatte. Vielleicht wurde nur deshalb überhaupt das ganze Wochenendseminar inszeniert. Und für mich war damit endgültig Schluß. Das dachte ich jedenfalls. Inzwischen hat sich herausgestellt, daß die Dinge nicht enden, wenn man es für angebracht hält, sondern daß sie sich fortsetzen, ob man damit einverstanden ist oder nicht. War es das, was du wissen wolltest?«

»Nein, das ist es nicht. Aber ich danke Ihnen trotzdem. Jetzt kann ich alles leichter verstehen. Ich hatte ja überhaupt keine Ahnung von alldem. Ich wußte nichts von Ihnen. Ich sah nur Lucien. Ich bildete mir ein, ich wäre unsterblich in ihn verliebt. Am letzten Samstag nachmittag folgte ich ihm ...«

Sie erzählte Liri die ganze Geschichte, ohne Beschönigung, ohne etwas auszulassen. Liri hatte ein Recht darauf, die Wahrheit zu erfahren.

»Das sagte er, und ich tat es. Ich rannte schnurstracks zum Haus zurück, wo Onkel Edward und Tante Audrey beim Kaffee saßen, und wiederholte Wort für Wort, was Lucien mir aufgetragen hatte. Laut und deutlich, vor beiden. Und das ist der Teil, den Sie nicht wußten. Das ist alles. Deshalb ging Onkel Edward zum Fluß hinunter, um ihn zu töten. Doch statt dessen wurde er selbst getötet. Aber es ist ja ganz gleichgültig, wie es ausging. Einer wurde getötet, und das ist meine Schuld.«

»Das hast du getan?« Liri hatte sich halb herumgedreht, um das Mädchen neben sich aus großen Augen zu mustern. »Du bist hinaufgelaufen und hast seine ganz persönliche Bitte den beiden entgegengeschleudert, während sie ›beim Mahle saßen‹?«

»Nein, ganz so war es nicht«, versetzte Felicity verwirrt und erstaunt. »Sie saßen beim Kaffee.«

»Das war nur so eine Bemerkung, die mir gerade durch den Kopf schoß. Kümmre dich nicht darum. Der Satz stammt aus einer Ballade. Da geschieht genau das gleiche. So etwas hätte ich vielleicht auch fertiggebracht, wenn er mir so Schlimmes angetan hätte.«

»Wirklich? Meinen Sie das ernst? Ja, aber Sie haben es nicht getan«, sagte Felicity trübe. »Ich war diejenige, die es getan hat. Ich bin an Onkel Edwards Tod schuld.«

»Du und wir alle, die in dieser Geschichte eine Rolle spielen. Und auch Mr. Arundale selbst. Das ist sicher. Nimm nicht mehr auf dich, als dir zusteht«, sagte Liri hart.

»Das hat Inspektor Felse auch gesagt«, bekannte Felicity. »Ah, da ist der Kombi.« Die Hupe dröhnte durch die Stille des Gartens. Felicity nahm ihren Mantel und den Koffer. »Auf Wiedersehen. Ich hoffe nur, daß sich alles zum Besten wendet. Seien Sie mir nicht böse.«

Sie wandte sich um und eilte davon. Als sie am Büro ihres Onkels vorüberkam, zögerte sie einen Moment, dann klopfte sie.

»Oh, hallo!« begrüßte George sie. »Ich hörte, du fährst nach Hause.«

»Ja, das macht doch nichts, oder? Tante Audrey sagte, sie würde es Ihnen erklären.«

»Das hat sie schon getan. Wenn wir dich brauchen, wissen wir ja, wo du zu finden bist. Viel Glück«, sagte er.

»Vielen Dank. Sie waren sehr nett zu mir.« Er sah, wie ihr Blick unwillkürlich zum Spiegel über dem Kamin wanderte. »Sie meinten es doch ehrlich, nicht wahr? Sie glauben wirklich, daß ich mal – hübsch werde?«

»Nein«, widersprach George fest, »nicht hübsch. Das habe ich nicht gesagt.«

»Ich hatte vor dem anderen Wort ein bißchen Angst«, bekannte Felicity. »Aber es war Ihnen doch ernst, oder?«

»Es war mir ernst. Du wirst es bald selbst sehen.«

»Es ändert natürlich nichts an dem, was geschehen ist«, erklärte sie ein wenig altklug, »aber es ist so etwas wie ein neuer Anfang – wie ein Kapital, das man verzinsen kann, wissen Sie.« Sie hob ihren Koffer auf. »Auf Wiedersehen und vielen Dank noch mal.«

»Auf Wiedersehen, Felicity.«

Der Kombiwagen, der Felicity zum Bahnhof bringen sollte, fuhr aus dem Hof hinaus und um das Haus herum zum Fahrweg. Zwei Minuten später lenkte Price das Polizeifahrzeug über den alten Ziehweg nach Follymead. Die Turmuhr, die einige Minuten vorging, schlug fünfmal. In anderthalb Stunden würden sich die Wochenendgäste zerstreuen. Sie sollten in Ruhe und Frieden gehen. Ein fremder Wagen im Hof von Follymead war an sich nichts Besonderes, doch unter den Umständen war es besser, kein unnötiges Risiko einzugehen. Price parkte den Wagen im Schatten eines Torbogens, wo er vom Haus aus nicht gesehen werden konnte.

Lucien erwachte aus einem unruhigen Halbschlaf. Er fuhr hoch wie aus einem Alptraum und blickte sich einen Moment lang wild um, ehe er die vertraute und unwillkommene Umgebung Follymeads erkannte. Er war bereit, sich zu verantworten, doch vor dem Gedanken an zusätzliche Prüfungen schreckte er zurück.

»Warum haben Sie mich hierher gebracht?« fragte er grollend. »Ich dachte, wir wären auf dem Weg zum Polizeirevier in Comerbourne.«

»Ich kann mich nicht erinnern, daß wir irgend etwas über unser genaues Ziel sagten. Inspektor Felse hat hier sein Hauptquartier aufgeschlagen, und er erwartet Sie.«

Rapier stieg aus dem Fond des Wagens und sperrte die Tür ab. Er glaubte zwar nicht, daß der Junge einen Fluchtversuch unternehmen würde, doch es war immer besser, jede Möglichkeit von vornherein auszuschließen. Der Sergeant stieg die Hintertreppe hinauf und betrat das Büro.

George blickte von dem Bericht auf, den er zusammenstellte und dem nur noch einige Einzelheiten fehlten, einige Daten, ein Name, sonst nichts.

»Nun, wie ist es gegangen?«

»Keine Schwierigkeiten«, erwiderte Rapier. »Er sitzt unten im Wagen.« Er legte sein Notizbuch auf den Schreibtisch und blätterte in den beschriebenen Seiten. »Da haben Sie's. Er hat darauf bestanden, eine Aussage zu machen. Er schien es nicht mehr länger ertragen zu können. Ich schicke Ihnen das Protokoll herauf, sobald es getippt ist. Er hat ein Geständnis abgelegt.«

»Oh«, meinte George mit einem schwachen Lächeln, das Rapier recht verwirrend fand. »Ja, das dachte ich mir.«

»Er hat uns erklärt, daß Arundale ihn angegriffen habe und er ihn in Notwehr tötete. Sie werden keine Mühe haben. Er hat alle Einzelheiten angegeben, und sie passen.«

»O gewiß, ich dachte mir, daß er ganze Arbeit leisten würde.«

Das schwache Lächeln war noch immer da, ein wenig traurig und nicht ganz verständlich. »Und Mrs. Arundale?«

»Sie hat mit der Geschichte nichts zu tun. Das muß man ihm lassen, er setzte alles daran, uns das klarzumachen. Er kannte sie kaum. Er sagte, er nannte ihren Namen nur deshalb, weil er die Kleine schockieren wollte. Er wußte, daß sie sowieso auf ihre Tante eifersüchtig war. Oh, er hat Ihnen die ganze Arbeit abgenommen.«

»Gut«, sagte George. »Bringen Sie ihn herauf.«

Rapier eilte wieder die Treppe hinunter, schloß die Wagentür auf und warf den Schlüssel Price zu.

»Kommen Sie, Mr. Galt.«

Lucien hörte die fernen Geräusche aus dem großen Saal und warf mit einer hastigen Bewegung, in der sich Heftigkeit und Ärger mischten, den Kopf zurück.

»Aber die anderen – wissen sie denn davon?«

Er stieg die enge Wendeltreppe hinauf, gespannt und argwöhnisch. Sie konnten nichts davon wissen. Die Stimmen klangen fröhlich und angeregt.

»Fragen Sie das lieber den Inspektor. Hier hinein.«

Lucien betrat das Büro. Sachte schloß sich die Tür hinter ihm.

George stand auf.

»Bitte, setzen Sie sich, Mr. Galt. Das ging aber schnell. Ich dachte nicht, daß Sie vor Ende des Schlußkonzerts hier sein würden.«

»Ich verstehe das alles nicht. Warum mußte ich hierher zurückkommen? Finden Sie das fair? Ich habe Ihren Leuten keine Schwierigkeiten gemacht. Ich habe nichts von dem, was ich getan habe, abgestritten. Warum also ...?«

»Setzen Sie sich«, wiederholte George.

Es hatte keinen Sinn, sich mit ihm zu streiten. Lucien setzte sich.

George ging um den Schreibtisch herum und ließ sich auf dem vorderen Rand nieder, während er den jungen Mann voller Interesse musterte. Gespannt wie die Saite einer Violine, ein hochgewachsener, schlanker, ungezähmter Bursche mit hochmütigen Augen, die jetzt durch Traurigkeit und Furcht verdunkelt waren, und einem sensitiven, stolzen Mund.

»Ich habe eine Aussage gemacht«, erklärte Lucien. »Damit müßte doch eigentlich alles erledigt sein. Er muß den Bericht wahrscheinlich noch tippen lassen. Ich weiß nicht, was Sie noch von mir wollen.«

»Dann werde ich es Ihnen sagen. Ich möchte noch anderthalb Stunden normale Ruhe hier. Danach können wir geschäftlich werden.« Er sah die Frage und den Zweifel in den müden Augen und lächelte. »Mr. Galt, ich glaube, Sie verstehen unsere Sorge um Follymead und seinen Ruf. Es ist immerhin eine bemerkenswerte Institution. Eine gewisse Publicity wird sich nicht vermeiden lassen. Follymead hat eine Krise vor sich. Doch wenn wir alle dazu beitragen, wird es die Krise vielleicht überleben. Deswegen möchte ich vor Abschluß dieses Lehrgangs nichts unternehmen. Ich will warten, bis die Gäste abgefahren sind. Ich möchte Sie also bitten, die Erörterungen über Schuld und Unschuld und über Ihre Verhaftung auf heute abend zu verschieben.«

Nach einem kurzen Schweigen sagte Lucien zögernd: »Ich verstehe nicht ganz, was Sie von mir erwarten.«

»Ich möchte, daß Sie mir Ihr Wort geben, daß Sie keinen Versuch machen werden, zu entkommen, daß Sie hier warten werden und sich ganz normal verhalten werden, bis die Gäste abgefahren sind.«

Lucien fuhr sich mit der Zunge über die Lippen. In seinen Augen glomm plötzlich ein fiebriger Funke auf.

»Sie sprechen doch vom Schlußkonzert?«

»Ja. Es dauert bis halb sieben. Dann fahren alle nach Hause.«

»Tritt Liri auf?«

»Ja.«

Er sah ihren Kopf vor sich, der sich über die Gitarre neigte, den schweren Zopf, der über ihrer Schulter lag, die sanfte Kurve ihrer Wange, die ernste, klare Stirn und die reine und leidenschaftliche Stimme. Er dachte an eine Zukunft in Dunkelheit und einsamer Gefangenschaft, in die diese Stimme nie wieder hineindringen würde.

»Wenn Sie mir erlauben, daß ich das Konzert besuche, dann verspreche ich Ihnen, daß ich keine Schwierigkeiten machen werde.«

Er glaubte nicht, daß er auf diesen Vorschlag eine Antwort erhalten würde. Er war überzeugt, daß der Inspektor dieses Risiko niemals eingehen würde.

Doch George sprang auf und fegte die Papiere in eine Schublade.

»Einverstanden, wenn Sie sich mit meiner Gesellschaft abfinden können. Das Konzert fängt gleich an.«

Von ihrem Platz aus, im Kreis der anderen Künstler, sah Liri sie hereinkommen.

Die Lichter waren schon erloschen, und das Gewirr erwartungsvoller Stimmen war verklungen. Im Hintergrund des großen Raumes bewegten sich Leute behutsam durch die Dunkelheit, suchten sich einen Platz, tauschten mit anderen, flüsterten und ließen sich schließlich nieder.

Professor Penrose hatte sich ausnahmsweise ein wenig verspätet. Eilig kam er herein. Wenn er pünktlich gewesen wäre, dann hätte das Konzert schon angefangen, Liris Aufmerksamkeit hätte sich auf die Sänger gerichtet, und sie hätte die beiden späten Gäste, die durch die gepolsterte Tür eintraten, gar nicht bemerkt. Doch da noch ein wenig Zeit war, starrte sie über die Stuhlreihen hinweg in die Leere, als das plötzliche Öffnen der Tür sie aus ihrer Nachdenklichkeit riß und sie in die Wirklichkeit zurückkehren ließ. Der Gast, der hereinkam, war Lucien Galt.

Ihr Herz setzte einen Moment aus. Dann sah sie George Felse, der Lucien folgte und hinter ihm her zu den Stühlen ging, die ganz hinten an der Wand standen. Sie hatten ihn also doch gefaßt! Er war es nicht gewohnt, vor den Ereignissen davonzulaufen, und er war nicht schnell genug gelaufen. Sie hatten ihn eingeholt. Er war wieder hier, wo alles angefangen hatte, wo es geschehen war, so unnötig und sinnlos, daß sie noch immer nicht daran glauben konnte.

Doch wenn er unter Arrest stand, was tat er dann hier? Man schien ihn nicht unter Bewachung zu halten, selbst wenn der Inspektor mit ihm hereingekommen war und sich neben ihm auf der kleinen mit Samt bezogenen Bank an der Wand niedergelassen hatte. Sie sah, daß sie sogar einige Worte wechselten, ganz normal und alltäglich, wie es den Anschein hatte. Was war geschehen? Irgend etwas war nicht so, wie es hätte sein sollen, und sie konnte nicht erfassen, was es war, wußte nicht, wem es drohte.

Sie spähte in das Gesicht des Inspektors, doch sie sah nichts. Seine Züge waren ausdruckslos und ruhig. Sie konnte nicht deuten, was hinter seiner Stirn vorging. Warum hatte er einen Gefangenen hier in diesen Raum gebracht? Sie konnte verstehen, daß der Polizei daran gelegen war zu warten, bis alle diese Menschen das Haus verlassen hatten, doch warum brachte man dann Lucien hierher?

Eine Hand zupfte sie am Ärmel.

»Ihre Beine sind jünger als die meinen«, flüsterte die Stimme des Professors. »Wären Sie so nett, mir mein Notizbuch zu holen? Ich habe es vor dem Tee im Büro des Collegeleiters liegenlassen.«

Das Notizbuch war seine fixe Idee. Er konnte nicht sprechen, ohne es aufgeschlagen vor sich zu haben. Doch niemals hatte irgend jemand ihn hineinblicken sehen.

»Sie brauchen das Buch doch nie«, protestierte Liri, die Augen noch immer auf die beiden Menschen am anderen Ende des Saals gerichtet. »Heute abend können Sie bestimmt auch ohne das Ding auskommen.«

»Das kann man nie wissen. Ich will nichts riskieren. Seien Sie nett.«

Ungeduldig, aber gehorsam eilte sie hinaus und rannte den Korridor entlang. Ihre Absätze klapperten auf dem gewachsten Parkett. Es war ein hohler Klang, der unheilvoll durch die Stille des verlassenen Hauses hallte. Nichts war wirklich, während ihre Gedanken sich fieberhaft mit der Frage beschäftigten, die sie nicht zu lösen vermochte. Sie stieß die Tür zum Büro auf. Das Buch mit den Notizen des Professors lag auf einem Tisch neben dem Fenster. Sie klemmte es unter den Arm und wandte sich wieder der Tür zu. Doch dann drehte sie sich abrupt um und eilte zum Schreibtisch.

Sie legte das Buch des Professors nieder und begann an den

Knöpfen der Schubladen zu ziehen. Doch die Schubladen waren alle verschlossen. Das hätte sie sich denken können. Hier gab es nichts zu finden.

Oder doch! Ihre Augen fielen darauf, als sie sich mit einem Seufzer aufrichtete. Da war es, gegen einen Stoß Bücher gelehnt, Auge in Auge mit ihr, die Porträtaufnahme eines jungen Mädchens im weißen Ballkleid. Sie hatte das Gesicht niemals mit diesem strahlenden Ausdruck der Lebensfreude gesehen, doch sie erkannte es sofort; genau wie sie sofort das kleine silberne Medaillon erkannte, das an einem Kettchen um den Hals des Mädchens lag.

Luciens Medaillon, das Medaillon, das er schon getragen hatte, als sie ihm zum erstenmal begegnet war, lange bevor er Audrey Arundale kennengelernt hatte. Das einzige Andenken, das er an seinen Vater hatte. Und doch hing es hier am Hals der jungen Audrey.

Jetzt begriff sie. Ganz intuitiv hatte sie alles verstanden. Sie brauchte keine Beweise. Ja, jetzt wußte sie sogar, weshalb Lucien dort draußen unter den Zuhörern saß, frei und unbewacht, obwohl er gewiß erwartete, daß später die Verhaftung erfolgen würde. Doch Liri wußte es besser. Sie wußte, was geschehen würde. Sie wußte, was hinter George Felses undurchdringlichen Zügen vorging.

Sie nahm das Notizbuch des Professors und schlüpfte aus dem Zimmer. Gehetzt wie ein wildes Tier rannte sie durch die stillen Räume der Bibliothek, über die leeren Korridore zu den Privaträumen, die der Collegeleiter bewohnte. Doch dort war niemand. Die Lichter brannten nicht. Die Zimmer waren leer. Und sie mußte zurückkehren, sie konnte nicht weitersuchen. Es war zu spät zur Reue, es war zu spät, Audrey zu finden, zu spät, sie zu warnen. Wenn sie noch eine Minute länger ausblieb, würde man beginnen, nach ihr zu suchen.

Sie kehrte zurück an ihren Platz auf der Bühne. Sie gab dem Professor sein Notizbuch, das er nicht gebrauchen würde. Es war alles vergeblich. Sie konnte sie nicht erreichen. Liri hob die Lider und musterte aufmerksam die erwartungsvollen Gesichter, die wie kleine, bleiche Monde durch die Düsterkeit des Saales schimmerten.

Der Professor hielt seine Ansprache, dann kamen die Rossignol-Zwillinge aufs Podium und begannen ihr erstes Lied.

Die lange Reihe hoher Fenstertüren, die hinausführte auf die Terrasse, ließ in matten violetten und grünlichen Tönen das Licht des trüben und wolkigen Tages herein. Die Abenddämmerung war noch nicht hereingebrochen, doch die schweren Wolken hingen so tief, daß man hätte meinen können, es wäre Nacht.

Die letzte Tür, ganz hinten, am Ende des Saals, stand ein Stück offen. Vorhin waren sie noch alle geschlossen gewesen. Und der letzte Stuhl neben der Fenstertür, der vorhin noch leer gewesen, war jetzt besetzt. Jemand war von der Terrasse aus hereingekommen.

Die Witwe Arundales, noch immer Herrin von Follymead, war zum Schlußkonzert gekommen. Sie befanden sich im selben Raum, keine fünfzehn Meter trennten sie, und doch konnten sie keine Verbindung miteinander aufnehmen.

Oder gab es einen Weg? Das seltsame Gespräch mit Felicity hatte in Liri die Erinnerung an ein Lied geweckt, das sie seitdem nicht mehr losgelassen hatte. Die Verse des Liedes hatten plötzlich eine neue, schreckliche Aktualität erlangt. Wenn sie ihr etwas sagten, dann mußten sie auch zu anderen sprechen können, zu dem einen Menschen, der außer George Felse und Lucien Galt die ganze Geschichte kannte, der die Andeutungen in ihrer ganzen Tragweite verstehen würde. Sie konnte sie dennoch falsch auslegen, doch das mußte man riskieren. Liri konnte sie nicht über dem Abgrund hängen lassen, ohne ihr wenigstens eine helfende Hand zu reichen.

Liri faltete die Hände auf ihrer Gitarre und wartete. Sie wußte jetzt, was sie zu tun hatte.

11

Es war nach sechs. Die Dunkelheit hatte sich noch tiefer violett gefärbt. Ein Gewitter lag in der Luft, die still und reglos war wie vor einem Sturm. Jetzt mußte sie bald an der Reihe sein. Warum hatte der alte Mann sie als letzte aufs Programm gesetzt?

»Und jetzt Liri. Sie hat versprochen, uns ›The Queen's Maries‹ zu singen. Doch eben flüsterte sie mir ins Ohr, daß sie es sich anders überlegt hat. Das ist das Vorrecht der Frauen. Ich werde also die Einführung Liri überlassen.«

»Ich dachte«, begann sie mit klarer und ruhiger Stimme, »daß hier jeder die Geschichte von Mary Hamilton kennt, und es gibt so viele schöne Balladen, die vielen unbekannt sind. Ich will Sie lieber gleich warnen – es ist eine Marathonballade, aber ich hoffe, Sie werden sie trotzdem nicht langweilig finden. Ich möchte Ihnen das Lied von ›Gil Morrice‹ vorsingen. Kennt es irgend jemand hier?«

Gott sei Dank, niemand kannte es. Sie sah nichts als erfreute und erwartungsvolle Gesichter. Es ist noch immer wahr, die Menschen lieben es, sich Geschichten vorlesen zu lassen, sich Geschichten anzuhören. Selbst die jungen Leute, denen geistiges Entzücken fremd ist, selbst sie würden beim Klang dieser Tragödie erzittern und mitfühlen.

»Gut, dann wollen wir anfangen. ›Gil Morrice‹.«

Sie beugte sich über die Gitarre, ließ die Finger über die Saiten gleiten und hob den Kopf, während sie tief einatmete. Sie begann mit der gleichmäßigen, ein wenig monotonen Stimme des Geschichtenerzählers:

»Gil Morrice war eines Grafen Sohn,
sein Name ist weit bekannt.
Nicht ob seines Reichtums,
nicht ob seines Ruhms –
ob der Mär seiner Liebe
zu einer Frau hold und gut.«

Nach der einführenden Strophe nahm die Gitarre zart den Faden der Melodie auf, die leise und sanft die klare Stimme begleitete, in der noch keine Leidenschaft lag, die noch immer die innerlich unbeteiligte Stimme der Geschichtenerzählerin blieb.

»Wo find' den edlen Pagen ich,
der sich verdienen will die Sporen,
zum Schloß des Herrn Barnard zu gehn,
seine Herrin herbeizuholen?

Du mußt es für mich tun, Willie,
kannst stolz sein auf dein Amt.

Nicht Schusters Rappen tragen dich,
sondern ein Roß in Samt.

O nein, o nein, mein lieber Herr,
ich wag' es nicht verstohlen.
Ich kann zum Herrn Barnard nicht gehn,
Euch nicht die Herrin holen.

Mein lieber Herr, so ruft er laut,
Ihr seid allein allhier.
Laßt den Gedanken sein, ich bitt',
Sonst werdet gefangen Ihr.«

Der sanfte, leise Ton der Gitarre war voller geworden, die Akkorde kamen stürmischer, wie in aufwallendem Zorn. Tiefes Schweigen stieg aus dem Raum der Zuhörer auf. Noch ein wenig, und dann würden sie wissen, daß sie sie gefesselt hatte. Doch ob auch Audrey sie verstand, das wußte sie nicht. Die Erregung, die die Erzählung durchpulste, bemächtigte sich ihrer. Sie hörte, wie ihre eigene Stimme tiefer wurde und hart.

»Mein lieber Willie, mein Page fein,
zu zögern ist nicht an dir.
Wie kannst du schwimmen gegen den Strom?
Du mußt gehorchen mir.

Schnell, schnell, sag' ich, reit jetzt zum Schloß,
sag ihr, ich muß sie sehen;
und wenn du mir nicht folgen willst,
dann ist's um dich geschehen.

Ich will gehorchen, tun, was Ihr sagt,
doch wird es Euch teuer stehen.
Da Ihr die Warnung nicht hören wollt,
mag's Euch an das Leben gehen.

Und da ich Euch gehorchen muß,

unwillig ohnegleichen,
will ich geloben bis zum Schluß,
es soll Euch zum Bösen gereichen.«

Jetzt dröhnte die Gitarre laut mit dunklen Akkorden, die den Haß und die Liebe des Pagen beschrieben, und ging über in die eilende Schilderung eines Ritts zum Schloß des Herrn Barnard. Er überschwamm den Fluß und übersprang die Mauer und stürzte in das Haus, wo die Bewohner zu Tisch saßen.

Sie hatte ihre Zuhörer jetzt im Bann.

O Gott, laß sie verstehen, was kommt, bevor er versteht! Laß sie mit jedem Nerv lauschen. Ich will ja nur, daß ihr Zeit bleibt, sich zu wappnen und bereit zu sein.

Der Page war jetzt im Saal und trat vor die versammelte Gesellschaft hin. Laut und klar sang die Stimme.

»Gegrüßet, edler Herr und edle Dame,
die Botschaft hieß mich eilen.
Nach Greenwood seid Ihr gebeten, Frau,
und möget nicht verweilen.

Seht her, hier ist ein seidnes Hemd,
genäht von Eurer Hand.
Gil Morrice, der erwartet Euch
unten im grünen Land.

Die Dame stampft mit ihrem Fuß
und runzelt warnend die Stirn,
doch was sie ihm auch sagt und tut,
er läßt sich nicht beirrn.

Die Botschaft ist für die Magd gedacht,
gewiß gilt sie nicht mir.
Sie gilt der Frau des Herrn Barnard,
und die Dame, seid Ihr.

Da springt die Amme plötzlich auf,

in ihrem Arm das Kind.
Die Worte, die Gil Morrice schickt,
für mich bestimmet sind.

Du lügst, du lügst, du schmutz'ge Magd,
du lügst mir ins Gesicht.
Die Botschaft gilt der Dame hier,
Und diese bist du nicht.

Hochmütig springt Herr Barnard auf,
voll Ärger und voll Groll.
Er stößt den Tisch um mit dem Knie,
der Wut und Rache voll.

Geh, bringe mir rasch mein Gewand,
das dorten hängt am Haken.
Ich reite in den grünen Wald
und werd' deinen Liebsten schlagen.«

In ihrem Mund war wie immer, wenn sie sich in eine so grausame und schreckliche Tragödie vertiefte, ein bitterer Geschmack. Schweißtropfen standen auf ihrer Oberlippe, und bis zu diesem Moment war sie nicht fähig gewesen, ihren Kopf zu heben und auszuruhen, die Gitarre für sich sprechen zu lassen. Liri warf einen durchdringenden Blick zu der Stelle, wo Audrey neben der offenen Fenstertür saß. Sie spürte förmlich die Spannung, die sich ihr von dort mitteilte. Es war etwas, das sich aufbäumte in Bereitschaft und Wildheit. Doch ob es wirklich mehr war als die Spannung, die sie alle gefangenhielt, das vermochte sie nicht zu sagen. Sie hatte so wenig Zeit; sie mußte dem Zwang folgen, der sie trieb, durfte den Faden der Spannung nicht schlaff werden lassen. Das heitere, pastorale Zwischenspiel hatte lange genug gedauert. Jetzt kam die letzte und höchste Prüfung ihres Könnens. Nämlich der Schlüsselvers, der Audrey erreichen mußte, ehe die anderen Zeit hatten, ihn zu verstehen.

»Gil Moricce saß im grünen Wald,
er lachte und er sang . . .«

Es war George längst aufgegangen, daß Liri aus irgendeinem Grund, den nur sie selbst kannte, die ganze Geschichte, die sich hier zugetragen hatte, noch einmal erzählte. Vielleicht nicht bis zur letzten Einzelheit, denn wie konnte eine Ballade all das umfassen, was sich hier abgespielt hatte? Und die Ballade war echt, daran gab es keinen Zweifel. Es kostete ihn Anstrengung, sich für einen Moment aus dem Bann ihres Vortrags zu reißen. Dieses Mädchen war großartig. Man brauchte ihr nur zuzuhören. Diese Stimme, leicht und sorglos jetzt wieder und doch mit einem Unterton düsterer Vorahnung.

»Was will das viele Volk nur hier?
Meine Mutter verweilct lang.

Herr Barnard reitet in den Wald
mit Gefolge in großer Schar.
Dort gewahrt er Gil Morrice,
der kämmt sich das goldene Haar.«

Das Wort, das unerwartete, unglaubliche Wort war ausgesprochen, ohne daß es George aufgefallen war, der, wie sie beabsichtigt hatte, ganz von der Spannung der Erzählung gefangen wurde. Doch plötzlich, als es ihm schon entgleiten wollte, faßte er es, holte es zurück, und es traf ihn wie ein Messerstich, der ihn in die Wirklichkeit zurückriß.

»Meine Mutter . . .«

Meine Mutter!

Was wußte sie und was hatte sie vor? Woher konnte sie es wissen? Das konnte kein Zufall sein. Das konnte nicht ziellos sein. Was Liri Palmer tat, war geplant und überlegt.

Er ließ seinen Blick rasch durch den Saal streifen, doch die Spannung war ungebrochen. Sie hatte sie alle in der Hand.

Der Schmerz und der Zorn in der Begleitmusik blieben leise und unterdrückt. Einige Augenblicke lang ließ sie ihr Instrument grollen und drohen und blickte durch den Saal. Inspektor Felse hatte sich vorgebeugt, aufmerksam und wach. Lucien, der neben ihm saß, war still, sehr still. Obwohl sie ihn so gut kannte, konnte sie nicht erraten, was jetzt in ihm vorging. Aber es war ja auch nicht Lucien, dem sie sich mitteilen wollte.

Doch der halb zugezogene Vorhang am letzten Fenster bewegte sich jetzt. Geräuschlos stand Audrey von ihrem Stuhl auf und leise, leise, mit unendlicher Behutsamkeit glitt sie von ihrem Platz hinweg und näherte sich der Fenstertür. Audrey hatte verstanden.

Jetzt galt es sie zu decken, ganz gleichgültig, was geschah. Keiner von denen da unten durfte sich jetzt umdrehen, durfte auch nur einen Moment ihrem Bann entgleiten. Sie mußte es herausschreien, sie mit dem schrillen Schrecken des Mordes, dem Getöse des Kampfes decken.

»Jetzt zieht er die blitzende Klinge
und wetzt sie an einem Stein.
Durchbohrt das Herz von Gil Morrice,
schlägt wütend auf ihn ein.

Dann trennt er das schöne Haupt vom Rumpf
und steckt es auf seinen Speer
und reicht ihn einem seiner Schar,
dem niedrigsten im Heer.

Dann hebt er Gil Morrice vom Boden auf
und bindet ihn auf sein Roß.
Und stolz und hart bringt er ihn heim
zu seinem prächt'gen Schloß.

Die Dame am Altane sitzt,
blickt weithin über das Tal.
Dort sieht sie ihres Sohnes Haupt,
getragen auf einem Pfahl . . .«

Der Schrei der Gewalttätigkeit verebbte, wandelte sich in die jammervolle Melodie des Todes. Der Ton der Gitarre wurde dünn und durchdringend, die Stimme verfiel in den Totengesang, der das Unglück beklagt, das niemals wiedergutgemacht werden kann. Die Spannung, anstatt sich zu lösen, verdichtete sich bis zur Unerträglichkeit. Die Augen der Sängerin blickten über die Köpfe der Zuhörer hinweg.

Die Frau hatte die Fenstertür erreicht, schob sie mit sachter Hand weiter auf und verschmolz mit der Dämmerung des vergehenden Tages.

Bis zum letzten Augenblick hatte Audrey ihr Gesicht der Sängerin zugewandt. Als sie durch die Tür glitt, schien sekundenlang das Licht auf ihr Gesicht und enthüllte Liri die bleiche und entschlossene Ruhe, die Tränen auf den Wangen. Die beiden Frauen, die Lucien liebten, tauschten einen ersten und letzten Blick voll des Verstehens, der alle Schulden zwischen ihnen beglich.

Die faszinierende Stimme hob sich in schrecklicher Agonie, um den Augenblick des Verschwindens zu vertuschen.

»Im grünen Wald, da hab' ich dich genährt,
bei Regen und bei Frost . . .«

Audrey war verschwunden, war über die Terrasse hinweg, die Treppe hinunter.

George fühlte den Körper neben sich, der gespannt war bis zum Zerreißen. Er sah die leuchtenden Linien von Liris Gesicht, die im Licht der Lampen auf der Bühne beinahe silbern wirkten, die großen Augen starr und verzweifelt. Irgend etwas war geschehen, und doch schien es ihm, als geschähe nichts. Nirgends im Saal war eine Bewegung zu spüren. Sie hielt sie noch immer in ihrem Bann.

»Oft saß ich an deiner Wiege
und wacht' über deinen Schlaf.
Jetzt stehe ich an deinem Grabe
und beweine deinen Schlaf . . .«

Mit dem Sinken der Abendtemperatur erhob sich draußen ein sachter Wind. Er ergriff die offene Fenstertür und warf sie gegen den langen Schal des Vorhangs, bemächtigte sich der Falten des Stoffes und blies sie auseinander. Ein kühler Zug huschte die Wand entlang und bauschte die Gardinen aus goldenem Brokat an den Fenstern.

George hörte und fühlte das plötzliche kühle Wispern des Windes, der von draußen hereinstrich. Mit einem Sprung war er auf den Beinen, tastete sich lautlos und rasch an der Wand entlang und eilte um den flatternden Vorhang herum zur offenen Tür, deren Flügel jetzt klappernd im aufkommenden Sturm schwangen. In weiter Ferne, am Ende des Hanges sah er blondes Haar aufschimmern. Er riß den Vorhang zur Seite und hastete hinaus, die Treppe hinunter, um ihr zu folgen.

Und Lucien, von der plötzlichen Bewegung neben sich aus der Konzentration gerissen, fuhr aus seinem Traum auf und erwachte wieder zu den Qualen der Wirklichkeit. Sie sah ihn aufstehen, spürte förmlich, wie der Schock des Gewahrwerdens und der Erkenntnis ihn durchfuhr; doch sie konnte jetzt nichts tun. Sie mußte zusehen, wie er blindlings hinter George her eilte. Sie mußte ihr Lied zu Ende singen, die Schlußverse hinausziehen, die leichte, kaum merkliche Störung vertuschen und jene wenigen, die darauf aufmerksam geworden waren, vergessen machen, daß sie stattgefunden hatte.

»Und sie küßt seine blutige Wange,
sie küßt ihn unter Beben.
Ich liebe meinen Gil Morrice
viel mehr als mein eigenes Leben.

Hinweg mit dir, unsel'ge Frau,
sollst dich dem Tod ergeben;
hätt' ich gewußt, er war dein Sohn,
er wäre noch am Leben.«

Noch fünf Minuten mußte sie durchhalten. Sie wußte, daß der Professor nach ihr niemanden mehr singen lassen würde. Liri kannte ihren Wert. Doch sie konnte die anderen dort unten noch nicht gehen lassen, sie mußte sie fesseln, sie davon abhalten, zu den Fenstern zu blicken. Sie wußte nicht, was sie getan hatte, doch sie wußte, daß jetzt nichts gestört werden durfte, daß wohlmeinende Zuschauer, Zeugen, die später die Geschichte weitertragen würden, ferngehalten werden mußten.

*

Als sie alle abgefahren waren – unter Motorgeknatter, Gelächter und Stimmengewirr –, war das Haus ehrfurchtgebietend still. Es war so still, daß man beinahe hätte vergessen können, daß irgendwo unten im Haus noch das Personal sich zu schaffen machte.

Celia Whitwood hatte ihre Harfe mit liebevoller Hand im Fond des riesigen, uralten Wagens verstaut, den sie fuhr, und machte sich, an ihrer Seite Andrew Callum, in westlicher Richtung auf die Heimfahrt. Die Rossignol-Zwillinge und Peter Crewe waren lachend in den Kombiwagen geklettert, der sie zum Zug nach London bringen sollte. Ihnen folgte der Professor, unter dem Arm das unvermeidliche Notizbuch und in seinem Zimmer denselben Karton mit Schallplatten, den er am Freitag abend am Bahnhof von Comerbourne vergessen hatte. Auch Dickie Meurice hatte das Haus verlassen, obwohl seine verzehrende Neugier noch immer nicht befriedigt war. Von seinem Platz in der vordersten Reihe des Saals aus hatte er Lucien nicht hereinkommen und hatte Audrey nicht verschwinden sehen. Dieses eine Mal war seinem scharfen Auge etwas entgangen. Doch für ihn war es nur eine Frage der Zeit, eine Frage der Geduld. Er war gewiß, daß Lucien verhaftet werden würde. Er würde in schadenfroher Erwartung in die Stadt zurückkehren, auf die gellenden Schlagzeilen warten, die er niemals zu sehen bekommen würde.

Liri saß in einem tiefen Sessel in der Galerie, die Augen halb geschlossen, ihr Gesicht eine Maske der Erschöpfung. Sie sah, wie die Bilder der Cothercottschen Ahnen immer mehr in der Dämmerung versanken, und mit ihnen die Sammelstücke, die die Wände schmückten, der Fächer, der einen Dolch verbarg, der leere Platz, wo der Ebenholzstock gehangen hatte, die Pistolen mit den getriebenen silbernen Kolben, die Elfenbeinminiaturen.

Es mußte fast acht Uhr geworden sein, als sie die Schritte hörte, die über die Terrasse kamen, dann das Einschnappen des Türriegels, das Klappern eines Absatzes auf der Schwelle, stolpernd und unsicher. Eine Hand fand den Lichtschalter am Ende der Galerie, zögerte einen Augenblick und entschied sich dann für die Stehlampe, die in einem Winkel des Raums, der in Düsternis getaucht war, warmen, milden Lichtschein verbreitete.

Keiner von beiden sagte etwas. Lucien bemerkte Liri, und seine

Augen in der grauen, starren Maske seines Gesichts erwachten zum Leben. Er entfernte sich von der Türschwelle und ging ohne ein Wort auf sie zu. Schweigend breitete sie die Arme aus. Vor ihr glitt er auf die Knie, und sie hielt ihn an sich gedrückt, während die Kühle und der modrige Geruch, den er vom Fluß mitgebracht hatte, sie umhüllten. Sie wußte, welchen Weg Audrey gegangen war.

Nach einer Weile hörte er auf zu zittern und legte seine Arme eng um ihren Körper. Er stieß einen tiefen Seufzer aus, der sie beide erzittern ließ. Und keiner von beiden würde jemals wissen, ob dieses Seufzen aus dem Kummer über seinen Verlust oder aus der unwillkürlichen Erleichterung über die plötzliche einfache Lösung all seiner Probleme und Schwierigkeiten geboren war.

»Ich rief sie«, sagte er mit einer Stimme, die tonlos klang vor Erschöpfung. »Sie stand an der Böschung. Ich wollte ihr sagen, daß wir – daß du und ich – daß es uns gleichgültig war. Daß es ganz unwichtig geworden war ...«

»Das hätte nichts geholfen«, erwiderte Liri. »Ihr war es nicht unwichtig.«

Nein, es hätte nicht viel geholfen, wenn sie auf ihn gehört hätte. Wie kann man einen Menschen wie Audrey Arundale davon überzeugen, daß sie ihr Leben nicht mehr der Achtbarkeit, der Meinung anderer zu opfern brauchte? Was hätte es für einen Sinn gehabt, ihr darzulegen, daß ihre Eltern tot waren, daß Edward tot war, daß die Menschen, die ihr geblieben waren, andere Werte hatten, daß es ihnen gleichgültig war, daß sie sie selbst nach Jahren im Gefängnis mit offenen Armen aufgenommen und willkommen geheißen hätten, daß sie auf die Meinung anderer keinen Pfifferling gaben? Man konnte von ihr nicht erwarten, daß sie sich jetzt plötzlich änderte. Auf diese Weise würde es nicht zu einem Mordprozeß kommen, auf diese Weise konnten Sensationsmache und übermäßige Publicity vermieden werden. Die Polizei unterliegt nicht der Pflicht, die Einzelheiten eines Falles bekanntzugeben, der abgeschlossen ist, wenn die Person, die unter Anklage gestellt worden wäre, tot ist und dem öffentlichen Interesse gar nicht damit gedient wäre, Staub aufzuwirbeln. Die Polizei sagt dann einfach, der Fall ist abgeschlossen, von einer Strafverfolgung wird abgesehen, und damit ist die Sache erledigt. Die neugierig gemachte Öffentlichkeit wird eine Weile Vermutungen und Spekulationen anstellen und sich dann gierig auf andere, neuere Sensationen stürzen. Auf diese Weise waren die Wellen geglättet, die Sache konnte vertuscht werden, der Schein würde gewahrt werden, genau wie immer. Audrey hatte sich an ihren Vertrag gehalten, hatte ihn bis zum Ende erfüllt. Edward hätte es so gewünscht.

»Ich habe sie herausgezogen«, murmelte Lucien. »Sie haben die ganze Zeit versucht – versucht –«

Ja, natürlich. Sie hatten versucht, sie wieder zum Leben zu bringen. Doch Audrey hatte dafür gesorgt, daß ihr Tod endgültig war.

»Und ich wollte sie nur warnen«, sagte Liri. »Ich hatte gerade erst herausgefunden, daß er Bescheid wußte ... Ich hatte keine andere Möglichkeit.«

Sie brauchten keine Erklärungen. Liri drückte ihre Wange in das schwarze Haar und sagte leise: »Ich liebe dich.« Das war alles.

»Sie war meine Mutter«, sagte er, »und ich kann sie nicht einmal begraben.«

Der Sanitätswagen war gekommen und wieder abgefahren. Henry Marshall hatte in der kleinen Bibliothek ein Feuer anzünden lassen, und jetzt saßen sie zusammen in dem großen, verlassenen Haus, eine Handvoll Menschen, müde und abgespannt.

Lucien hatte ein Bad genommen und sich umgezogen. Liri saß ihm gegenüber, die Augen unverwandt auf ihn gerichtet. Oft blickte er auf, wie um sich zu vergewissern, daß sie wirklich da war. Zwei junge, schweigsame, stolze Menschen. In der Intensität dieser unausgesprochenen Versöhnung waren sich ihre jungen, ausdrucksstarken Gesichter seltsam ähnlich geworden, als übertrüge sich die Leidenschaft von einem zum anderen, so daß einer zum Spiegel des anderen wurde.

»Ich muß es Arundales Verwandten überlassen, weil ich das, was sie unberührt lassen wollte, nicht berühren kann. Ihr ganzes Leben bestand nur darin, den Schein zu wahren, das Korrekte zu tun, bis zu ihrem Tod.«

»Sie hat es so gewählt«, sagte George.

»Sie hatte keine Wahl. Sie konnte nicht anders handeln. Wenn mein Vater nicht umgekommen wäre –«

»Sie wissen von Ihrem Vater?«

»Und Sie?« forderte Lucien ihn eifersüchtig heraus.

»Ich weiß, daß die Galts Sie als ihr eigenes Kind eintragen ließen, als Sie erst wenige Monate alt waren, wahrscheinlich unmittelbar, nachdem die Formalitäten der Adoption erledigt waren. Ich bin ziemlich sicher, daß Ihr Vater einer der tschechischen Piloten gewesen sein muß, die während der Kriegsjahre in Auchterarne stationiert waren. Ich vermute, er ist in den Kämpfen Ende des Krieges gefallen. Doch Adoptionsurkunden tragen nur die Vornamen, die einem Kind gegeben wurden, und den Namen der Adoptiveltern. Seinen Namen weiß ich noch nicht, doch ich werde ihn früher oder später durch die Behörden erfahren. Doch das ist jetzt unnötig«, meinte George. »Ich werde es ja von Ihnen hören.«

»Er hieß Waclaw Havelka. Das weiß ich, weil sie mir von ihm erzählte. Waclaw ist der gleiche Name wie Wenzeslaus. Deshalb gab er ihr das Medaillon mit dem heiligen Wenzeslaus. Er hatte sonst nichts, was er ihr geben konnte. Er hatte nicht einmal ein Vaterland. Er besaß nur seine Uniform. Er war zwanzig Jahre alt, und sie war sechzehn, beinahe siebzehn. Sie trafen sich bei irgendeinem harmlosen Dorffest dort oben, wohin die Schule evakuiert war. Doch sie machten sich nie Hoffnung, daß sie zusammenbleiben würden. Ihre Eltern wollten unbedingt, daß sie eine gute Partie machte. Sie sollte einen Lord oder so was heiraten, nicht einen Flüchtling ohne Geld und ohne Zuhause. Und sie tat das einzige Eigenwillige und Selbständige, was sie jemals in ihrem Leben getan hat, sie gab sich ihm hin. Vielleicht hoffte sie, sie könnte damit ihre Eltern zwingen, einer Heirat zuzustimmen, und vielleicht wäre es ihr sogar gelungen, doch dazu kam es gar nicht, denn mein Vater wurde sechs Monate vor meiner Geburt abgeschossen. Danach hörte sie auf zu kämpfen.«

»Hätte sie denn überhaupt eine Chance gehabt?« fragte Liri leise.

»Nein, wahrscheinlich nicht. Mein Vater war tot, sie hatte niemanden, der zu ihr stehen würde. Sie mußte ihren Eltern die Wahrheit sagen. Man nahm sie rasch und ohne Aufsehen von der Schule und machte sich daran, sie zu bearbeiten, ihr Kind aufzugeben, die Sache zu vertuschen. Sie sollte an die Schande denken, die sie über ihre Familie bringen würde, sie sollte bedenken, daß ihre Zukunft verpfuscht wäre. Schließlich gab sie nach. Sie hätte eine Heldin sein müssen, es nicht zu tun. Sie ließ es zu, daß man sie irgendwo in einem versteckten Winkel unterbrachte, wo sie mich in aller Heimlichkeit zur Welt bringen konnte, und gab mich dann zur Adoption frei. Doch sie bestand darauf, die Galts persönlich kennenzulernen, ehe sie die Papiere unterschrieb. Sie waren anständige, nette Leute, die sich schon lange ein Kind gewünscht hatten, und sie wußte, daß ich es bei ihnen gut haben würde. Sie bat die Galts nur darum, mir das Medaillon meines Vaters zu geben und versprach dann, nie wieder nach mir zu fragen. Und sie hat ihr Versprechen gehalten. Danach verheiratete man sie mit Arundale, der eine erfolgreiche Karriere vor sich hatte, und alles war so, wie ihre Eltern es gewünscht hatten. Wissen Sie, wo er ihr zum erstenmal begegnete? Er verteilte die Preise bei den Schlußfeierlichkeiten ihrer Schule im letzten Jahr, als sie dort war. Das muß nur wenige Wochen vor dem Tod meines Vaters gewesen sein.«

Schlußfeier, dachte George. Warum ist mir das nicht selbst eingefallen? Das weiße Kleid, der bescheidene Schmuck, das Strahlen ihres Gesichts – dieses Bild mußte sich Arundale unauslöschbar eingeprägt haben. Und sie, ohne einen Gedanken an ihn zu verschwenden, nichts als den Geliebten im Kopf, das Medaillon um den Hals, das er ihr gegeben hatte, und das Kind, das sie erwartete.

Liri runzelte verwirrt die Stirn.

»Aber weißt du, ich verstehe eines nicht: Mr. Arundale sagte mir praktisch, daß seine Frau keine Kinder haben könnte. Er drückte es nicht so unverblümt aus, aber es lief auf das gleiche hinaus.«

»Das gleiche sagte mir Felicity«, bestätigte George. »So sonderbar ist das gar nicht. Können Sie sich vorstellen, daß ein Mann wie Arundale überhaupt auf den Gedanken kommen könnte, die Schuld könnte möglicherweise bei ihm liegen?«

»Nein«, stimmte sie mit Bitterkeit zu. »Da haben Sie natürlich recht.«

»Und wie«, wandte sich George Lucien wieder zu, »kam es zu der ersten Begegnung mit Ihrer Mutter?«

»Das war auf einer Party, die die Schallplattengesellschaft gab. Vor ungefähr sechs Wochen.« Lucien wandte einen Moment sein

Gesicht ab, schmerzlich berührt von der Erkenntnis, wie kurz die Zeit gewesen war, die ihnen zusammen gegönnt gewesen war. »Sie hatte mich aus den Augen verloren, doch als ich zu singen anfing, verfolgte sie alle Presseberichte über mich. Ich hatte meinen richtigen Namen beibehalten, daher wußte sie, wer ich war. Sie fing an, sich für Volksmusik zu interessieren, suchte die Bekanntschaft von Leuten, die daran aktiv interessiert waren, weil sie hoffte, daß sie so an mich herankommen würde. Und ich – es ist schwer zu erklären. Ich hatte eigentlich eine relativ glückliche Kindheit. Nachdem die Galts bei einem Bombenangriff ums Leben gekommen waren, kam ich natürlich in ein Waisenhaus, aber dort ging es mir nicht schlecht. Ich kann mich wirklich nicht beklagen. Man erklärte mir, daß ich ein Adoptivkind gewesen sei, das versteht sich, denn sie müssen ja immer damit rechnen, daß man das früher oder später doch herausfindet. Eine Frau, die in der Verwaltung des Waisenhauses beschäftigt war, hatte die Galts gekannt, und sie erzählte mir eines Tages, daß das Medaillon meinem Vater gehört hatte, der tot war, und daß meine Mutter mich daraufhin zur Adoption freigegeben hatte. Ich hatte niemals etwas gegen meinen Vaetr. Das ist verständlich. Aber meine Gefühle für meine Mutter wurden immer zwischen zwei Extremen hin und her gerissen. Auf der einen Seite wollte ich sie sehen und mit ihr zusammensein, weil sie ja meine Mutter war, auf der anderen Seite haßte und verachtete ich sie, weil sie mich aufgegeben hatte, als sie in einer Krise steckte. Und dann eines Tages, auf dieser Party, stand ich plötzlich allein in einer Ecke mit dieser schönen, eleganten Frau, und sie sagte zu mir: ›Ich versuche schon seit Jahren, dir zu begegnen. Ich bin deine Mutter.‹«

Er ballte seine kräftigen Hände zu Fäusten in einem momentanen Aufwallen des Schmerzes, und dann entspannte er sie langsam und ließ sie still und ruhig auf seinen Knien ruhen.

»Sie können sich nicht vorstellen, wie das war. Nicht einmal Sie, die sie persönlich kennengelernt haben. Sie war nicht so, wie sie hier ist – war. Wie sie das sagte, diese Einfachheit und Bestimmtheit! Es fegte alles andere beiseite. Ich dachte, ich haßte sie, ich fand sogar, daß ich sie hassen müßte, doch als es geschah, da war es ganz anders. Es war, als verliebte man sich plötzlich. Ihre Art sich zu geben, wischte alles andere aus. Sie war nicht plötzlich aufgetaucht, weil aus mir etwas geworden war. Sie hatte einfach den Weg zu mir zurückgefunden, weil sie es nicht länger ertragen konnte, mir fern zu sein. Sie wollte nur mit mir zusammen sein. Edward – das war ein Vertrag und den mußte sie erfüllen. Sie hatte ihn sogar auf gewisse Art gern, und sie war ihm immer treu. Aber sie liebte ihn nicht. Ich glaube nicht, daß sie seit dem Tod meines Vaters jemals einen Menschen außer mir geliebt hat.«

»Und Sie?« fragte George behutsam.

»Mit mir war es ganz seltsam. Wenn ich sie immer um mich gehabt hätte, dann wäre meine Liebe selbstverständlich gewesen. Ich hätte sie so geliebt, wie andere ihre Mütter lieben. Und dabei wäre es geblieben. Aber dadurch, daß ich sie plötzlich wiederbekam, auf so seltsame Weise und so schön und noch jung ... und dabei so verloren und traurig! Manchmal wußte ich nicht, ob ich ihr Sohn war oder ihr Bruder oder ihr Vater. Ich wußte aber, daß ich ihr Sklave war.

Wir mußten uns hin und wieder sehen. Wir hatten soviel nachzuholen. Doch da war Liri ... Liri machte mit mir Schluß, und ich wußte, daß es ihretwegen war, aber ich konnte nichts erklären, es war ja nicht mein Geheimnis. Wir konnten es niemals bekanntwerden lassen, wie wir wirklich zueinander standen. Das Leben meiner Mutter und seines, alles, was er aufgebaut hatte, wäre vernichtet worden. Wir müssen verrückt gewesen sein, diesen Wochenendlehrgang auszuhecken und unser Geheimnis hier ins Haus zu bringen. Es war schrecklich hier – unser Zusammensein. Immer waren Menschen um uns herum, wir kamen überhaupt nicht dazu, miteinander zu sprechen. Und ich mußte doch mit ihr sprechen, unbedingt. Als nämlich Liri mir hierher folgte, da wußte ich, daß noch nicht alles aus war. Ich war sicher, daß ich sie würde zurückgewinnen können, doch nur, wenn ich ihr die Wahrheit sagte. Und das konnte ich nicht tun, ohne die Zustimmung meiner Mutter.«

»Dann war die Botschaft, die Sie Felicity auftrugen, also doch ernst gemeint?« fragte George.

Lucien schüttelte unglücklich den Kopf.

»Da spielte alles mögliche mit ... Ich weiß selbst nicht ... Ich bin nicht stolz auf diese Tat. Es war böse und grausam, so etwas zu tun. Ich wollte das Mädchen einfach loswerden. Ich mußte nachdenken, und sie ließ mich einfach nicht in Ruhe. Es ist wahr, ich wollte mit meiner Mutter sprechen, solange das Haus leer war. Ich dachte, er wäre schon abgefahren, auf dem Weg nach Birmingham. Deshalb sagte ich Felicity, was sie für mich tun könnte, wenn es ihr mit ihrem Gerede ernst war. Ich wußte, was sie denken würde. Ich wollte es, wenn ich auch später wünschte, ich hätte es nicht getan. Aber ich glaubte bestimmt, daß sie meiner Mutter die Nachricht überbringen würde, und ich war sicher, daß sie kommen würde.

Doch statt dessen kam Arundale mit diesem Degen. Es war wie in einem unglaublich schlechten Film. Zu Anfang war es direkt komisch, weil ich einfach nicht daran glauben konnte, daß es ihm ernst war. Ich versuchte, mit ihm zu reden, aber er erwiderte nicht ein einziges Wort. Ich glaube, er war in diesem Moment tatsächlich wahnsinnig. Er hatte nur einen Gedanken – mich zu töten, und es wäre ihm auch gelungen . . . Doch da tauchte sie plötzlich auf. Sie mußte uns schon am Tor gehört haben, denn sie kam mit dem großen Riegel zum Fluß heruntergerannt und schlug nach ihm, noch ehe ich mir ganz bewußt geworden war, daß sie da war. Und dann lag er auf dem Boden, und alles war vorbei. Unglaublich rasch.«

Lucien fuhr sich mit müder Hand über das Gesicht.

»Sie schlug nach ihm, weil sie mich verteidigen wollte. Sie dachte gar nicht daran, ihn zu töten, sie wollte ihn nur daran hindern, mich zu töten. Doch hinterher wußte sie, daß sie ihn umgebracht hatte. Sie war vollkommen benommen, aber sie folgte allem, was ich sagte. Ich mußte die Entscheidung für sie treffen. Sie tat, was ich ihr befahl. Ich brachte ihr bei, was sie sagen sollte, wenn man sie vernehmen würde. Zum Teil entsprach ihre Schilderung der Wahrheit. Er hat sich wirklich so verhalten, nachdem Felicity gegangen war. Er tat es einfach als eine Ausgeburt kindlichen Trotzes ab und tat so, als führe er nach Birmingham, genau wie er geplant hatte. Erst nachdem er verschwunden war, machte sie sich Sorgen und kam selbst, um nachzusehen . . .«

»Sie wußten natürlich nicht«, warf George ein, »daß er die Gesellschaft, bei deren Veranstaltung er hätte sprechen sollen, angerufen und abgesagt hatte. Ihre Mutter wußte es auch nicht. Ja«, sagte er, den raschen, düsteren Blick beantwortend, »er hatte sich vorgenommen, die zwei Tage zu nutzen. Er beabsichtigte zu töten.«

»Es war meine eigene Schuld. Ich hatte ihm praktisch den Boden unter den Füßen weggerissen. Doch das hatte ich nie vorgehabt. Ich sagte ihr, sie sollte zum Haus zurückkehren und darauf achten, daß sie nicht gesehen würde. Sie tat alles, was ich ihr sagte. Seit dem Tag, an dem man ihr das Herz gebrochen hatte, an dem mein Vater umgekommen war, hat sie immer getan, was die Leute von ihr verlangten und erwarteten. Als sie gegangen war, versuchte ich es mit Wiederbelebungsversuchen, aber es half nichts. Ich wußte, daß er tot war. Ich warf ihn in den Fluß, und den Stock und den Riegel dazu. Dann schlich ich mich in den Hof, setzte mich in seinen Wagen und fuhr davon. Ich dachte, auf diese Weise könnte ich die ganze Bürde der Schuld mit mir nehmen, und sie würde sich wieder erholen. Ich hätte es besser wissen müssen, aber ich war auch nicht gerade die Ruhe selbst. Wie hätte sie sich von diesem Erlebnis jemals erholen können?« Er schüttelte plötzlich den Kopf in einer Bewegung hilfloser Qual. »Woher wußten Sie eigentlich Bescheid?«

George stand auf. Es war spät, und alles war vorüber.

»Ich habe noch nicht einmal Ihre Aussage gelesen, aber falls es Ihnen ein Trost sein sollte, es ist Ihnen gelungen, Rapier zu überzeugen. Keine Sorge, wir werden Sie niemals bitten, die Aussage zu unterschreiben. Ich wußte, daß der Riegel noch an seinem Platz war, als Felicity Sie verlassen hatte. Und was hätte Arundale mit dem Ding anfangen sollen? Wie der Herr Barnard kam er mit dem Schwert. Er stand zwischen Ihnen und dem Tor. Sie waren vierzig Meter vom Tor entfernt. Sie hätten niemals auch nur die geringste Chance gehabt, es zu erreichen. Nein, jemand anderer, jemand, der ihm gefolgt war, hatte den Riegel aus dem Halter gezogen.« Er warf einen Blick auf Tossa und Dominic, die schweigend dem Gespräch gelauscht hatten. »Kommt! Ich will euch beide nach Hause bringen, ehe ich ins Büro fahre und Bericht erstatte.« Und zu Lucien gewandt: »Bleiben Sie heute nacht hier?«

»Ja, Mr. Marshall war so freundlich, es uns anzubieten. Wir können dann morgen nach Comerbourne in ein Hotel ziehen, wenn Sie uns noch brauchen. Wir müssen doch sicher in erreichbarer Nähe bleiben, bis die Totenschau vorüber ist?«

»Wahrscheinlich, aber das können wir morgen besprechen.«

»Mir ist klar«, bemerkte Lucien abrupt, »daß man gegen mich durchaus Anklage wegen Beihilfe zum Mord erheben kann.«

»Und gegen mich auch«, sagte Liri sogleich. »Ich habe dich gewarnt, und ich habe sie gewarnt.«

Dieses Problem wird sich nie stellen, dachte George, und er war dankbar dafür.

»Es wird nicht zum Prozeß kommen«, sagte er, »warum sollte ich mir da die Mühe machen, Nebenklagen zu erheben? Es ist viel besser, wenn wir uns wieder dem Leben widmen. Es mag nicht immer leicht sein, aber es ist der Mühe wert.«

»Wirklich?« Lucien hob mit herausforderndem Blick die Brauen. »Was hat sie denn jemals vom Leben gehabt? In ihrem ganzen Leben hat sie niemals echtes Glück gekannt.«

»Glauben Sie?« versetzte George.

Er ging plötzlich zur Tür und verließ das Zimmer. Sie hörten seine Schritte, die im Korridor verhallten. Wenige Minuten später kehrte er mit einer Fotografie in den Händen zurück. Er ließ sie auf Luciens Schoß fallen.

»Hier! Ein Andenken für Sie. Und Sie können mich auch auf die Liste setzen – Diebstahl aus dem Nachlaß Edward 'Arundales. Damit sind Sie übrigens zum Hehler geworden.« Er sah, wie die Farbe in die dunklen Wangen des jungen Mannes stieg, er sah die Wärme und die Verwunderung, die die harten Linien seines Mundes verwischten. »Auf der letzten Schulfeier aufgenommen, wenn ich mich nicht gewaltig irre. Wenn ich recht habe, war er da noch bei ihr, und Sie waren unterwegs. Es hat vielleicht nicht lange gehalten, aber Sie dürfen mir glauben, sie kannte echtes Glück.«

Lucien blickte wie benommen auf die Audrey hinunter, die er nie kennengelernt hatte. Auf das blühende, strahlende Mädchen, das damals noch Lebensfreude gekannt hatte.

George schob Tossa und Dominic schweigend aus dem Zimmer, und sie ließen die beiden allein mit der Vergangenheit und mit der Zukunft.

ENDE